Jocelyn Davies
Silver Skye

JOCELYN DAVIES

Silver Skye

Aus dem Englischen
von Ann Lecker-Chewiwi

sauerländer

Titel der englischen Originalausgabe: *A Beautiful Dark*

Dieses Werk wurde vermittelt durch die Literarische Agentur
Thomas Schlück GmbH, Garbsen

Bibliografische Information der Deutschen Nationalbibliothek
Die Deutsche Nationalbibliothek verzeichnet diese Publikation
in der Deutschen Nationalbibliografie; detaillierte bibliografische Daten
sind im Internet über http://dnb.d-nb.de abrufbar.

Bibliographisches Institut GmbH
Dudenstraße 6, 68167 Mannheim
Lektorat: Brigitte Henze
Herstellung: Sarah Kimmig
Umschlagmotiv: Claudia Carls
Umschlaggestaltung: Kathrin Schüler, Berlin
Druck: Friedrich Pustet KG, Gutenbergstraße 8, 93051 Regensburg

ISBN 978-3-411-81034-5
www.sauerlaender.de

Für meine Großeltern Sandra und Mark Messler,
die, seit ich buchstabieren kann, einen Platz
für meinen ersten Roman auf ihrem Couchtisch
freigehalten haben.

Es geschah in der Nacht. Das Rauschen des Windes in den Vorhängen weckte mich. Ich schlug die Augen auf, konnte aber nichts erkennen.
Am Morgen war das Fenster geschlossen. Eine Feder lag auf dem Boden darunter, der einzige Hinweis darauf, dass ich tatsächlich in der Nacht aufgewacht war. In der Dämmerung konnte ich jedoch nicht erkennen, ob sie hell oder dunkel war.

Kapitel 1

Die kalte Luft hatte etwas Schneidendes. Ich stand vor dem *Love the Bean*, dem hiesigen Café und beliebten Treffpunkt meiner Clique. Der während des letzten Sturms gefallene Schnee war in der Kälte der darauffolgenden Tage gefroren und hatte die Straßen und Gehwege der Stadt in gefährliche Eisbahnen verwandelt. Auf der kurzen Strecke von meinem Auto bis zur Eingangstür rutschte ich viermal aus. Der Wind schnitt mir in den Nacken, wo er unterhalb meiner Mütze ungeschützt war, und ich sah mich auf der Straße nach Lebenszeichen um.

Willkommen in River Springs, Colorado, an einem Samstagabend! Das Stadtzentrum war wie ausgestorben. *Eden's Gate Market*, *Big Mouth Schnellrestaurant*, *Into the Woods Outdoor & Co.* – die Ladenfronten waren größtenteils dunkel.

Cassie und Dan warteten im Café auf mich. Jedes Jahr nahm ich ihnen das Versprechen ab, keine Geburtstagsparty für mich zu organisieren, und jedes Jahr hielten sie sich nicht daran. Es war schon fast eine Tradition geworden. Daher hatte ich den heutigen Abend bis ins kleinste Detail vorausgeplant. Wir würden meinen Geburtstag als Erstes mit Cupcakes und Latte begehen, einer freundlichen Spende unseres Freunds Ian, der im *Bean* arbeitete und uns ständig irgendwelche Sachen ausgab. Sobald Ian mit seiner Schicht fertig war, würden wir zu viert in die Mitternachtsvorstellung von *Feindlicher Sturm* im Clark Street Cineplex gehen, weil ich *total* auf grauenhafte Katastrophenfilme abfuhr.

Während ich mir alle Mühe gab, nicht das Gleichgewicht auf

dem vereisten Gehweg zu verlieren, schob ich die Tür zum *Bean* auf.

Zuerst dachte ich, ich hätte mich geirrt. Von den überdimensionierten Lichterketten einmal abgesehen, die seit Kurzem das Café schmückten, war der Raum nahezu dunkel und völlig leer.

»Hallo?«, flüsterte ich. Die Tür fiel mit leisem Glockenbimmeln hinter mir zu. Plötzlich konnte ich ein gedämpftes *»Schhhhh«* hören.

»Überraschung!« Cassie sprang hinter einem violetten Samtsessel hervor.

»Oh *Mann*«, stöhnte ich theatralisch und setzte ein überraschtes Gesicht auf. Ich hätte mir denken können, dass Cassie meine Geburtstagspläne in den Wind schießen und einfach ihre eigenen in die Tat umsetzen würde.

Genau aufs Stichwort sprang ungefähr die Hälfte der elften Klasse hinter anderen Samtsesseln, dick gepolsterten Sofas und der Kaffeetheke vor. Ich erkannte die übrigen Mädels der Skimannschaft, Cassies Bandmitglieder und Dans Kumpel aus dem Leichtathletikteam. Northwood Highschool war so klein, dass die verschiedenen Cliquen größtenteils miteinander klarkamen, und wie es aussah, war mein Geburtstag Grund genug, dass alle zusammen abhingen.

»Herzlichen Glückwunsch zum Geburtstag!«, schallte es durch den Raum.

»Cassie!« Ich schlug mit meiner Mütze nach ihr. »Du hast es mir versprochen!«

Sie hob abwehrend die Hände. »Tut mir leid. Du weißt doch, dass ich nie auf dich höre.« Lachend schüttelte sie den Kopf. »Du lernst es echt nie.«

Mit diesen Worten nahm sie mich am Arm und lotste mich durch die Menge zu einer Sofaecke im hinteren Teil des Cafés, wo Dan mit einem verschmitzten Lächeln und einer glitzernden Schachtel auf uns wartete.

»Okay, warte, ich weiß, du wolltest auch keine Geschenke«, brüllte sie über die einsetzende Musik hinweg, »aber ich konnte es einfach nicht lassen.«
»Wehe, du hast irgendwas Teures …«
»Natürlich nicht. Keine Sorge!«
Ich setzte gerade an »Ich hasse dich« zu sagen, als wir den Tisch erreichten, aber Dan unterbrach mich, indem er mich ungestüm in die Arme schloss und dabei fast umwarf.
»Komm schon, sei nicht sauer! Bist du sauer? Magst du uns noch? Falls nicht, ist mein Plan aufgegangen, Cassie endlich ganz für mich allein zu haben.« Er boxte Cassie spielerisch auf den Arm.
Sie rieb sich die Stelle und ich konnte ihre Mundwinkel zucken sehen, als versuche sie ein Lächeln zu unterdrücken. »Steht etwa der Weltuntergang vor der Tür? Vorher wird das nämlich nicht passieren.« Sie nahm einen dampfenden Becher vom Tisch. »Und selbst dann müssten wir erst mal drüber reden.«
»Ich warte sehnsüchtig auf einen scharfen Zombie«, fügte ich hinzu.
»Ja, oder auf den scharfen Wissenschaftler, der das rettende Heilmittel entdeckt.«
»Oder auf den scharfen Agenten, der den Auftrag hat, dich vor dem internationalen Terroristen zu schützen, der die Nation mit der ersten Zombie-Virus-Massenvernichtungswaffe auslöschen will.«
»Weil du das Zombie-Virus-Gegenmittel in deinem Blut trägst.«
»Genau.«
»Es vererbt sich nur rezessiv.«
»Von welchem Film reden wir jetzt?«, fragte Dan.
»Also, Skye«, sagte Cassie, die Dans Frage einfach überging und feierlich ihren Becher hob, »das ist für dich.« Sie öffnete ihre Strickjacke, unter der ein metallener Flachmann aufblitzte. »Siebzehn ist schließlich ein bedeutender Geburtstag.«

»Er wäre noch bedeutender, wenn der Weltuntergang vor der Tür stehen würde«, murmelte Dan.
»Habt ihr zwei schon angefangen zu trinken, bevor ich gekommen bin?«, frotzelte ich.
Cassie hatte sich zur Feier des Tages in Schale geworfen und trug ein geblümtes Minikleid unter ihrer gelben Lieblings-Vintage-Strickjacke. Dazu dicke Wollstrumpfhosen und Schneestiefel, die in Colorado im Winter allgegenwärtig waren. Ihr rotes Haar hatte sie zu einer losen Steckfrisur aufgetürmt. Dan hatte den marineblauen Kapuzenpulli an, den er nie auszog. Er strich sein glattes braunes Haar zurück, das ihm ständig in die Augen fiel. Ich konnte einfach nicht lange böse auf die beiden sein. Sie waren seit der Grundschule meine besten Freunde und wir waren immer noch so unzertrennlich wie eh und je.
»Na schön, ich geb's zu«, sagte ich. »Ihr zwei seid die Besten. Das Café sieht unglaublich aus.«
»Oh, es gefällt ihr!« Dan stupste Cassie an. »Jetzt werd bloß nicht rührselig, Skye.«
»Es soll auch unglaublich aussehen.« Cassie seufzte. »Schließlich habe ich zwei Stunden gebraucht, die Papier-Eiszapfen zu basteln und die Lichterketten auseinanderzuwursteln.«
»Du bist die unangefochtene Bastelkönigin«, versicherte ich ihr.
»Da wir schon beim Thema sind«, klinkte Dan sich ein und zeigte auf die Schachtel auf dem Sofa hinter sich. »Du willst es wahrscheinlich nicht hören«, er senkte die Stimme zu einem deutlich hörbaren Flüstern, »aber wir *haben auch was für dich.*« Er duckte sich theatralisch, als würde ich ihn gleich schlagen.
»Sehr witzig«, sagte ich. »Hast du das geübt?«
Das Geschenk war in knittrige Alufolie gewickelt und es stand *Herzlichen Glückwunsch zum Geburtstag, Skye* in goldener Glitzerschrift darauf.
»Das Geschenk war ganz allein *meine* Idee«, erklärte Cassie.

»Aber *ich* war fürs Einpacken zuständig«, warf Dan ein.
»Als könnte sie das nicht sehen.« Cassie verdrehte die Augen. »Aber mach's noch nicht auf, Skye. Es könnte deinem überraschungsfeindlichen Herzen den Rest geben. Tu uns den Gefallen und öffne es lieber später. Okay?«
»Okay.« Ich lachte. »Außerdem möchte ich dieses Verpackungsmeisterwerk nicht zerstören.«
»Es ist wirklich schwerer, als es aussieht«, beharrte Dan.
»Also gut. Ich möchte einen Toast ausbringen«, setzte ich an. »Ihr wisst, dass ich sonst keine Überraschungen mag, aber …« Alle sahen mich erwartungsvoll an. »Die hier ist echt cool. Danke!«
Cassie hob ihren Becher. »Das machen wir doch gerne. Da wird uns gleich ganz warm ums Herz. Und wir wissen ja alle, wie schwer du dich mit Geburtstagen tust.«
Ich warf ihr einen mahnenden Blick zu, den sie geflissentlich übersah.
»Darauf, dass wir uns immer aufeinander verlassen können.« Dan hob ebenfalls seinen Becher.
»Auf den siebzehnten Geburtstag«, fügte Cassie hinzu. »Und das Lebensjahr, in dem alles zusammenkommt.«
Wir stießen mit unseren Bechern an und das Klirren hallte durch das Café, als wären wir nur zu dritt hier.

Die Lichterketten tauchten alles in einen schummrigen Glanz und die Musik dröhnte in voller Lautstärke aus den Boxen. Cassie war nicht die Einzige, die auf die Idee gekommen war, einen Flachmann einzustecken. Maggie Meltzer, die Kapitänin der Mädchen-Skimannschaft, versorgte mich mit Jägermeister aus ihrer pinkfarbenen Alu-Wasserflasche, während der Rest ihres Teams um uns herum tanzte. Jemand schob einen von Dans Leichtathletikfreunden auf mich zu und wir legten ebenfalls los. Von irgendwoher, die genaue Richtung konnte ich nicht ausmachen, drang Cassies Stimme zu mir herüber: »Für jemanden, der keine Überraschungen mag, fährt sie auf die aber richtig ab.«

Mit einem Mal wurde mir schwindlig, so als wäre ich zu weit vom Ufer weggeschwommen und hätte plötzlich gemerkt, dass ich keinen Boden mehr unter den Füßen hatte. Ich legte eine kurze Verschnaufpause ein, bevor ich mir leicht beschwipst einen Weg zurück zu unserem Sofa bahnte. Cassie hockte neben Dan; sie steckten die Köpfe zusammen und ihre Knie berührten sich fast, während sie sich unterhielten.

»Hey, Skye!«

Ich drehte mich um und stand Ian gegenüber, der mich anlächelte und mir ein Tablett voller verschiedenfarbiger Cupcakes hinhielt. Er hatte kurzes rotblondes Haar und jede Menge Sommersprossen, die über sein ganzes Gesicht verteilt waren. Ich freute mich immer Ian zu sehen. Zwar nicht so sehr, wie er es sich wahrscheinlich insgeheim wünschte, aber immerhin.

»Schau, wir können wenigstens an einem Teil des eigentlichen Plans festhalten.« Er bot mir von dem frischen Kuchen an. »Geht aufs Haus.«

»Wieso haben sie dich eigentlich noch nicht gefeuert?«, fragte ich, während ich mir einen Vanille-Cupcake mit pinkfarbener Glasur und bunten Streuseln aussuchte.

»Ganz einfach. Weil der Laden hier ohne mich den Bach runtergehen würde. Ich bin schließlich der sexy Mann für alles.«

Ich stupste ihn leicht. »Ach, hör auf.«

»Doch, wirklich.« Er stieß mich mit der Schulter an. »Und für dich würde ich mich doch gerne feuern lassen.« Er setzte das Tablett auf dem niedrigen Tisch vor dem Sofa ab, auf dem ich neben Cassie und Dan Platz nahm.

Cassie sprang sofort auf. »Oh, Kuchen!«, quietschte sie vor Freude und schnappte sich einen Schokoladen-Cupcake mit gelber Glasur.

Ian ließ sich geräuschvoll neben mich plumpsen. »Ich habe eine Viertelstunde Pause«, sagte er. »Und? Warst du überrascht?«
»Du meinst, obwohl ihr meine *ausdrückliche* Anweisung ignoriert habt, mich nicht zu überraschen? So wie letztes Jahr?«
»Und alle Jahre davor?« Er nahm grinsend einen Schokoladen-Cupcake, fing an, das Papierförmchen zu entfernen, und schleckte sich die Glasur vom Daumen.
»Ja. Unglaublich, aber wahr, ich war tatsächlich überrascht.«
Ian nickte zufrieden. »Und was hältst du von der Band?«, fragte er.
Ich warf einen Blick auf die kleine Bühne in der Ecke, auf der drei Typen Indie-Pop spielten. »Nicht schlecht.«
»Aber nicht so gut wie die *Somnambulists*«, warf Cassie schnell ein.
»Deine Band konnte heute Abend ja leider nicht«, rief ihr Ian in Erinnerung. »Du musstest ja eine Überraschungsparty organisieren.«
»Stimmt.« Cassie griff nach einem zweiten Cupcake und teilte ihn mit einer Gabel in zwei Hälften. »Ich habe eben viele Talente.« Gedankenverloren reichte sie mir ein Stück. »Und ich habe mich heute Abend geradezu selbst übertroffen, findest du nicht?«
»Ja«, stimmte ich ihr zu. »Aber wenn ich nächstes Jahr ›keine Überraschungsparty‹ sage, dann meine ich es auch so.«
»Träum weiter«, erwiderte Ian grinsend.
»Genau! Wenn *wir* keine Party für dich schmeißen, wer dann?«, fragte Cassie, bevor sie sich wieder ganz Dan zuwandte.
Ich wusste, sie hatte es nicht so gemeint, aber ihre Worte versetzten mir einen kleinen Stich. Die Erinnerungen an meine Eltern waren sehr verschwommen, weil ich sehr jung gewesen war, als sie starben. Die beste Freundin meiner Mom – meine Pflegemutter, die ich Tante Jo nenne – hatte mir jedoch eine ganze Schachtel voller Fotos aus meiner Kindheit gegeben.

Anscheinend hatte mir meine Mom jedes Jahr zum Geburtstag einen unglaublich schiefen Konfettikuchen gebacken, den ich dann mit Schokoladen- *und* Vanilleglasur verzieren durfte. Die Kuchen sahen auf den Bildern alle ziemlich scheußlich aus, aber Konfettikuchen mit Marmorglasur war nach wie vor mein Lieblingsgebäck. Schon komisch, was für Dinge ich auf einmal vermisste, obwohl ich mich kaum an sie erinnern konnte.

»Du siehst echt toll aus«, sagte Ian leise und brachte mich mit seiner Bemerkung wieder zurück in die Gegenwart.

»Danke«, erwiderte ich. »Liegt wohl daran, dass ich jetzt ein Jahr älter bin.«

»Nein, du siehst immer toll aus.« Er wurde rot und schien ganz plötzlich von den Resten seines Cupcakes fasziniert.

Ian trug ein grünes Poloshirt mit dem Logo des Cafés über dem Herzen. Nicht gerade sexy. Ich wusste, er würde mir nicht glauben, wenn ich ihm sagte, dass auch er gut aussah. Es wäre einfach nur der Versuch gewesen, die Tatsache zu überspielen, dass mich sein Kompliment verlegen gemacht hatte. Uns beide verlegen gemacht hatte.

Im Café wurde es zunehmend heiß, laut und voll. Ich fühlte mich in kleinen Räumen und großen Menschenansammlungen nie besonders wohl. Viel lieber war ich oben auf den Bergen Ski fahren und spürte den frischen, belebenden Wind auf meinem Gesicht. Dort zog es mich immer hin.

»Sorry, aber ich brauche ein wenig frische Luft«, verkündete ich den Leuten um mich herum.

»Du meinst wohl *Erfrierungen.*« Cassie sah auf, als wäre ich nicht ganz richtig im Kopf. »Viel Spaß!«

»Und pack dich warm ein, Liebes!«, rief mir Dan in seiner besten Omi-Stimme zu.

Ich suchte in dem Haufen Klamotten auf dem Sofa nach meinem Mantel, konnte aber nur meine Mütze und meinen Schal entdecken, die unter einem Parka hervorlugten.

»Soll ich dich begleiten?«, fragte Ian.
»Danke«, erwiderte ich, während ich so tat, als wäre ich ganz in die Suche nach meinem Mantel vertieft, »aber ich schnappe nur ein bisschen frische Luft. Lohnt sich nicht, dass du dir auch Frostbeulen holst.«
»Alles klar.« Er stand auf. »Meine Pause ist sowieso vorbei.«
»Die Cupcakes waren übrigens echt lecker.«
»Ich hab sie nicht gebacken.« In seiner Stimme schwang eine merkwürdige Schärfe mit und ich hatte auf einmal das Gefühl, dass ich irgendetwas falsch gemacht hatte.
Ich sah ihm mit einem Seufzer nach, als er davonmarschierte. *Warum hast du nicht einfach Ja gesagt, Skye? Wäre es wirklich so schlimm gewesen, wenn er dich nach draußen begleitet hätte?* Nein, aber ich sehnte mich nach ein paar Minuten absoluter Ruhe. Ian würde es verstehen. So wie immer.
Ich schnappte mir meine Mütze und meinen Schal, zog sie über und ging aus der Tür. Sofort umfing mich die kalte Luft. Es fühlte sich gut an und hatte eine belebende Wirkung. Hier draußen war es ruhig und friedlich. Ich schloss die Augen, atmete tief durch und genoss die Zeit für mich allein. Als ich sie wieder aufschlug, betrachtete ich den Vollmond, der die Berge erleuchtete.
»Hi.«
Ich fuhr herum, verlegen, dass man mich in einem gedankenverlorenen Moment erwischt hatte. Jemand lehnte an der Mauer des Gebäudes hinter mir. Ich konnte die hochgewachsene, kräftige Gestalt eines Typen ausmachen, aber sein Gesicht lag im Schatten des Vordachs verborgen.
»Oh«, entfuhr es mir. »Entschuldige. Ich wollte dich nicht stören. Ich kann …« Ich drehte mich zur Tür.
»Nein, bleib«, sagte er. »Es wird mir sowieso zu ruhig hier draußen.« Er trat ins Licht. »Ich bin es nicht gewohnt, in den Bergen zu leben. Sie dämpfen irgendwie alle Geräusche.«

Unsere Blicke trafen sich und etwas an der Art, wie er mich ansah, ließ mich innehalten. Seine tiefschwarzen Augen hatten etwas ungemein Anziehendes und plötzlich hatte ich ein merkwürdiges Déjà-vu-Erlebnis. Das Mondlicht schien auf sein Gesicht, unterstrich die Konturen seiner Wangenknochen und erleuchtete seine glatte, olivfarbene Haut. Sein kurzes Haar war so schwarz, dass man nur schwer erkennen konnte, wo es endete und wo die Nacht begann.

»Du bist Skye, oder?«

»Ja«, antwortete ich und riss den Blick von ihm los, um wieder die Berge zu betrachten. Ich wollte nicht, dass er bemerkte, wie ich ihn anstarrte. Kannte ich ihn? Er kam mir nicht bekannt vor, schien mich jedoch zu kennen. Vielleicht hatte er drinnen gehört, wie jemand meinen Namen sagte. »Ich fliehe gerade vor meiner eigenen Party. Ich bin echt die Größte.«

Er musterte mich amüsiert. »Du machst mir nicht den Eindruck, als würdest du ein bisschen Spaß aus dem Weg gehen. Dahinter muss sich mehr verbergen. Versteckst du dich vor irgendwas – oder irgendjemand – Bestimmtem?«

»Nein«, erwiderte ich. »Es ist nichts in der Art.«

»Nichts?« Sein Tonfall war unbeschwert, als würden wir uns schon ewig kennen und sämtliche Geheimnisse miteinander teilen.

»Oder alles«, gab ich zu und versuchte ein Lächeln zu unterdrücken.

Er lachte und der tiefe Klang seiner Stimme hallte durch die leere Straße. Unwillkürlich zog sich mir der Magen zusammen. *Beruhig dich, Skye.* Sonst reagierte ich nie so heftig auf Jungs, die ich gerade erst kennengelernt hatte. Ich war immer cool und gefasst. Cassie war diejenige, die verrückt nach ihnen war.

»Ist das eine Angewohnheit von dir, dich von deinen eigenen Partys zu verziehen?«, fragte er.

»Nur, wenn sie gegen meinen Willen gefeiert werden. Ist es eine

Angewohnheit von dir, vor den Partys *anderer* Leute herumzulungern?«, gab ich zurück.

»Zweifellos.« Er grinste und zeigte dabei ein niedliches Grübchen. »Man weiß nie, wen man so trifft.«

Wir standen eine Weile herum, ohne zu wissen, was wir sagen sollten, und sahen zu, wie unser Atem in Dunstwolken in die Nacht aufstieg. Ich hätte mich gerne weiter mit ihm unterhalten, aber mein Hirn ließ mich im Stich.

Du musst in Zukunft Cassie davon abhalten, den Inhalt ihres Flachmanns in deine Drinks zu kippen, schoss es mir durch den Kopf.

»Ich sollte wieder reingehen«, sagte ich schließlich. »Sie werden sich bestimmt fragen, wohin ich verschwunden bin.«

»Was wünschst du dir?«

Ich drehte mich wieder zu ihm um. »Wie bitte?«

»Dein Geburtstagswunsch«, erwiderte er. »Du weißt schon, als du die Augen zugemacht und die Kerzen ausgeblasen hast. Was hast du dir da gewünscht?«

Aus irgendeinem Grund stieg plötzlich ein warmes Gefühl mein Rückgrat hoch und legte sich über meine Wangen. Warum empfand ich eine so harmlose Frage als so persönlich? »Ich hab wohl vergessen, mir was zu wünschen«, antwortete ich und erkannte im selben Moment, als ich es aussprach, dass es die Wahrheit war.

»Es ist noch nicht zu spät«, sagte er. »Du hast noch eine halbe Stunde Zeit, um dein Leben zu ändern.«

Ich sah ihn verwirrt an. Was für eine merkwürdige Bemerkung für jemanden, den man gerade erst kennengelernt hatte. »Vielleicht will ich mein Leben ja gar nicht ändern.«

»Du würdest rein gar nichts daran ändern wollen?«

Ich dachte natürlich sofort an meine Eltern, aber sich zu wünschen, ihnen irgendwie näher zu sein, wäre sinnlos gewesen. »Nein«, sagte ich. »Nicht wirklich.«

»Na, dann hoffe ich, dass für dich alles glattläuft.«
Ich drehte mich wieder zur Tür und hatte mit einem Mal das ungute Gefühl, ich hätte aus irgendeinem Grund verpasst, worum es bei unserer Unterhaltung gegangen war.
»Bis irgendwann, Skye«, sagte er, als ich wieder reinging. »Alles Gute zum Geburtstag.«

Kapitel 2

Allein in dem von Neonröhren erleuchteten Klo betrachtete ich mein Spiegelbild. Meine Augen funkelten silbern im Licht – wirklich silbern, nicht silbrig grau, wie sie an den meisten Tagen erschienen. Ich blinzelte, aber nichts veränderte sich. Sie funkelten nur heller, lebhafter. Irgendwie erinnerte mich ihre Farbe an Quecksilber und ich musste unwillkürlich an einen Film denken, den wir uns Anfang des Jahres in Chemie angesehen hatten. Als der Wissenschaftler ein altmodisches Thermometer in einer Petrischale zerbrach, rann das Quecksilber schnell, leicht und nicht annähernd so zähflüssig, wie ich es erwartet hatte, ins Glas.

Vergeblich versuchte ich, meinen unregelmäßigen Herzschlag zu beruhigen. Woran lag es, dass meine Augen jetzt so aussahen? Hatte es bereits angefangen, bevor ich nach draußen gegangen war? Oder hatte es etwas mit meiner unerwarteten Faszination von dem Typen, der an der Mauer gelehnt hatte, zu tun? Plötzlich wurde mir bewusst, dass ich nicht einmal seinen Namen kannte.

Als ich die Klotür aufgehen und Gelächter hörte, verzog ich mich in die nächstbeste Kabine und drückte mich mit dem Rücken gegen die kühle Metalltür. Angestrengt versuchte ich, Ruhe in meine aufgewühlten Gedanken zu bringen und mich auf mein Problem zu konzentrieren. Bevor meine Augen nicht wieder ihre normale Farbe angenommen hatten, konnte ich mich meinen Freunden nicht zeigen. Was hatte es wieder rückgängig gemacht, als es mir das *letzte* Mal passiert war?

Vor zwei Wochen hatte ich an einem Skirennen teilgenommen. Ein Mädchen von der Holy Cross Academy und ich hatten uns eine Zeit lang ein Kopf-an-Kopf-Rennen geliefert. Ich hatte mich in den Wind gelehnt, die Kurven vorausgespürt und den Lärm, die Geräusche, alles außer dem Gefühl des Schnees unter mir ausgeblendet. Als sie mir unten zu meinem Sieg gratulierte, hatte ich meine Skibrille abgenommen. »Wow!«, hatte das Mädchen gesagt. »Trägst du Kontaktlinsen?« Und Augenblicke später, in einem Klo wie diesem hier, sah ich es zum ersten Mal: meine Augen, die mir wie geschmolzene Silbermünzen entsetzt aus dem Spiegel entgegenstarrten.

Ich löste mich von der Kabinentür und wartete, bis die beiden Mädchen, die mich unterbrochen hatten, wieder weg waren und die Tür quietschend hinter ihnen zuging. Als alles still war, trat ich aus der Kabine, sah noch einmal in den Spiegel und machte mich darauf gefasst, was ich darin erblicken würde.

Doch meine Augen waren wieder genauso nickelgrau wie immer. Plötzlich kam mir ein Satz, den mein Dad stets gesagt hatte, in den Sinn. *Kleine Silberglöckchen. Wenn sie bimmeln, wissen wir Bescheid.* Er kam wie aus dem Nichts. Seit seinem Tod hatte ich nicht mehr daran gedacht.

Ich schob die Erinnerung beiseite, atmete tief durch und stellte mich gerade hin, um den Rest von mir zu begutachten. Meine Haut sah noch blasser aus als sonst. Mein Outfit – Jeans und ein lavendelblauer Sweater –, das sich noch vor ein paar Minuten genau richtig für einen netten Abend mit Freunden angefühlt hatte, kam mir auf einmal uncool und altmodisch vor. Ich zog den Sweater aus. Das enge T-Shirt darunter war schon besser. Mein gewelltes schwarzes Haar klebte mir vom Tanzen am Nacken und ich band es zu seinem Pferdeschwanz zusammen. Dann warf ich einen Blick auf meine Uhr. Es war fast Mitternacht. Ich überlegte, ob wohl alle sauer auf mich sein würden, wenn ich so früh nach Hause ging. Cassie würde mit Sicherheit enttäuscht sein. Sie hatte die ganze Woche damit angegeben, dass sie Tante Jo überredet hatte, mein Ausgehverbot für diesen einen Abend aufzuheben. Auch wenn ich diese Gelegenheit nur ungern ungenutzt ließ, hatte ich auf einmal jede Lust auf Partymachen verloren. Warum passierte mir das ständig? War ich krank?

Die Klotür quietschte in den Angeln, als ich nach draußen auf den Flur trat. Ich musste Ian bei Gelegenheit sagen, dass er sie reparieren lassen sollte. Das Licht, das mich empfing, war schummerig und meine Augen brauchten einen Moment, um sich an den Unterschied zu gewöhnen.

Aber dann sah ich sie.

Zwei Jungs standen mit dem Rücken zu mir. In dem Halbdunkel konnte ich gerade so ausmachen, dass der eine blond war, während das kurz geschnittene Haar des anderen mit dem dunklen Hintergrund verschmolz. Sie unterhielten sich leise. Hin und wieder wurden ihre Stimmen lauter und dann wieder leiser, so als stritten sie sich, wollten aber nicht gehört werden. Auch wenn ich von meinem Standort aus ihre Gesichter nicht sehen konnte, war ich mir sicher, dass ich sie nicht kannte.

Plötzlich schnappte ich einen Gesprächsfetzen auf: »Noch … nicht!« Der blonde Typ stand aufrecht da, die Arme steif an den Seiten und die Hände zu Fäusten geballt. »Du sollst dich nicht immer einmischen.«

»Und wenn schon?«, zischte der dunkelhaarige Typ. »Deine Regeln interessieren mich nicht, Devin.«

Blitzschnell stieß er den blonden Jungen in den Stapel Holzstühle hinter ihm, die daraufhin laut zu Boden krachten. Zumindest nahm ich an, dass er ihn gestoßen hatte – so schnell, wie er sich bewegt hatte, konnte ich nicht genau sehen, was passiert war. Alle drehten sich in Richtung des Lärms um. Jemand schaltete die Musik aus.

Devin wirkte benommen inmitten der Stühle. »Das sehe ich, *Asher.*«

Devin rappelte sich auf. Asher stürzte sich erneut auf ihn und die beiden rauften miteinander, Kopf an Kopf. Ein paar Leute in der Menge schrien auf. Ich versuchte, die Panik zu unterdrücken, die in meiner Kehle aufstieg.

»Du hättest genau dasselbe getan.« Ashers Stimme klang wie ein Knurren, tief und bedrohlich.

»Du weißt, dass das nicht stimmt.«

Als sich die Menge enger um sie scharte, fand ich mich ganz vorne im Kreis wieder. Leute rempelten mich an, um einen besseren Blick auf die Prügelei zu haben.

»Und wer ist schuld daran?«

Devin wand sich in Ashers Griff und Asher flog nach hinten – direkt auf mich zu. Ich konnte nicht ausweichen, die Menge stand zu eng beieinander. Reflexartig schloss ich die Augen und streckte die Arme aus, um ihn aufzufangen, als er mit mir zusammenstieß und wir beide auf dem Parkettboden landeten. Ein stechender Schmerz durchfuhr mich, als mir der Zusammenprall den Atem verschlug, und ich schnappte nach Luft.

»Skye!«, hörte ich Cassies Stimme durch das Brummen in meinen Ohren.

Aber ich konnte ihr nicht antworten, geschweige denn mich vom Fleck rühren. Asher lastete schwer auf mir. Er drehte sich um und drückte sich mit den Armen neben meinem Kopf vom Boden ab, um sich aufzurichten. Sein Gesicht war direkt über meinem. Er riss überrascht die Augen auf. Es war der Typ, den ich gerade vor ein paar Minuten auf der Straße getroffen hatte. Der attraktive Junge, der mich gefragt hatte, was ich mir zum Geburtstag gewünscht hatte. Seine Augen wirkten selbst in dem ganzen Durcheinander atemberaubend und unergründlich. Bei ihrem Anblick hatte man fast das Gefühl, einer Münze nachzusehen, die in einen tiefen Brunnen hinunterfiel.

Ich holte Luft und spürte nach und nach wieder meine Gliedmaßen.
»Steh auf!« Ich stieß Asher, so fest ich konnte, von mir und er plumpste auf die Seite. »Idiot!« Endlich konnte ich mich hochrappeln. Der andere Typ, Devin, starrte mich an.
Kaum war ich wieder auf den Beinen, jagte mir ein ohrenbetäubender Knall, auf den ein lautes Zischen folgte, einen furchtbaren Schrecken ein. Ich blickte in die Richtung, aus der ich Cassies Stimme das letzte Mal hatte kommen hören, und bahnte mir einen Weg durch die Menge. Plötzlich bebte der Boden unter unseren Füßen, ich verlor das Gleichgewicht und fiel auf die Knie. Schreie ertönten, panische Hilferufe hallten um mich herum und jemand packte mich von hinten am Arm.
»Skye!«
Ich drehte mich zu Cassie um und drückte erleichtert ihren Arm. »Was ist los?«
Cassie schüttelte mit weit aufgerissenen Augen den Kopf. »Ich hab keine Ahnung.«
»Ein Erdbeben!«, brüllte jemand aus der Menge.
Chaos brach aus, als hätte jemand einen Schalter umgelegt. Gläser zerbrachen und Tassen und Teller fielen von den Regalen. Cassie hielt meinen Arm fest umklammert. »Bloß weg hier!«, rief sie und zog mich zur Tür. »Beeil dich!«
Auf dem Weg nach draußen bemerkte ich, dass Dan und Ian neben uns herrannten. Dan ergriff Cassies freien Arm. Als Ian mich am Arm packte, warf er mir einen seltsamen Blick zu.
»Lauft zu euren Autos!«, brüllte Dan. »Ich bleibe bei Ian, während er Polizei und Feuerwehr alarmiert.«
Die beiden eilten zurück zum Café.
Draußen stoben die Leute in alle Richtungen davon. Ich konnte spüren, wie die Erschütterungen langsam nachließen, als Cassie und ich durch die eiskalte Luft ans andere Ende der Straße liefen, wo wir unsere Autos geparkt hatten. Bei ihrem

alten dunkelgrünen Volvo Kombi blieben wir stehen. Ich bekam keine Luft mehr und beugte mich nach vorn. Es war, als hätten sich meine Lungen verschlossen.

»Na, eins steht schon mal fest, am Montag werden alle über deinen Geburtstag reden«, murmelte Cassie und kramte hektisch nach ihren Schlüsseln.

Ich versuchte mich aufrecht hinzustellen, aber meine Knie zitterten zu heftig. Sie knickten unter mir ein und ich sackte zu Boden. Immer wieder schnappte ich nach Luft.

»Skye?« Cassie kniete sich neben mich hin und der Schnee durchnässte ihre Strumpfhosen. »Ist alles Ordnung?«

Sie strich mir die Haare aus dem Gesicht, während ich den Kopf an die Beifahrertür lehnte und mit geschlossenen Augen verzweifelt nach Luft rang.

»Ich weiß nicht, was mit mir los ist«, sagte ich, während sich mir die Brust zusammenzog. Die Straße schien sich zu drehen, obwohl es mittlerweile aufgehört hatte zu beben. »Ich fühle mich ganz seltsam. Wahrscheinlich habe ich nur zu viel getrunken.«

»In dem Zustand kannst du jedenfalls nicht nach Hause fahren. Du zitterst ja am ganzen Körper.« Sie nahm meine Hände und drückte sie.

Ich wusste nicht, wie ich ihr erklären sollte, was mit mir nicht stimmte. Ich verstand ja selbst nicht, was los war. Es war keine Panikattacke. Es war nicht einmal Angst. Es fühlte sich eher an, als hätte mich ein Zustand völliger Erschöpfung übermannt. Als wäre ich bis an meine äußerste Grenze gegangen und dann zusammengebrochen.

»Komm, setz dich ins Auto.« Sie half mir auf die Beine und auf den Beifahrersitz. Dann beugte sie sich über mich und schnallte mich an. »Ich bring dich nach Hause. Dein Auto holen wir morgen.«

Als sie in den Wagen stieg und den Motor anließ, lief im Radio

der Song, der schon den ganzen Winter über ein Hit gewesen war. Cassie fing automatisch an, leise mitzusingen. Sie fuhr aus der Parklücke heraus und die Straße hinunter.
Ich atmete tief durch und strengte mich an, die Hände ruhig zu halten. Als sich die Musik und Cassies Stimme beruhigend über mich legten, blickte ich zufällig in den Seitenspiegel. Auf der Straße stand eine einsame Gestalt, die immer kleiner wurde, je weiter wir uns von ihr entfernten.

Kapitel 3

Am nächsten Morgen war der Himmel grau und versprach noch mehr Schnee. Als ich die Augen aufschlug, fiel schwaches Licht durch das Erkerfenster in mein Zimmer und erleuchtete die hellblauen Wände, was mir fast das Gefühl gab, als schwebte ich im Himmel. Ich vergrub mich tiefer unter meine Bettdecke und blendete die Welt um mich herum aus. Ich hatte rasende Kopfschmerzen.

Am liebsten hätte ich den ganzen Morgen im Bett verbracht, aber mein Handy fing an zu klingeln, sodass mir nichts anderes übrig blieb, als aufzustehen und auf die andere Seite meines Zimmers zu stapfen, wo ich es zum Aufladen auf die Kommode gelegt hatte.

»Hi, Ian«, sagte ich, als ich sah, wer anrief. Da mir in Boxershorts und T-Shirt kalt war, beeilte ich mich wieder ins Bett zu kommen und schloss unterwegs das Fenster. Ich konnte mich nicht daran erinnern, es offen gelassen zu haben, und jetzt war es im Zimmer eiskalt. Bevor ich die Vorhänge zuzog, warf ich einen Blick nach draußen. Der Himmel hatte sich dunkel verfärbt von dem Unwetter, das auf uns zukam.

»Hi«, grüßte er zurück. »Wie geht es dir heute Morgen?«

Ich lachte. »Wie soll's mir gehen? Ich bin gerade erst aufgestanden und ans Handy gegangen und jetzt liege ich wieder im Bett.«

»Bring mich nicht in Versuchung, Skye. Ich bin auch nur ein Mann. Hast du einen Pyjama an?«

»Ian!«

»War nur ein Scherz! War nur ein Scherz.« Ich hatte jedoch das Gefühl, dass das nicht ganz stimmte. Er alberte oft so herum, aber er war nur ein guter Freund und ich hatte in ihm nie mehr als das gesehen. »Jetzt mal im Ernst. Ich rufe wirklich an, um zu hören, wie's dir geht. Es war gestern gegen Ende doch alles reichlich chaotisch.«

Ich zog mir nachdenklich die Bettdecke über den Kopf und hielt nach Lücken Ausschau, durch die das Tageslicht fiel. »Ja, ihr habt der ›Überraschung‹ in Überraschungsparty eine ganz neue Bedeutung gegeben.« Ich gähnte. »Ich habe noch nie gehört, dass es in dieser Gegend Erdbeben gibt.«

»Gibt es ja auch nicht.«

»Was meinst du damit?«

»Es war kein Erdbeben. Der Boiler im Keller ist explodiert.«

Ich biss mir in die Innenseite meiner Wange. »War der nicht brandneu?« Ich erinnerte mich daran, dass sich Ian letztes Jahr ständig darüber beklagt hatte, die Installation würde seinen Schichtplan total durcheinanderbringen. Ians Job im *Bean* schloss nämlich auch alle möglichen Reparaturarbeiten ein und an manchen Vormittagen war er sogar noch vor der Schule dort gewesen, um die Arbeiten am Boiler zu beaufsichtigen.

»Ja. Anscheinend hat er sich überhitzt. Er ist so heiß geworden, dass er an ein paar Stellen sogar geschmolzen ist – und das hat die Explosion verursacht.«

»Unglaublich«, erwiderte ich, während ich mir die Decke vom Kopf zog. Kühle Luft schlug mir ins Gesicht.

»Ja, in der Tat!«

»Ist irgendjemand verletzt worden?«

»Nicht, dass ich wüsste. Wir hatten richtig Glück.«

»Skye?« Tante Jo klopfte an meine offene Zimmertür. »Schatz, wenn ich dich in die Stadt fahren soll, damit du dein Auto holen kannst, sollten wir lieber gleich los. Es sieht nach Schnee aus und ich möchte nicht, dass du stecken bleibst.«

Ich nickte ihr zu. »Ian?«, sagte ich ins Handy.
»Ja«, erwiderte er. »Ich hab's gehört. Komm doch im *Bean* vorbei, wenn du in der Stadt bist und ein wenig Zeit hast. Ich bin hier und räume die Sauerei auf.«
»Wie ätzend.«
»Du sagst es.«
»Konnten sie denn niemanden finden, der dir hilft?«
»Könntest du bitte noch etwas mehr darauf herumreiten?«
Ich lachte. »Dann bis später.« Ich hörte, wie er gegen zerbrochenes Glas trat, dann seufzte Ian ins Telefon.
»Ich werde hier sein.«
Als ich auflegte, fing das Handy sofort wieder an zu klingeln. Cassie.
»Uns steht ein Schneesturm bevor!«, trällerte sie. »Wie fühlst du dich?«
»Kopf. Auto. Schnee. Stadt«, stöhnte ich nur.
»Alles klar. Ruf mich an, wenn du zurück bist und es dir besser geht.« Dann legte sie auf.

Während der Fahrt zu meinem Auto sagten wir beide kein Wort. Mir war einfach nicht nach Reden zumute. Tante Jo war noch wach gewesen, als ich gestern Abend nach Hause gekommen war, und Cassie und ich hatten ihr von der Nicht-Überraschungsparty und dem Vorfall erzählt, den ich für ein Erdbeben gehalten hatte. Cassie hatte ihr erklärt, das Ganze hätte mich so mitgenommen, dass sie mich hätte nach Hause fahren müssen. Ich wollte nicht, dass sich Tante Jo Sorgen machte, aber wie sollte ich ihr erklären, was wirklich passiert war, wenn ich es selbst nicht einmal wusste?
Immer wieder warf sie mir nervöse Blicke zu. Ich hatte ihr berichtet, was mir Ian gerade von der Explosion des Boilers erzählt hatte. Es war ein beängstigender Gedanke, dass der gestrige Abend noch viel schlimmer hätte enden können.

Den Kopf gegen die Nackenstütze gelehnt, beobachtete ich die vorbeiziehenden Bäume. Schließlich hielten wir vor meinem schwarzen Subaru an. Ich sprang vom Beifahrersitz ihres Wagens und meine Stiefel knirschten laut im Schnee. Tante Jo stieg ebenfalls aus und kam um den Bordstein herum. Mit der linken Hand klatschte sie besorgt gegen die Seite des Geländewagens und ein paar graublonde Strähnen lösten sich aus ihrem Pferdeschwanz. Sie hatte einen ziemlichen Sonnenbrand auf den Wangen, das Ergebnis ihrer Bergsteigertour letzte Woche mit *Into the Woods Outdoor Company*, dem Geschäft für Outdoor-Sportartikel und Abenteuerreisen, das ihr gehörte und dessen Geschäftsführerin sie war.
Tante Jo hatte es immer vorgezogen, den Laden hinter den Kulissen zu schmeißen, bis vor zwei Wochen ihre Hauptbergführerin Jenn Spratt schwer gestürzt war. Ihr Karabinerhaken war bei einer Eisklettertour nicht richtig gesichert gewesen. Jenn hatte sich das linke Bein gebrochen und eine Schulter ausgekugelt. Tante Jo hatte zwar sofort ihre Büroangestellten darangesetzt, eine vorübergehende Vertretung für sie zu finden, aber bis dahin war sie die Einzige, die qualifiziert genug war, Bergsteigergruppen zu führen. Zum Glück hatte sie mich zur Selbstständigkeit erzogen. In den letzten beiden Wochen war sie längere Zeit unterwegs gewesen und mit von Sonne und Wind gegerbtem Gesicht, etlichen Kratzern und blauen Flecken zurückgekommen. Aber das alles ließ sie irgendwie hübsch aussehen – naturverbunden, lebendig und jünger, als sie war. Es war ein komischer Gedanke, dass die beste Freundin meiner Mutter genauso alt war, wie meine Mom jetzt wäre, wenn sie noch leben würde. Und ich konnte mir meine Mom beim besten Willen nicht bei denselben anstrengenden Aktivitäten vorstellen, die Tante Jo unternahm. Ich hatte sie eher als ein zerbrechliches und vergeistigtes Wesen in Erinnerung. Einfach perfekt.

»Hör mal, ich schau noch schnell im *Bean* vorbei, um Ian Hallo zu sagen, bevor ich nach Hause fahre«, wandte ich mich an sie.
»Bleib nicht zu lange weg.« Sie sah mit einem Stirnrunzeln zu den schweren Wolken hinauf. »Da kommt ein dickes Unwetter auf uns zu.«
»Mir wird schon nichts passieren«, erwiderte ich. »Ehrlich. Schau!« Ich klopfte demonstrativ auf einen der Autoreifen. »Winterreifen. Alles kein Problem.«
Tante Jo blickte mich noch einen Moment lang an. »Okay«, sagte sie schließlich alles andere als überzeugt. Man könnte meinen, dass jemand wie sie, die den überwiegenden Teil ihrer Zeit damit verbrachte, durchs Gebirge zu wandern und Bären und Klapperschlangen aus dem Weg zu gehen, größeres Vertrauen in Dinge wie Winterreifen setzte. »Sei trotzdem vorsichtig.« Sie wuschelte mir zum Abschied durchs Haar.
»Es ist nur ein bisschen Schnee«, beharrte ich. »Der fällt hier etwa, ähm, zweimal die Woche?«
Sie warf mir einen mahnenden Blick zu. »Ich mein's ernst, Skye.«
»Mach dir keine Sorgen. Woher kommen auf einmal diese düsteren Gedanken?«
»Ach, die Sache mit der Explosion hat mich etwas aufgewühlt, das ist alles. Gott sei Dank war ich zu Hause und nicht auf einer Bergtour. Ich hasse meinen neuen Schichtplan; ich wünschte, ich müsste dich nicht ständig so lange allein lassen. Was ist, wenn dir etwas passiert und ich nicht hier gewesen wäre?«
Ich wollte nicht zugeben, dass ich insgeheim genau dasselbe dachte. Mit der ganzen zusätzlichen Arbeit, die sie nach Jenns Sturz auf sich genommen hatte, hatte sie schon genug um die Ohren. Ich lächelte sie beruhigend an. »Mir ist aber nichts passiert *und* du warst hier.«
»Versprich mir, dass du bald nach Hause kommst, dann koche ich uns auch was zum Abendessen.«

»Du meinst so ein richtiges, selbst gekochtes Abendessen mit allem Drum und Dran?«

Ich riss die Augen in gespieltem Erstaunen auf und klimperte erwartungsvoll mit den Wimpern. Tante Jo war mittlerweile Weltmeisterin darin, unsere Tiefkühltruhe mit Fertiggerichten der »gesunden« Art vollzustopfen, die voller Zutaten wie Naturreis, Biokohl und Quinoa waren, diesem merkwürdigen kleinen Korn, das man, wie Tante Jo mich aufgeklärt hatte, »kien-wa« aussprach. Die Gerichte konnten auf keinen Fall so gesund sein, wie die Hersteller beteuerten. Nichts, was in einem kleinen Plastikbehälter steckte und in der Mikrowelle aufgewärmt werden musste, konnte wirklich gut für einen sein. Aber wenn Tante Jo zu Hause war, kochte sie immer richtige Mahlzeiten, die so lecker waren, dass man die ganze Zeit, in der sie weg war, von ihnen träumte.

»Okay. Ich will Lasagne!«

»Treib's nicht zu weit«, erwiderte sie trocken. »Aber in Ordnung, wenn du schnell wieder zu Hause bist, backe ich vielleicht auch noch Kekse für dich.«

»Ich bin ja so froh, dass du auch vor Bestechung nicht zurückschreckst.«

»Man darf vor nichts zurückschrecken, wenn man einen Teenager großzieht.«

Ich zwinkerte ihr zu. »Hab dich lieb!«

»Ja, ja«, sagte sie und scheuchte mich davon. »Hab dich auch lieb. Und grüß Ian von mir.«

Ich trat einen Schritt zurück und sah zu, wie sie zu ihrem Wagen zurückging und losfuhr. Als ich aufblickte, stellte ich fest, dass es anfing zu schneien – dicke weiße Flocken. *Na klasse.* Nachdem ich ihr mehr oder weniger zu verstehen gegeben hatte, dass sie völlig überreagierte, würde mich Tante Jo umbringen, wenn ich im Schnee stecken blieb. Ich zog meine Kapuze hoch und ging die Straße hinunter. Der Gehweg vor

dem *Bean* war schwarz verkohlt. Vor den leeren Holzrahmen, in denen einmal Fensterscheiben gesteckt hatten, blieb ich stehen und betrachtete das ganze Ausmaß der Zerstörung. Glassplitter lagen überall entlang der Wände, wo die Bilderrahmen hinuntergefallen waren. Sessel lagen umgekippt da und aus zerfetzten Sofas quoll die Polsterung heraus. Selbst die Glasscheibe der Gebäckvitrine war unter der Wucht der Explosion herausgesprengt worden.
Jede einzelne Glasscheibe im Café war in winzige Scherben zersprungen und ein feiner, kristallartiger Staub überzog alles. Das Nachmittagslicht, das sich in den Glassplittern spiegelte, blendete. Ich hielt mir eine Hand vor die Augen.
»Ian?«, rief ich.
Ich hörte ein Klirren im hinteren Teil des Cafés.
»Wer ist da?«, rief er.
»Ich bin's, Skye.« Das Klirren hörte auf. Stille.
Als Ian auftauchte, sah er völlig fertig aus. Sein kurzes rotblondes Haar stand nach allen Seiten ab, als hätte er sich nicht einmal gekämmt.
»Siehst du das?«, fragte er, während er mit den Schultern zuckte und deprimiert die Arme herunterhängen ließ. »Siehst du, womit ich es hier zu tun habe? Das ist möglicherweise selbst für den sexy Mann für alles zu viel des Guten.«
»Es tut mir so leid, Ian«, sagte ich. »Das ist echt krass.« Ich machte mir erst gar nicht die Mühe, zur Tür zu gehen, sondern betrat das Café durch eines der riesigen Schaufenster. Dann bahnte ich mir durch den Schutt einen Weg zur Theke. »Bist du okay?«
Ian nahm den Besen, der hinter ihm an der Wand lehnte, und fing an den Boden zu fegen. »Mir geht's gut, Skye. Aber bist *du* okay?«
»Ja. Das Ganze hat mich zwar ganz schön erschreckt, aber …«
»Nein«, drängte er. »Ich meine, bist du wirklich *okay?*«

Ich starrte ihn an. »Ja, Ian. Mir geht's gut.«
»Dann fühlst du dich also … wie immer?«
»Habe ich doch gerade gesagt.« Warum reagierten alle um mich herum plötzlich so übertrieben? »Es war nur der Boiler, Ian.«
»Ja, es war nur der Boiler«, bekräftigte er, während er mich mit seinem Blick durchbohrte. Was war los? »Aber davon rede ich nicht.«
»Wovon redest du dann? Ich habe meiner Tante versprochen, dass ich noch vor nächster Woche zu Hause bin, also bitte…«
»Du weißt es wirklich nicht?«
»Ian«, sagte ich und wurde langsam sauer. »Komm schon. Was ist los?«
»Okay.« Er legte den Besen weg und kam um die Theke herum. Seine Augen glänzten aufgeregt und er runzelte angestrengt die Stirn. »Deine Augen sind normalerweise grau.«
»Ja«, erwiderte ich. »Ist das deine große Offenbarung?«
»Gestern Abend waren sie silbern.«
Mir blieb fast das Herz stehen. Er hatte es bemerkt?
»Bei bestimmten Lichtverhältnissen sehen sie manchmal so aus«, sagte ich lässig. »Eine optische Täuschung. Nichts weiter.«
»Skye«, sagte er und legte mir beide Hände auf die Schultern. »Silbern! Metallisch! Wie das Zeug, das in alten Thermometern steckt.«
Ich erschauderte, als er genau dasselbe Bild benutzte, an das *ich* gedacht hatte.
»Kannst du das Fenster nicht mit irgendwas abdecken?«, fragte ich. »Hier drin ist es eiskalt.«
»Hast du mich verstanden?«
»Ja, hab ich. Aber ich finde nicht, dass das eine so große Sache ist. Meine Augen erscheinen in einem bestimmten Licht eben manchmal silbern. Ich weiß nicht, warum du dich darüber so aufregst.«
»Ich habe so etwas noch nie gesehen. Und ich habe deine Augen

in allem möglichen Licht gesehen. Sie sind wunderschön.« Er hielt inne und lief rot an. »Aber darum geht's jetzt nicht.«
»Hör mal, es ist wirklich nett, dass du mich darauf aufmerksam machst.« Irgendwie gefiel mir nicht, welche Wendung das Gespräch nahm. Ich löste mich aus seinem Griff und trat ein paar Schritte zurück. »Aber mir geht's wirklich gut. Sehen sie denn jetzt silbern aus?«
Ian machte ein langes Gesicht. »Nein…«
»Na also!« Ich zuckte mit den Schultern.
»Ja, du hast recht«, sagte er und wandte den Blick ab. »Es klingt ziemlich durchgedreht. Wahrscheinlich lag es nur an all dem herumfliegenden Glas, das das Licht reflektiert hat. Hier drin war ja die Hölle los. Vergiss einfach, was ich gesagt habe, okay?« Aber er hatte immer noch diesen konzentrierten Ausdruck im Gesicht.
Ich wich zurück. Ich musste hier raus. »Ich würde dir ja gerne beim Aufräumen helfen«, sagte ich, »aber ich muss dringend noch was fertig lesen, bevor die Schule wieder anfängt. Also bis morgen.«
»Du bist unglaublich, Skye. Es sind immer noch Ferien! Du bist echt die Einzige, die ich kenne, die die Lektüre von Büchern aufholt, mit denen sie nicht mal in Verzug ist.«
Ich lächelte verschmitzt. »Ich will ja auch auf die Universität von Columbia. Und so komme ich da hin.«
»Wenn du meinst, Skye, wenn du meinst.«
»Viel Glück noch beim Aufräumen.«
»Danke«, sagte er, während er sich nach wie vor nicht von der Stelle rührte.
»Mach's gut, Ian.«
Als ich nach draußen trat, blickte ich über die Schulter zurück. Ian war wieder dabei, das Glas zusammenzufegen, und sah inmitten des ganzen Chaos schrecklich einsam und verlassen aus. Auf einmal plagten mich Gewissensbisse.

Wovor rannte ich überhaupt weg? Meine Augen hatten gestern Abend ein wenig abgefahren ausgesehen. Und Ian hatte es bemerkt. Das musste nicht unbedingt irgendetwas Schlimmes bedeuten. Vielleicht reagierte *ich* jetzt völlig übertrieben. Vielleicht war es nur eine optische Täuschung gewesen, so wie ich es Ian erklärt hatte. Nur weil ich immer gleich an das Schlimmste dachte, hieß das nicht, dass ich mich nicht mehr wie eine gute Freundin verhalten konnte.

Ich holte mein Handy heraus und rief Cassie an. Als sie ranging, kam ich ohne Umschweife zur Sache. »Ich bin im *Bean* und brauche dringend Unterstützung von meinem Partykomitee. Du und Dan müsst rüberkommen.«

»Ähm«, erwiderte sie, »sieht das *Bean* momentan nicht so aus, als hätte dort ein Erdbeben gewütet?«

»Cassie.«

»'tschuldigung.«

»Reißt du jetzt den ganzen Tag lang nur Witze, oder kommst du rüber und hilfst mir?«

»Ich reiße lieber Witze ...«

Ich räusperte mich geräuschvoll ins Telefon.

»Na schön.« Sie seufzte. »Ich komme und helfe dir.«

Ich klappte mein Handy zu und kletterte wieder durch das klaffende Loch, wo sich einmal das Schaufenster befunden hatte. Glasscherben knirschten unter meinen Stiefeln. Ian drehte sich zu mir um. Ich lächelte. »Gibt's hier irgendwo noch einen zweiten Besen?«

Mit Dans und Cassies Hilfe hatten wir alle Scherben zusammengefegt und die kaputten Möbel zum Müllcontainer befördert, noch bevor die Leute vom Fensterreparaturdienst eintrafen.

Cassie hatte eine Thermoskanne ihres mit Chilipulver bestreuten Spezialkakaos dabei. Wir setzten uns auf eins der Sofas

und schauten zu, wie die Handwerker die neuen Sicherheitsglasfenster einsetzten. Am Himmel zogen immer mehr dunkle Wolken auf. Unser gutes Karma hatte jedoch weitere Schneefälle verhindert, bis wir fertig waren.
»Danke, dass ihr mir beim Aufräumen geholfen habt. Ohne euch hätte ich es nie geschafft, dieses Chaos zu beseitigen«, sagte Ian.
»Wir sind eben *richtig* gute Freunde«, gab Cassie zurück.
Ich hob meinen Becher in Ians Richtung. »Du schuldest uns was und wir werden es schon bald einfordern. Mach dir da mal keine Sorgen.«
»Es gibt immer noch jede Menge zu tun«, stellte Dan mit einem Blick auf den verwüsteten Boden und die ruinierten Wände fest.
»Die Baumannschaft kommt morgen«, erklärte ihm Ian.
Wir saßen noch eine Weile schweigend da und genossen es, anderen bei der Arbeit zuzusehen. Der Geschäftsführer des Cafés war mittlerweile mit dem Sachverständigen der Versicherung eingetroffen, um den Schaden zu begutachten, und telefonierte jetzt in seinem Büro.
»Was war eigentlich mit den beiden Typen gestern Abend los?«, fragte Cassie mit einem schelmischen Funkeln in den Augen. »Die zwei, die sich geprügelt haben.«
Dan zuckte mit den Schultern. »Keine Ahnung. Ich hab sie erst bemerkt, als sich die Leute um sie geschart haben. Waren sie die ganze Zeit da?«
»Sie haben sich wegen irgendwas gestritten«, sagte ich.
Cassie setzte sich auf. »Du hast sie gesehen? Wie sahen sie aus?«
Ich nahm einen Schluck von der scharfen heißen Schokolade und wünschte plötzlich, ich hätte nichts gesagt. Ich wollte mein Gespräch mit Asher draußen gern für mich behalten.
»Ja, als ich wieder reingekommen bin. Ich habe mehr oder weniger den Anfang ihres Streits mitbekommen.«
»Worüber haben sie sich denn gestritten?«, wollte Dan wissen.

»Muss was ziemlich Ernstes gewesen sein, so wie sie aufeinander losgegangen sind.«
Alle sahen mich an, als würde ich ihnen gleich den superheißesten Tratsch auftischen. »Ehrlich gesagt, weiß ich es nicht. Es ging um irgendwelche Regeln. Na, egal.«
Ian schnaubte verächtlich. »Wie wär's mit der Regel: Versaut Skyes Geburtstag nicht?«
»Das ist eine *ganz* wichtige Regel«, sagte ich und stupste ihn an der Schulter an. Er lächelte und wandte sich ab, aber ich konnte sehen, wie sein Nacken rot anlief.
»Aber wer waren die beiden?«, ließ Cassie nicht locker. »Weiß das irgendjemand?«
»Warum interessiert dich das so brennend?«, wollte Dan wissen und trat ihr leicht gegen den Fuß.
»Also wirklich, Dan«, sagte Cassie und redete mit ihm, als käme er von einem anderen Stern. »Wenn sie neu in der Stadt sind und gut aussehen, interessiert mich das natürlich sehr.«
»Sie waren davor noch nie im Café«, meinte Ian. »Jedenfalls nicht während meiner Schichten. Wahrscheinlich sind sie nur Touristen, die zum Skifahren hier sind.«
Ich war mir da nicht so sicher. Ich dachte an den Jungen, der draußen an der Wand gelehnt hatte. Asher. Dieses Déjà-vu-Erlebnis, das ich hatte, als er mich ansah. Aber ich konnte meinen Freunden nichts davon erzählen. Schließlich konnte ich mir dieses Gefühl selbst nicht erklären.
Plötzlich hatte ich wieder die einsame Gestalt vor Augen, die auf der Straße gestanden und uns beobachtet hatte, als wir wegfuhren. Selbst jetzt lief es mir bei dem Gedanken daran eiskalt den Rücken hinunter. Ich versuchte es abzuschütteln, aber dieses Bild hatte sich mir tief eingeprägt. Warum wusste ich, dass es Asher gewesen war? Und warum hatte er mich beobachtet? Hatte er dieselbe schwindelerregende Anziehung verspürt? Oder war es mehr?

»Nur damit du's weißt, Skye, wir hatten die beiden nicht eingeladen!«, erklärte Cassie.
»Ja, aber es war auch keine geschlossene Gesellschaft«, erinnerte Ian. »Daher hatten wir nicht wirklich die Kontrolle darüber, wer zur Party kam. Jeder hätte von der Straße reinmarschieren können.«
»Nächstes Jahr werde ich Burt überreden, das Café zu schließen«, versprach Cassie.
»Nächstes Jahr gibt es keine Überraschungsparty«, beharrte ich. »Bitte, Cassie. In meinem letzten Schuljahr musst du mir diesen Wunsch erfüllen.«
»Ja, klar, was immer du befiehlst.« Cassie hielt sich die Hand vors Gesicht und schüttelte den Kopf in Dans und Ians Richtung, als könne ich es nicht sehen. Eine weitere Überraschungsparty schien unvermeidbar.
»Na ja, da du ja sowieso alle meine Bitten ignorierst …« Ich stand auf. »Ich habe Tante Jo versprochen, zu Hause zu sein, bevor der Sturm losgeht, und wir haben weit mehr als eine Stunde zum Aufräumen gebraucht.«
Ian erhob sich ebenfalls. »Noch mal: Danke. Ihr habt mir heute das Leben gerettet.« Er zog mir verlegen die Kapuze über den Kopf, bevor er die Hände in die Hosentaschen steckte und Richtung Büro davonstapfte.
»Er ist so süß«, schwärmte Cassie. »Ich verstehe gar nicht, warum du nicht schon längst mit ihm gehst.«
»Du findest alle Typen süß«, grummelte Dan.
»Tu ich gar nicht, Daniel. Manche finde ich eher *scharf*.«
Ich überließ die beiden ihren Kabbeleien und machte mich auf zu meinem Auto. Auf einmal hatte ich das Gefühl, dass mich jemand beobachtete. Ich sah mich um. Leute liefen die Straße auf und ab und schlenderten an den Läden vorbei. Ich hielt nach jemand Bestimmtem Ausschau. Asher. Doch ich konnte ihn nirgends entdecken. Stattdessen bemerkte ich etwas anderes aus

den Augenwinkeln, als ich in meinen Wagen stieg. Ich riss den Kopf herum, aber es war schon weg. Ich hätte schwören können, dass ich einen blonden Haarschopf und blaue Augen gesehen hatte.
Ich drehte den Schlüssel im Zündschloss und nahm mir fest vor, die beiden Jungs von gestern Abend ein für allemal aus meinen Gedanken zu verbannen. Vermutlich waren sie einfach nur, was Ian gesagt hatte, Touristen, und ich würde sie nie wiedersehen. Auf der Heimfahrt ließ ich die Fenster offen und hoffte, dass die eiskalte Luft meinen Kopf wieder freimachte.

Kapitel 4

Als ich am nächsten Tag aufwachte, schwebte ich in der Luft. Meine Augen waren geschlossen, obwohl es sich nicht so anfühlte, als schlafe ich noch. Es war schwer zu sagen. Ich befand mich wohl in diesem merkwürdigen Zustand zwischen Träumen und Wachen, in dem Träume Erinnerungen und die Wirklichkeit ein Traum sein konnten.

Es kam mir vor, als schwebe mein Körper über der Matratze, wie hoch, konnte ich jedoch nicht sagen. Und plötzlich wollte ich die Augen gar nicht mehr öffnen. Ich erstarrte in Panik.

Ich schwebte?

Ich zählte rückwärts, nach wie vor unsicher, ob ich in Gedanken zählte oder die Ziffern laut aussprach.

Drei. Zwei. Eins.

Dann schlug ich die Augen auf.

Doch ich schwebte gar nicht. Das Gefühl hatte sich in nichts aufgelöst und ich lag in meine Decke verheddert im Bett, als hätte ich mich die ganze Nacht hin und her gewälzt. Das Einzige, was in der Luft schwebte, war hier und da ein Staubteilchen in der schwachen Wintersonne. Das Fenster stand offen und die kalte Luft blies meine Vorhänge zur Seite und ließ das graue Licht des Morgens herein. War der Riegel kaputt?

Der Wecker auf meinem Nachttisch brummte los und ich tastete nach der Schlummertaste. Als ich sah, wie viel Uhr es war, erstarrte ich. 7:30 Uhr. Der Unterricht fing in vierzig Minuten an. Ich war spät dran. Ich war nie spät dran! Wie oft hatte ich auf die verflixte Schlummertaste gedrückt?

Wie von der Tarantel gestochen sprang ich aus dem Bett und hetzte durch mein allmorgendliches Programm, warf eine dunkle Jeans, zwei langärmelige T-Shirts, eine dicke Strickjacke und mehrere lange Halsketten über. Im Bad wusch ich mir das Gesicht, legte getönte Feuchtigkeitscreme auf und putzte mir die Zähne, während ich gleichzeitig hektisch versuchte, mit der linken Hand zwei Schichten Wimperntusche aufzutragen. Zum Schluss zog ich noch schnell die Haare zu einem losen Dutt nach hinten, streifte meine Stiefel über, schnappte meinen Rucksack und stapfte die Treppe hinunter.
Als ich durch die Küche fegte, saß Tante Jo bereits mit einer Tasse Kaffee am Tisch.
»Ich breche heute Vormittag zu einer Bergsteigertour in den Collegiate Peaks auf«, erklärte sie beiläufig, während sie mich mit zusammengekniffenen Augen musterte. Ich betete inständig, dass ich nicht allzu zerzaust aussah, denn ich hätte ihr gerne gezeigt, dass ich absolut fähig war, allein auf mich aufzupassen.
»Spät am Samstag bin ich wieder zurück«, fuhr sie fort. »Ich habe mein Handy dabei, aber falls du mich nicht erreichst, kannst du im Büro anrufen. Sie können dich über Satellit mit mir verbinden.«
»Ich weiß, ich weiß.«
Es war jedes Mal dasselbe, wenn sie mit einer Gruppe loszog. Ich füllte Kaffee und etwa eine halbe Schachtel Zucker in einen Reisebecher. Die Collegiate Peaks waren ein eindrucksvoller Gebirgsabschnitt der Rocky Mountains. Beim Anblick von Tante Jos kleiner, zierlicher Figur käme man nie auf die Idee, dass sie mit einem zwanzig Kilo schweren Rucksack auf dem Rücken einen Berg hochstapfte, aber sie war stärker, als sie aussah. Außerdem konnte sie ausgezeichnet mit dem Eispickel umgehen, wie sie mir gern in Erinnerung rief, wenn das Thema Verstöße gegen das Ausgehverbot aufs Tapet kam.

»Ich vertraue darauf, dass du dich ordentlich benimmst, während ich weg bin«, sagte sie.
»Und ich vertraue darauf, dass du zurückkommst und mir Kekse bäckst.«
Sie lachte. Ich wusste, dass sie ein schlechtes Gewissen hatte, weil sie mich so oft allein ließ. Daher bemühte ich mich immer, so zu tun, als wäre es überhaupt kein Problem. Aber in Wahrheit fehlte sie mir sehr, wenn sie weg war. Andererseits würde sie mich vermutlich vermissen, sobald ich aufs College ging, und ich wollte nicht, dass sie mir dann ein schlechtes Gewissen machte. Ich sorgte also schon einmal vor.
Ich schnappte mir einen Müsliriegel aus einer Schachtel im Küchenschrank und drückte ihr einen Kuss auf den Kopf. »Bis bald«, sagte ich. »Hab dich lieb.«
»Ich hab dich auch lieb«, erwiderte sie und lächelte mir nach. »Und vergiss nicht, Skye. Ruf im Büro an, wenn du irgendwas brauchst!«
Kurz darauf saß ich auch schon im Auto und düste zur Schule. Abgesehen von kleinen Verwehungen am Straßenrand war nicht allzu viel Schnee liegen geblieben und die Straßen waren alle bereits geräumt. Ich hatte bisher keinen einzigen Eintrag wegen Zuspätkommens, und ich würde das neue Halbjahr auf keinen Fall damit beginnen, dass ich zu spät zur ersten Stunde erschien.

Gerade als ich auf den Parkplatz fuhr, klingelte mein Handy in meinem Rucksack. Ich holte es heraus, während ich das Lenkrad mit einer Hand hielt. Cassies Nummer blinkte auf.
»Süße«, hauchte sie mir atemlos ins Ohr. Cassie sagte immer alles atemlos, als könne sie es gar nicht erwarten, einem alles sofort zu erzählen. »Bist du bereit fürs zweite Halbjahr?«
»Ich bin vor allem bereit für meinen Kaffee.«
»Was? Ich habe wohl nicht richtig gehört.«

»Ich *sagte*«, wiederholte ich lauter, »lass mich in Ruhe meinen Kaffee trinken, Cassie!«

»Spielverderberin. Also gut. Ich seh dich gleich im Unterricht. Tratsch verbreitet sich schließlich nicht von alleine.«

Cassie Lieblingsbeschäftigung war Tratschen. Und dabei ging es so gut wie immer um Jungs, Cassies Lieblingsthema.

Ich warf einen Blick auf die Uhr am Armaturenbrett. 8:01 Uhr. Mir blieben noch neun Minuten, um mein Klassenzimmer zu erreichen, bevor ich offiziell zu spät zum Unterricht kam.

Als ich die Treppe zum Eingang hinaufhastete, spürte ich plötzlich ein seltsames Prickeln im Nacken. Abrupt blieb ich stehen. Obwohl ich wusste, dass niemand hinter mir war – als ich aus dem Wagen ausstieg, war ich allein auf dem Parkplatz gewesen –, drehte ich mich um.

»Guten Morgen, Skye.« Es war Asher, der von der untersten Stufe zu mir hochsah. Sein kurzes schwarzes Haar kräuselte sich leicht im Wind.

Er wirkte ernst, fast unschlüssig, mit einem Fuß auf der untersten Stufe und dem anderen angespannt auf der Stufe darüber. Gleichwohl hatte es den Anschein, als strenge er sich an, ein Lächeln zu unterdrücken.

»Also«, sagte er und räusperte sich, »die Prügelei auf deiner Feier vorgestern tut mir leid. Ich wollte nicht, dass du das alles siehst und … hörst. Du warst nicht der Grund für den Streit, Skye. Devin und ich haben da so eine dauerhafte Meinungsverschiedenheit …« Er hielt inne. »Ich war wirklich froh, dass wir uns draußen getroffen haben. Was hast du dir am Ende gewünscht?«

»Ich …« Ich hatte vergessen, mir etwas zu wünschen. Aber was er sagte, ergab überhaupt keinen Sinn. Warum sollte ich denken, dass ihr Streit etwas mit mir zu tun hatte? Ich kannte die beiden ja nicht einmal. War er vielleicht einfach nur nervös, mich wiederzusehen? Ich war es jedenfalls.

»Oh«, sagte er. »Ich habe ganz vergessen, mich vorzustellen. Ich bin Asher.« Aber das wusste ich ja bereits.
Er hielt mir die Hand hin. Ich musterte ihn misstrauisch. Langsam streckte ich ihm meine hin. Er kam mir auf halbem Weg entgegen. Als sich unsere Hände berührten, schoss mir eine Gänsehaut den Arm hoch. Schnell zog ich meine Hand zurück.
»Siehst du?« Asher lächelte. »War doch gar nicht so schlimm, oder? Sag mal, kommst du nicht zu spät zum Unterricht? Soll ich dich begleiten?«
»In den Unterricht?«, fragte ich. »Aber ich … Hier gibt es ziemlich strenge Sicherheitsvorkehrungen …«
»Na, gut zu wissen, dass meine neue Schule meiner alten das schon einmal voraus hat«, erwiderte Asher lässig, während er mir mit einer Handbewegung bedeutete, vorzugehen.
»Deine *neue* Schule?«
»Ja. Wie's aussieht, wirst du mich so schnell nicht wieder los. Aber keine Sorge, ich werde mich bemühen, keine weiteren Prügeleien anzuzetteln.«
»Das würde ich dir auch raten«, erwiderte ich leichthin, um zu überspielen, wie sehr mich diese Neuigkeit überraschte. »Mit einem stadtbekannten Unruhestifter kann ich mich nicht in der Öffentlichkeit sehen lassen.«
Auf Ashers Gesicht breitete sich ein schelmisches Grinsen aus. »Wie schade. Mein Cousin würde dir nämlich erklären, dass ich zum Unruhestiften geboren wurde«, gab er zurück. Sein Blick wechselte ständig zwischen Schalk und Ernsthaftigkeit.
»Dein Cousin?«
»Der Kerl, mit dem ich mich geprügelt habe. Aber ich rate dir, ihm kein Wort zu glauben, ganz gleich, was er dir erzählt.«
Etwas an der Art, wie seine Miene plötzlich ernst wurde, ließ mich erröten. Ich verschwand schnell durch eine der großen Eingangstüren und Asher joggte ein paar Schritte, um mich einzuholen.

»Äh …«, setzte er an und kramte ein Blatt Papier aus seiner Hosentasche. »Vielleicht kannst du mir helfen, meinen Unterrichtsraum zu finden. Wo genau ist Zimmer 218?«
Ich musste unwillkürlich lächeln. »Hier lang, komm!«
Als wir erst den Flur entlang und dann die Treppen hinaufgingen, hatte ich wieder das Gefühl, dass man mich beobachtete. Und ich hatte recht. Alle Mädchen starrten Asher nach – und warfen mir böse Blicke zu. Die Schulglocke würde jeden Augenblick läuten und die meisten Schüler waren bereits in ihre Klassenzimmer verschwunden. Aber die Nachzügler drehten sich um, als wir vorbeigingen, und teilten sich vor uns wie das Rote Meer, während ihr Flüstern uns den Gang hinunter folgte.
Ich betrachtete Asher aus den Augenwinkeln, während wir schweigend nebeneinander herliefen. Und ich musste zugeben, dass seine Augen nicht das einzig Attraktive an ihm waren. Alles an ihm schien eine magische Anziehungskraft zu besitzen, mit der er die Leute in seinen Bann zog.
Als wir die offene Tür des Raums erreichten, machte ich eine ausschweifende Handbewegung wie ein Magier, der etwas Verborgenes enthüllt. »Hier ist es.«
»Nach dir«, sagte er.

Ich blinzelte ihn an und mein Herzschlag beschleunigte sich augenblicklich. Ich hatte ihm nicht gesagt, dass das auch mein Klassenzimmer war.
»Was ist los, Skye?«
Vielleicht hat er es einfach nur angenommen, flüsterte eine dünne Stimme in meinem Kopf.
Der scharfe Klang von Metall auf Metall ließ mich im selben Moment herumfahren.
Der blonde Typ von der Party, Devin, stand vor einem Spind am anderen Ende des Gangs und sah mich fest an. Er hievte sich seinen Rucksack über die Schulter und kam näher. Ich

wollte in den Unterrichtsraum gehen, konnte mich aber nicht vom Fleck rühren. Unmittelbar vor mir blieb er stehen.
»Es tut mir leid, dass ich am Samstag deine Geburtstagsfeier ruiniert habe.«
Er hatte eine leise, ruhige, fast schüchterne Stimme, die jedoch aufrichtig klang. Ich war ihm bisher noch nie so nah gewesen und konnte erst jetzt seine Augenfarbe erkennen: ein tiefes, beruhigendes, friedvolles Blau. Danach hatte ich mich seit dem Tod meiner Eltern immer gesehnt – nach einer Oase der Ruhe.
Als ich wieder zu Asher hinübersah, konnte ich die Feindseligkeit förmlich spüren, die wie Wellen von ihm ausging. Ich ließ den Blick von einem zum anderen schweifen, unsicher, was hier gerade vor sich ging. Irgendwie fühlte ich mich zwischen den beiden hin- und hergerissen – genau wie am Samstagabend während ihres Streits.
»Ihr solltet beide mal mit Dr. Schneider reden«, sagte ich. »Sie ist die Schulpsychologin hier und eine gute Schlichterin.«
Die Glocke läutete.
»Na, vielen Dank, Jungs. Jetzt komme ich zu spät zum Unterricht.«
»Es gibt für alles ein erstes Mal«, erwiderte Asher.
Woher hatte er das jetzt wieder gewusst?

Kapitel 5

Ich blieb einen Moment unschlüssig an der Tür stehen. Ms Manning ging bereits die Ankündigungen des Tages durch. Cassie saß in der Reihe am Fenster, wo sie und ich seit Beginn des Schuljahres unsere Plätze hatten, und beugte sich gerade herunter, um ihren Taschenrechner vom Boden aufzuheben. Als sie den Kopf drehte, konnte ich sehen, wie sie hinter ihrem zerzausten Haar, das ihr ins Gesicht fiel, eine Augenbraue hochzog. Sie blickte vielsagend zu den beiden Jungs neben mir und zwinkerte mir grinsend zu.

»Skye?«

Ms Manning stand vor ihrem Schreibtisch und sah mich an, als erwarte sie die Antwort auf eine Frage, die ich nicht gehört hatte.

»Entschuldigung, Ms Manning«, murmelte ich. Ich hatte noch nie den Büßergang der Zuspätkommerin gehen müssen. Verlegen eilte ich an meinen Tisch und setzte mich leise neben Cassie. Mit der Spitze ihres grauen Vintage-Wildlederstiefels trat sie mir leicht gegen den Knöchel. »Netter Auftritt«, flüsterte sie. »Dramaqueen.«

»Es ist nicht ihre Schuld, dass sie zu spät ist, Ms Manning«, verkündete Asher. »Mein Cousin und ich haben uns verlaufen, und Skye hat uns geholfen, das Klassenzimmer zu finden. Es ist nämlich unser erster Tag hier. Wir sind neu an der Schule. Sie wissen ja, wie das ist. Ich bin übrigens Asher. Wir haben schon viel von Ihnen gehört.« Er schenkte ihr ein strahlendes Lächeln, das ganz allein ihr galt.

Ms Manning lief rot an und tätschelte verlegen ihr mausgraues Haar, das sich kranzförmig um ihr Gesicht kräuselte. Ich musste mir das Lachen verkneifen, weil ich mich an einen Zettel erinnerte, den mir Cassie letztes Halbjahr zugesteckt hatte: *Warum benutzt sie eigentlich keine Pflegespülung?* In diesem Moment wünschte sich Ms Manning bestimmt sehnlichst, sie hätte es getan. Sie blickte an Asher vorbei zu seinem Cousin. »Und du bist?«

»Devin.« Er wirkte nervös, als stehe er nicht so gerne im Rampenlicht wie Asher.

»Willkommen. In den hinteren Reihen sind noch ein paar Plätze frei, Jungs. Macht es euch dort bequem.«

Auf dem Weg nach hinten zwinkerte Asher mir zu. Mein Herz machte einen Satz, aber ich unterdrückte den Drang, mir das Haar glatt zu streichen, wie es Ms Manning getan hatte. Ich war beeindruckt, wie er unsere Lehrerin spielend um den Finger gewickelt hatte. Wir würden wohl alle drei keinen Eintrag wegen Zuspätkommens erhalten und mein tadelloser Anwesenheitsnachweis würde weiter bestehen.

Verstohlen warf ich einen Blick über die Schulter. Asher fläzte sich auf seinen Stuhl und streckte die Beine aus, während sich Devin aufrecht hinsetzte und aufmerksam zuhörte. Er wirkte nicht unbedingt steif. Vielmehr machte er den Eindruck, als wäre er vollkommen beherrscht, wie beim Yoga. Ich konnte mir fast bildlich vorstellen, wie er meditierte und ihm dabei ein leises Summen durch den Kopf ging.

»Na, da wir den Morgen so aufregend begonnen haben«, setzte Ms Manning an und lenkte meine Aufmerksamkeit von den beiden Jungs ab, »werfen wir mal einen Blick in das Infoblatt, das ihr euch von meinem Schreibtisch nehmen solltet.«

Die ganze Klasse sah sie verständnislos an.

»Also wirklich, Leute. Kommt schon, die Ferien sind vorbei.

Zeit, dass ihr eure grauen Zellen wieder auf Touren bringt. Auch du, Cassandra!« Ms Manning sah Cassie scharf an, als ein Stapel Infoblätter an ihrem Tisch vorbeikam. Mit einem bösen Blick auf unsere Lehrerin nahm Cassie eines und reichte mir den Rest.

Sie hat mich auf dem Kieker, kritzelte sie in winzig kleiner Schrift auf die untere Kante des Blattes.

Ich tat so, als würde ich es nicht sehen, und musterte meines. Ich hatte Ms Manning nicht nur in der ersten Stunde, sondern auch in Geschichte. Es war wichtig, dass sie mir gewogen blieb. Ms Manning mochte mich, vermutlich, weil ich im Unterricht tatsächlich aufpasste, und ich verließ mich darauf, dass sie mir ein Empfehlungsschreiben für die Universität von Columbia schrieb. Das wollte ich mir auf keinen Fall verbauen.

Das Infoschreiben enthielt den detaillierten Reiseplan des Skiausflugs der elften Klasse, der an der Northwood Highschool Tradition war und auf den wir schon seit unserem ersten Highschooljahr hinfieberten. Es würde eine nette Abwechslung von den ganzen Skiwettkämpfen sein, an denen ich den gesamten Winter über teilgenommen hatte.

»Abfahrt ist nächste Woche Donnerstag um Punkt 8:30 Uhr. Auf Seite drei findet ihr die Packliste, bitte haltet euch daran.« Ms Mannings Stimme verblasste wie eine Kreidestaubwolke im Hintergrund, als ich mir der Gegenwart von Asher und Devin hinter mir plötzlich wieder bewusst wurde. Ich blickte noch einmal über die Schulter zur hinteren Reihe. Asher musterte mich mit einem spöttischen Lächeln. Fast so, als fordere er mich dazu heraus, seinem Blick standzuhalten. Von Devins Ruhe war nichts mehr zu spüren. Er sah seinen Cousin finster an. Zusammen waren die beiden wie eine Kraft, die ununterbrochen Ärger verursachte. Ich fragte mich, wie sie wohl getrennt voneinander waren.

Verstohlen blickte ich wieder zu Asher hinüber. Doch Devin

ließ mir keine Ruhe. Er wandte mir den Blick zu, als könne er meine Gedanken lesen. Die Wärme in seinen Augen weckte in mir die Frage, ob ich mir die Zeit nehmen sollte, ihn besser kennenzulernen. Als ich wieder nach vorne blickte, lag ein Zettel auf meinem Tisch. Cassies schnörkelige Handschrift war unverkennbar.
Hin und weg stand darauf.

Den Rest der Stunde spürte ich ihre Blicke im Nacken. Die Uhr über der Tafel schien langsamer zu ticken als sonst. Cassie kritzelte Musiknoten aufs Papier. Mit dem Fuß schlug sie den Takt gegen die Seite ihres Stuhls. Ich konnte es nicht erwarten, endlich die Schulglocke läuten zu hören.
Und dann ertönte sie auf einmal.
»Bis später«, sagte Cassie mit einem Zwinkern in Richtung der Jungs, als sie an mir vorbeiging. Montags, mittwochs und freitags hatte sie nach der ersten Stunde immer Musiktheorie und keine Zeit, noch ein wenig zu quatschen. Und heute hatte sie zweifellos noch einen weiteren Grund, warum sie mich allein lassen wollte.
»Ich glaube, dein Ruf, dass du nie zu spät zum Unterricht kommst, ist gerettet.«
Ich blickte von meinem Heft auf, in das ich gerade meinen Skireiseplan geschoben hatte. Asher sah aus, als habe er gerade den Weltfrieden etabliert. Hinter ihm stand Devin in gespannter Aufmerksamkeit, so als wolle er sich jeden Augenblick auf seinen Cousin stürzen. Ich war so viel Feindseligkeit und Misstrauen nicht gewöhnt und es kam mir besonders eigenartig vor, dass zwei Jungs, die miteinander verwandt waren, so offen ihre Abneigung zeigten.
»Ja. Woher hast du das überhaupt gewusst?«, fragte ich.
Devin erstarrte, seine entspannte Ausstrahlung war nun völlig dahin. Anscheinend war ihm nicht wohl dabei, in welche Rich-

tung sich das Gespräch entwickelte. Oder es gefiel ihm einfach nicht, dass ich mit seinem Cousin redete.
Asher zwinkerte mir verschwörerisch zu. »Wie gesagt. Ein Ruf ist etwas, worüber alle Bescheid wissen.«
Ich kniff die Augen zusammen. Dann redeten meine Mitschüler also darüber, dass ich nie zu spät kam? Ich war mir ziemlich sicher, dass das nicht stimmte.
»Na ja, meinem Ruf entsprechend muss ich jetzt zu meiner nächsten Stunde. Und, Jungs, ihr solltet wegen eurer Wutausbrüche wirklich mal mit jemandem reden. Selbst wenn ihr nur nebeneinander sitzt, kann ich euch ansehen, dass ihr irgendwas ausfechtet. Das ist nicht gut.« Damit steckte ich mein Heft in meinen Rucksack und verließ den Raum.

Ich dachte, ich hätte mindestens ein oder zwei Stunden, um in Ruhe über die beiden Neuen nachzudenken, bevor ich alles mit Cassie in der Mittagspause besprechen konnte. Aber kurz nachdem ich den Spanischraum betreten hatte, kam auch Devin herein. Er setzte sich zwei Tische hinter mir in der Nachbarreihe hin, was bekanntermaßen der perfekte Platz ist, um heimlich zu flirten. Man reicht einen Zettel über den Gang, lässt »aus Versehen« einen Stift fallen, während man gleichzeitig einen flüchtigen Blick nach hinten wirft, türmt das Haar auf dem Kopf auf und lässt es dann verführerisch den Rücken hinabgleiten. Ich hatte Cassie schon mal das komplette Programm abspulen sehen. Ich hingegen blieb stocksteif auf meinem Stuhl sitzen und wagte nicht mich umzusehen, ja, wagte kaum zu *atmen*. Ich konnte regelrecht spüren, wie Devin mich beobachtete. Das ging mir allmählich auf den Geist. So faszinierend war ich nun auch wieder nicht.
Wenn das hier irgendeine komische Rivalitätsgeschichte zwischen Cousins war – nach dem Motto, mal sehen, wer als Erster das Mädchen an der neuen Schule bekommt –, würde

ich nicht mitspielen. Sollten sie es doch unter sich austragen. Das taten sie offenbar sowieso ganz gerne.
Wie vermutet, tauchte Asher in der dritten Stunde in Geschichte auf. Auch wenn er nichts sagte oder tat, machte es mir seine bloße Anwesenheit hinten im Klassenzimmer unmöglich, mir auch nur ein einziges wichtiges Datum des Ersten Weltkriegs zu merken. Und in der darauffolgenden Chemiestunde lenkte mich mein angestrengter Versuch, Devin am Nachbartisch *keine* Aufmerksamkeit zu schenken, so dermaßen ab, dass ich die Glukoselösung im Reagenzglas überkochen und über den Tisch fließen ließ.
Wenn mich jemand in der Mittagspause gefragt hätte, welches Ereignis den Ersten Weltkrieg ausgelöst hatte oder wie die Gleichung für die Lösung lautete, die ich in Chemie verschüttet hatte, hätte ich keine Ahnung gehabt, wovon die Person überhaupt redete. Dieses ständige Abgelenktsein musste endlich aufhören.
Ich erspähte Dan an unserem Stammplatz in der Kantine, ein Stück Pizza auf seinem Teller, das unter einem Megaturm Pommes begraben war. Ich holte mir schnell etwas an der Selbstbedienungstheke – ein in Frischhaltefolie eingepacktes Truthahnsandwich und einen Apfel – und bahnte mir durch das Gewirr von Tischen einen Weg zu ihm. Als ich mich ihm gegenüber auf einen Stuhl plumpsen ließ, hatte ich das Gefühl, die Last der ganzen Welt würde auf meinen Schultern lasten.
»Hey«, sagte er, den Mund voller Pommes. »Alles in Ordnung?«
»Bin nur müde«, erwiderte ich. »Ich hab mich wohl immer noch nicht vom Wochenende erholt.«
»War trotzdem die beste Party aller Zeiten.« Dan schluckte und grinste.
»Die beste Party aller Zeiten«, stimmte ich ihm zu. »Die Stimmung war jedenfalls *bombig*.«
»Na ja, manchmal muss man eben ein wenig Leben in die Bude

bringen.« Er gab sein bedächtiges, raues Lachen von sich und tunkte eine Pommes in einen Klecks Ketchup. »Dass der Boiler explodiert ist, war übrigens nicht Teil unserer Überraschung.«
Cassie kam mit Saft und Biogemüse auf ihrem Tablett zu uns rüber – bei einer landesweiten Umfrage war die Kantine der Northwood High unter die ersten zehn gekommen –, zwängte sich neben Dan und rümpfte die Nase über seinen Pommes-Berg. Dann stellte sie in aller Ruhe ihr Essen auf den Tisch, schraubte theatralisch ihren Saft auf, nahm einen Bissen von ihrem gedünsteten Birnenkürbis und blickte schließlich grinsend zu uns auf.
»Skye ist verknallt«, verkündete sie.
»Was? Stimmt doch gar nicht!«, rief ich empört aus. »Wovon redest du überhaupt?«
»Also bitte, hältst du mich etwa für eine Amateurin? Das ist mein *Spezialgebiet*, Skye. Dafür lebe ich. Und wie lange bin ich außerdem schon mit dir befreundet? Glaubst du wirklich, ich würde die Anzeichen nicht erkennen?«
Dan grinste mich schief an. »Darf ich fragen, wer das Objekt deiner Begierde ist, oder wird uns Cassie das sowieso gleich mitteilen?«
»Ich bin nicht verknallt!«, beteuerte ich.
Ian setzte sich auf den Stuhl neben mir. »Hi, Leute. Was geht?«
»Skye ist anscheinend verknallt«, informierte Dan ihn.
Ians Gesicht hellte sich ein wenig auf. »Ach ja? Kenne ich den Glücklichen?«
»Die Typen vom *Bean*«, erklärte Cassie. »Die zwei, die sich geprügelt haben.«
»*Was?*«, höhnte ich, während ich versuchte, keine Notiz davon zu nehmen, wie ernüchtert Ian auf einmal dreinblickte. »Deine Beobachtungsgabe lässt echt zu wünschen übrig.«
Cassie trank einen Schluck von ihrem Saft und räusperte sich. »Ich werde dir das Gegenteil beweisen. Verlass dich drauf.

Hinweis Nummer eins: Du warst zu spät zur ersten Stunde. Du kommst sonst nie zu spät. Hinweis Nummer zwei: Du bist zur ersten Stunde mit zwei scharfen neuen Typen im Schlepptau aufgetaucht, die du anscheinend ihrem schrecklichen Schicksal entrissen hast, bis in alle Ewigkeit orientierungslos durch die Schulgänge zu irren.«

»Das war nur Asher. Devin hat den Weg allein gefunden. Außerdem ist Asher nicht orientierungslos durch die Gänge geirrt. Er hat mich nur gefragt, wo der Raum ist.«

»Und du hast dich bereit erklärt, die Fremdenführerin zu spielen. Was dir die Gelegenheit gegeben hat, unterwegs ein bisschen Small Talk mit ihm zu führen, während dein kleines Herz wie ein Schmetterling dahingeflattert ist…«

»Cassie, ich stopf dir gleich diese Pommes ins Ohr…«

»Hinweis Nummer drei: Du wirst nervös. Der Fall ist glasklar! Aber fahren wir fort. Hinweis Nummer vier: Du konntest es nicht lassen, nach hinten zu schauen, auch wenn du versucht hast, es so aussehen zu lassen, als würdest du in deinem Rucksack kramen…«

»Aber ich…«

»Schh! Das bringt uns zum letzten und wichtigsten Hinweis: Du hast dein Mittagessen nicht angerührt.«

Ich blickte auf mein Tablett – sie hatte recht. Ich hatte das Truthahnsandwich nicht einmal ausgepackt. Mir wurde ganz heiß und eine belastende Schamesröte breitete sich über mein Gesicht aus.

»Aha!«, rief Cassie und wies mit dem Zeigefinger auf mich. »Beachten Sie die vielsagende Gesichtsfarbe der Angeklagten! Skye isst *nie* etwas, wenn sie nervös ist. Empfindlicher Magen. Und warum sollte sie nervös sein«, schloss sie und schlug auf den Tisch, als spreche sie für eine Folge von *Law & Order* vor, »wenn sie nicht verknallt ist?«

Ian musterte mich, als würde er mich nicht mehr kennen. Dan

klatschte Cassie amüsiert Beifall. »Hervorragende Schlussfolgerung, Holmes!«
»Danke, Watson.« Cassie strahlte. »Also welcher von beiden ist es? Ich kenne alle ihre dunklen Geheimnisse, daher ist es, ehrlich gesagt, ziemlich egal.«
»Es tut mir ja leid, dir das sagen zu müssen, Holmes«, erklärte ich, »aber diesmal liegst du völlig daneben.« Ich packte mit viel Getue mein Sandwich aus und nahm einen Riesenbissen. Und mit vollem Mund fügte ich hinzu: »Sie sitzen nur zufällig in allen meinen Kursen. Und nur fürs Protokoll: Ich bin nicht verknallt!« Ich schluckte schwer. »Wenn du mich fragst, finde ich sie sogar ein bisschen unheimlich.«
In diesem Augenblick kam Asher mit einer Gruppe Zehntklässlerinnen an uns vorbei, die wie ein Schwarm Bienen um ihn herumschwirrten. Im Vorbeigehen fing er meinen Blick auf und schenkte mir ein Lächeln. Ich spürte, wie ich noch röter wurde, und sah auf mein Sandwich hinunter. Mein Appetit war wie weggeblasen und ich war nicht sicher, ob ich in der Lage war, mir noch mehr Essen in den Mund zu stopfen, nur um Cassie hinters Licht zu führen.
»Alles klar.« Dan verdrehte die Augen. »Total unheimlich.«
»Also«, fuhr Cassie fort, »ich bring dich trotzdem auf den neuesten Stand. Der da drüben ist Asher. Er und sein Cousin Devin, der blonde Typ, sind von der Whitehall Academy, dieser Privatschule in Denver, die letztes Halbjahr abgebrannt ist, an unsere Schule gewechselt. Du kennst doch Emily Redwood aus meinem Kunstkurs? Sie ist mit Alice Coles befreundet, und deren Mom sitzt im Zulassungsgremium. Anscheinend haben die beiden bei der Zulassungsprüfung die volle Punktzahl erreicht. Es heißt, der Brand hätte sie so mitgenommen, dass ihre Eltern sie nach River Springs geschickt haben, damit sie auf andere Gedanken kommen. Ich finde, das kann man ihnen auch voll ansehen. Beide haben so einen gequälten Ausdruck

im Gesicht.« Ich folgte ihrem Blick in die Ecke, wo Devin saß, missmutig in ein Buch schaute und das Stück Pizza auf dem Tablett vor sich nicht anrührte. Sie sah mich mit einer hochgezogenen Augenbraue an. »Ich wette, er frisst den ganzen Schmerz in sich hinein. So gepeinigt, wie er aussieht. Du solltest dir lieber den anderen vornehmen, Skye.«

»Wieso wechseln eigentlich nie süße Mädels an unsere Schule?«, murmelte Dan.

Cassie runzelte die Stirn. »Sei kein Spielverderber. Es geht jetzt um Skye.«

»Wer's glaubt, wird selig.«

Cassie boxte ihn gegen den Arm.

»Egal, wen der beiden du magst«, wandte sie sich wieder an mich, »kannst du mir bitte den anderen überlassen? Die Jungs an dieser Schule sind zu nichts zu gebrauchen.« Mit diesen Worten warf sie Dan einen strengen Blick zu, nahm ihr Tablett und marschierte davon.

Dan zuckte mit den Schultern und biss ein Stück von seiner Pizza ab. »Also«, sagte er mit vollem Mund, »was läuft hier wirklich?«

Ich seufzte. »Ich hab nicht die geringste Ahnung.«

»Ja«, erwiderte er und schüttelte den Kopf, während er Cassie hinterhersah. »Wem sagst du das.«

Kapitel 6

Den Rest der Woche war ich ganz und gar in meine Gedanken versunken. Ich wurde einfach das Gefühl nicht los, dass Asher und Devin Ärger bedeuteten und dass dieser Ärger speziell auf mich gerichtet war. Ich nahm mir vor, ihnen möglichst aus dem Weg zu gehen, was jedoch nicht gerade einfach war. Ganz gleich, wohin ich ging, schien Devin hinter einem Spind zu lauern oder Asher mir zufällig im Treppenhaus zu begegnen. Es kam mir beinahe so vor, als verfolgten sie mich. Aber was konnte ich tun? Schließlich konnte ich ihnen das nicht sagen. Wie eingebildet hätte das geklungen? Aber nach meinem Geschmack lief ich ihnen einfach zu oft über den Weg, als dass ich das für einen Zufall hätte halten können.

Als es endlich Freitagabend war, hatte ich dringend ein wenig Ablenkung nötig. Das *Bean* öffnete wieder seine Pforten und ich war mit Cassie und Dan dort verabredet.

Beim Hereinkommen versetzte mich der Kaffeeduft sofort in bessere Stimmung. Eine hiesige Sängerin und Songschreiberin saß auf der Bühne am Klavier und sang einen leisen Song. Das Café war brechend voll. Ich sah Ian hinter der Theke stehen und grüßte ihn auf eine, wie ich hoffte, rein platonische Art. Er winkte zurück. Seit Cassie mich beim Mittagessen bloßgestellt hatte, war es zwischen uns ein wenig schwierig und ich hatte das Gefühl, ich müsste alles tun, um unser Verhältnis wieder geradezurücken.

Ich sah mich in dem schummrigen Raum um. Alle Tische und Sitzgelegenheiten waren besetzt. Schließlich entdeckte ich Cassie und Dan auf einem Sofa. Sie bewegten die Köpfe im Takt der Musik. Cassies Vintage-Ledertasche und ihr grauer Caban lagen auf dem Sessel neben ihnen.

Ich steuerte auf die Theke zu, um mir einen Latte zu holen. Ian bediente gerade zwei Neuntklässlerinnen am anderen Ende und ich wartete, während ich mit den Süßstoffpäckchen auf der Theke herumspielte. Plötzlich lehnte Asher neben mir an der Theke und verstellte mir die Sicht auf Ian. Ich schreckte zurück und blickte ihm unwillkürlich in die Augen.

»Ich hab mir gedacht, dass du mich nicht länger ignorieren kannst, wenn ich mich einfach zwischen dich und deinen Latte stelle«, erklärte er gut gelaunt.

»Ich habe dich nicht ignoriert«, erwiderte ich und riss unschuldig die Augen auf. »Und wer sagt, dass ich einen Latte will? Ich könnte auch irgendwas anderes bestellen. Einen Eistee, zum Beispiel.«

»Skye«, sagte Asher grinsend. »Ich bin nicht auf den Kopf gefallen.« Er wies auf meine Mütze und meine Daunenjacke. »Eistee? Ein Latte passt besser zur Jahreszeit.«

»Ich habe nie gesagt, dass du auf den Kopf gefallen bist«, erwiderte ich schnell.

»Ach, ja? Erwartest du dann ernsthaft, dass ich dir glaube, dass du jedes Mal, wenn ich diese Woche versucht habe, mit dir zu reden, etwas Dringendes in der entgegengesetzten Richtung zu tun hattest?«

Dem konnte ich nichts entgegenhalten.

Wir standen einen Moment lang schweigend da, sahen uns an und wussten nicht so recht weiter. Ich war mir nicht sicher, wieso – vielleicht lag es an dem Gedränge an der Theke –, aber irgendwie hatte ich auf einmal das seltsame Gefühl, als halte er mich umschlungen. Ich konnte förmlich spüren, wie mich die Wärme, die sein Körper ausstrahlte, umfing. In Gedanken stellte ich mir vor, wie es sich anfühlte, mich an einem verschneiten Wintertag an ihn zu schmiegen. Plötzlich war es mir wieder unheimlich heiß – so wie auf der Party am Samstag. Ich konnte nur hoffen, dass meine Augen nicht wieder silbern schimmerten. Denn er kam mir nicht wie jemand vor, der meine fadenscheinige Erklärung so fraglos hinnehmen würde wie Ian.

»Was ist an deiner alten Schule passiert?«, brach ich schließlich das Schweigen. »Cassie hat gesagt, sie ist abgebrannt.«

Ein Schatten fiel über Ashers Gesicht. »So was in der Art.«

»Wie kann es so was *in der Art* sein? Entweder ist sie abgebrannt oder nicht.«

»Skye Parker, wann wirst du endlich aufhören, die Welt immer nur in Schwarz und Weiß zu sehen?« Asher hielt auf einmal inne, als hätte er gerade etwas Dummes gesagt. »Es ist ein wenig komplizierter.«

»Okay«, erwiderte ich verwirrt. »Vergiss es.«

Er trat mit der Spitze seines Schuhs gegen den erst kürzlich ausgetauschten Fußboden. »Dinge können sich manchmal sehr schnell ändern. Und man ist nicht immer darauf gefasst.«

»Wovon redest du?«, fragte ich und stützte einen Ellbogen auf die Theke. »Bist du jetzt unter die Philosophen gegangen?«

Asher blickte von seinen Schuhen auf und lächelte mich verlegen an.

»Entschuldige«, sagte er. »Das war ’ne komische Bemerkung. Ich meinte nur den Umzug hierher. Es ist alles einfach total … anders. Ich muss noch ’ne Menge lernen.« Er nahm ein Pfefferminz aus einer kleinen Schüssel auf der Theke, musterte es, als beinhalte es die Antworten auf alle unlösbaren Fragen des Lebens, und steckte es sich in den Mund.

Wenn ich ihn jetzt küsse, schmeckt er nach Pfefferminz, schoss es mir unwillkürlich durch den Kopf. Ich beobachtete, wie sich seine Mundwinkel bewegten und zu einem kleinen Lächeln verzogen. Plötzlich wurde mir bewusst, dass er mich dabei

erwischt hatte, wie ich ihn anstarrte. Ich blickte schnell wieder auf die Süßstoffpäckchen hinunter.
»Es wird einfacher«, sagte ich. »Auch wenn es eine Weile dauert.«
»Lebst du nicht schon immer hier?«
Eine Sache, die er offensichtlich nicht über mich wusste. Ein beruhigender Gedanke.
»Ja, aber Dinge können sich auch verändern, ohne dass man an einen anderen Ort zieht.«
»Hör mal«, sagte er. »Was machen wir überhaupt hier?«
»Hier im Café oder hier im Universum?«
»Sehr witzig, Skye. Hier im Café. Hast du Lust, ins Kino zu gehen? *Feindlicher Sturm* läuft immer noch. Ich steh total auf schlechte Katastrophenfilme.«
»Was? Jetzt?«, platzte ich heraus, weil mich sein Vorschlag und die Tatsache erstaunten, dass er genau den Film ausgesucht hatte, den ich mir unbedingt ansehen wollte. Und wieder fragte ich mich, woher er so viel über mich wusste. Es hätte einfach ein Zufall sein können, aber ich hatte zu viele Krimiserien gesehen, um noch an Zufälle zu glauben. Mädchen, die an Zufälle glaubten, landeten so gut wie immer im Leichenschauhaus.
Sein verspieltes Lächeln kehrte zurück. »Ja, jetzt.«
»Ich …« Lud er mich etwa ganz offiziell zu einem Date ein? »Ähm, ich bin hier eigentlich mit Freunden verabredet«, erklärte ich und zeigte auf das Sofa am anderen Ende des Raums. Warum war ich so verlegen? Obwohl es die Wahrheit war, hatte ich das Gefühl, ich würde irgendeinen Vorwand erfinden.
Er blickte an mir vorbei. »Also ich glaube nicht, dass es ihnen auffallen wird, wenn du nicht mehr da bist.«
Ich drehte mich um. Cassie und Dan saßen nach wie vor auf dem Sofa, aber ihr rhythmisches Kopfnicken hatte sich mittlerweile zu einem regelrechten Tanzwettstreit entwickelt.
»Bitte schön, Skye. Ein Latte.«

Ich wirbelte herum und stellte fest, dass Ian mir einen dampfenden Becher hingestellt hatte. Er musterte Asher argwöhnisch, als rechne er jeden Augenblick damit, dass er sich mit dem Tafelsilber davonmachte oder eine weitere Prügelei anfing. Ich konnte es ihm nicht einmal verübeln.

»Sie hat noch nicht mal bestellt«, bemerkte Asher. »Vielleicht wollte sie ja einen Eistee.«

»Ich kenne Skye seit Jahren. Ich weiß, was sie mag«, erwiderte Ian kühl und ich konnte förmlich hören, wie er im Stillen hinzufügte: *Und das bist nicht du.*

»Danke, Ian.« Ich fing an, in meiner Tasche nach Geld zu kramen.

»Geht aufs Haus«, erwiderte Ian im selben Augenblick, in dem Asher »Geht auf mich« sagte und einen Zehn-Dollar-Schein auf die Theke legte.

Ian rührte sich nicht. Er sah Asher lediglich fest an, der seinem Blick jedoch standhielt. Es war wie bei Tieren, die ihr Revier markierten. Schließlich nahm Ian den verknitterten Schein und gab Asher widerwillig das Wechselgeld heraus. Na ja, ich hatte schließlich niemanden darum gebeten, um mich zu kämpfen.

»Danke.« Ich nahm meinen Latte. »Dann bis später, Jungs.« Ich blickte zu Asher. »Tut mir leid wegen des Films.«

Asher öffnete den Mund, als wolle er noch etwas sagen, schloss ihn aber wieder. Huschte da etwa ein Hauch von Enttäuschung über sein Gesicht? Ich war mir nicht sicher.

»Kein Problem«, erwiderte er. »Vielleicht ein andermal.« Und bevor ich noch irgendetwas erwidern konnte, drehte er sich um und bahnte sich einen Weg durch die Menge, ohne auch nur ein einziges Mal zurückzuschauen.

»Also, ich traue diesem Typen nicht über den Weg«, meinte Ian. »Du magst ihn doch nicht wirklich, Skye, oder?«

Ich habe keine Ahnung, dachte ich. Ich war mir nicht sicher, was ich Asher gegenüber empfand. Hauptsächlich Verwirrung.

»Nein«, gab ich mit fester Stimme zurück und wandte mich Ian zu. »Aber er ist neu hier. Ich war die Erste, die ihm in der Schule über den Weg gelaufen ist, das hat ihn wohl geprägt. Wie ein Entenküken.«
Ich versuchte ihm ein Lächeln zu entlocken. Doch ohne Erfolg. »Schau«, fuhr ich fort, »er kennt hier niemanden ...«
Ian warf mir einen ironischen Blick zu und ich gab einen kleinen Seufzer von mir. Er hatte ja recht. Da war dieser ganze Schwarm Zehntklässlerinnen in der Mittagspause gewesen.
»Ich war einfach nur freundlich zu ihm. Das ist alles.« Warum hatte ich das Gefühl, ich müsste mich rechtfertigen?
»Pass jedenfalls auf dich auf«, ermahnte mich Ian, bevor er ging, um jemanden zu bedienen.
Ich drehte mich um und zuckte leicht zusammen. Cassie beobachtete mich vom Sofa aus. Als ich hinüberging, zog sie ihre Jacke und ihre Tasche vom Nachbarsessel auf den Boden.
»Ist es nicht unglaublich heiß hier drin?«, fragte sie spöttisch und wedelte sich demonstrativ Luft zu.
»Halt einfach die Klappe«, gab ich zurück.
»Ist Asher also der Auserwählte? Bedeutet das jetzt, ich kriege Devin? Du weißt ja, dass ich Jungs vorziehe, die emotional nicht verfügbar sind.« Sie rieb sich die Hände wie ein hinterlistiger Bösewicht. »Da ist die Herausforderung größer.«
»Da gibt's nichts auszuwählen, Cassie. Du kannst sie beide haben. Ehrlich. Ich bin nicht interessiert. Außerdem ist er mir ein bisschen zu undurchschaubar.«
»Ah, er ist also scharf *und* geheimnisvoll«, schnurrte Cassie. »Bisher kann ich daran nichts Schlimmes erkennen. Ich frage mich nur, welche dunklen Geheimnisse er hinter diesen traumhaft schönen Augen verbirgt.«
»Dass er auf Seriendating steht?«, schlug Dan vor.
Cassie sah ihn vorwurfsvoll an. »Jetzt mal im Ernst, Dan! Fällt dir nichts Besseres ein?«

»Ich verstehe einfach nicht, was der ganze Aufstand um diesen Typen soll. Die Mädels kleben an ihm wie an einem Klettband.«
»Eifersüchtig?«, stichelte sie.
Dan blickte finster. »Nein.«
»Super Musik heute Abend«, sagte ich und versuchte, das Gespräch auf ein unverfänglicheres Thema zu lenken.
»Oh, ja«, stimmte Cassie mir zu. »Stella ist klasse. Sie schreibt alle ihre Songs selbst.«
Im selben Augenblick hörte die Musik auf und alle klatschten Beifall.
»Danke«, sagte Stella ins Mikro. »Ich mache fünfzehn Minuten Pause.«
»Oh, gut«, verkündete Cassie und sprang auf die Füße. »Ich würde mir gerne ein paar Tipps von ihr holen. Komm, Dan. Tu so, als wäre ich ein Klettband.«
Er lachte, stand auf und nahm ihre Hand, als sie sich durch die Menge zwängten.
»Passt du bitte auf unsere Sachen auf?«, rief Cassie. »Und halt unsere Plätze frei! Wir sind gleich wieder zurück.«
»In Ordnung«, sagte ich, obwohl ich wusste, dass sie die nächste Viertelstunde verschwunden sein würde. Sobald sie anfing, mit anderen Musikern über Musik zu reden, verlor sie jegliches Zeitgefühl.
Ich setzte mich aufs Sofa, legte den Kopf zurück, schloss die Augen und genoss meinen Latte, während ich versuchte, den Stress der Woche mit jedem ruhigen Atemzug abzuschütteln. Neulich im Unterricht hatte Devin mit seiner aufrechten Haltung und seinem friedvollen Blick so entspannt gewirkt. Ich nahm dieselbe Haltung an, streckte den Rücken und entspannte die Gesichtsmuskeln. Ein oder zwei Minuten lang schien es Wirkung zu zeigen. Vielleicht sollte ich mit Yoga anfangen. Plötzlich knarzte das alte Ledersofa und ich spürte, wie jemand mein Knie streifte, als er sich neben mich setzte.

»Tut mir leid«, sagte ich und schlug die Augen auf. »Der Platz ist…« Ich erstarrte beim Anblick von Devin, der neben mir saß. War ich jetzt plötzlich das örtliche Empfangskomitee?
»Und? Wie läuft die Konfliktberatung?«, fragte ich.
»Was?« Er blickte verwirrt.
»Wegen deiner Prügelei mit Asher!«
Ein Schatten fiel auf Devins Gesicht. »Oh«, sagte er. »Das!«
»Nicht so gut, nehme ich an?«
»Es ist etwas komplizierter«, erwiderte er und sah weg. Ich betrachtete das als ein Zeichen, dass unser Gespräch beendet war, und schloss erneut die Augen. Ich fühlte mich ein wenig vor den Kopf gestoßen. Sollte Cassie ihn doch verscheuchen, wenn sie ihren Platz zurückwollte. Oder mit ihm flirten. Was auch immer ihr lieber war.
»Es tut mir leid«, fuhr Devin plötzlich fort.
»Was?« Ich schlug überrascht die Augen auf.
»Du solltest dir wegen Asher und mir keine Sorgen machen.« Es klang beinahe wie eine Entschuldigung und etwas in mir wurde weich. »Das geht schon unser ganzes Leben lang so. Hör mal«, er wandte sich mir jetzt direkt zu, »ich habe das Gefühl, dass wir keinen guten Start erwischt haben. Ich lege sonst immer gern mit einer Prügelei los, um das Eis zu brechen, aber diesmal ist der Schuss wohl nach hinten losgegangen, nicht wahr?«
Ich sah ihn verständnislos an.
»Entschuldige«, sagte er mit einem kleinen Lächeln. »Small Talk ist nicht gerade meine Stärke. Ich musste noch nicht oft an einem fremden Ort wieder ganz von vorne anfangen und neue Leute kennenlernen.«
Asher hatte auch darauf angespielt, aber irgendwie hatte ich das Gefühl, dass er damit besser klarkam. Dabei brauchte sich Devin hinter seinem selbstbewussten Cousin wahrlich nicht zu verstecken. Im Vergleich zu Asher war er eher der klassisch

attraktive Typ, mit dem Haar, der Haut und den Gesichtszügen eines Märchenprinzen. Alles an ihm war einfach … *perfekt.* Wie kam es, dass er das selbst nicht sah?

»Du schlägst dich ganz gut«, erwiderte ich und lächelte unwillkürlich. »Vielleicht musst du den Leuten nur die Chance geben, dich kennenzulernen.«

Devin blickte zu mir auf. Seine Augen waren wirklich unglaublich. Zugleich sanft und hart, Wasser und Eis, und vom blauesten Blau, das ich je gesehen hatte. Sie hatten beinahe etwas Unwirkliches.

»Ich habe gesehen, wie Asher drüben an der Kaffeetheke mit dir geredet hat«, fuhr er fort und ich konnte sofort das Gewitter erkennen, das sich in seinen Augen zusammenbraute. Er hatte einen leicht singenden Tonfall, als gebe er sich große Mühe, einen Akzent zu unterdrücken. Es war mir jedoch nicht möglich, heraushören, woher er stammte. »Er versucht dich für sich einzunehmen.«

Obwohl Asher außer Sichtweite war, kreisten Devins Gedanken weiterhin ständig um ihm. Es war fast so, als wären sie darauf programmiert, sich in das Leben des anderen einzumischen.

»Hat er das?«, hakte ich nach und gab mir keine Mühe, meinen aufkommenden Ärger zu verbergen.

»Das tut er immer. Ganz gleich, worum es geht. Er kümmert sich überhaupt nicht um …« Er hielt abrupt inne und sah mich an. Ein zögerlicher Ausdruck huschte über sein Gesicht.

»Um die Regeln?«, beendete ich den Satz für ihn.

Ich hätte fast losgelacht, als ich das Entsetzen sah, das sich über sein Gesicht breitete, als hätte ich die Hand ausgestreckt und ihn geschlagen. Ich trank einen kleinen Schluck von meinem Latte und musterte ihn über den Rand des Bechers. »Ich habe euch am Samstag gehört«, erklärte ich. »Bevor ihr mich k. o. geschlagen habt.«

Devin runzelte die Stirn. »Was … was genau hast du gehört?«

Ich zuckte unverbindlich mit den Schultern. »Etwas über eure Regeln. Ich hatte den Eindruck, dass sie ihm ziemlich egal sind. Was sind das eigentlich für Regeln?«
Devin schien zu überlegen. »Es ist eine Art Kodex, den ich ... Ach, es ist nichts.« Er seufzte. »Wir müssen jetzt nicht darüber reden.«
Ich lachte. »Also nach dem zu urteilen, was ich gesehen habe – du weißt schon, wie ihr versucht habt, euch gegenseitig in einem überfüllten Café umzubringen, in dem noch andere Leute hätten verletzt werden können –, würde ich sagen, dass es mit eurem Kodex nicht weit her ist.«
»Asher versteht nicht, dass es aus gutem Grund Regeln gibt. Er begreift nicht«, er sah mich an, »warum sie wichtig sind. Aber wir müssen dieses Problem unter uns lösen. Ich hätte dich nicht damit belästigen sollen.«
»Nein, das ist schon in Ordnung«, erwiderte ich leichthin. »Und hey, wenn du mich fragst, hast du Small Talk jetzt voll drauf.«
Devins Blick strahlte erneut Ruhe und Gelassenheit aus. »Vielleicht. Nein, nicht wirklich. Ich wusste einfach, dass du es verstehen würdest. Du scheinst bei allem sehr präzise zu sein.«
Präzise. Ich neigte manchmal dazu, mich wie ein Kontrollfreak zu benehmen, aber das war eine merkwürdige Bemerkung – und eine noch merkwürdigere Ausdrucksweise. Auch wenn Devin durchaus attraktiv war, ließ sich nicht von der Hand weisen, dass er ein bisschen eigenartig war.
»Ähem.« Cassie räusperte sich. Sie und Dan standen grinsend vor uns und warteten darauf, vorgestellt zu werden.
»Devin, das sind meine Freunde Cassie und Dan.«
»Hey«, sagte Dan und schob sein Kinn vor, so wie es Jungs immer tun.
»Hey«, wiederholte Devin, aber so wie er es sagte, klang es unnatürlich, ein wenig fremdartig. Er stand auf. »Ich sollte jetzt besser gehen.«

»Oh nein«, sagte Cassie schnell. »Wir wollten dich nicht vertreiben.«
»Danke, aber ich muss wirklich los. Hat mich gefreut, euch kennenzulernen.« Er sah zu mir herunter und ein angedeutetes Lächeln umspielte erneut seine Lippen. »Es war schön, mit dir zu reden, Skye. Danke für die Small-Talk-Nachhilfe.«
»Du machst das schon ganz gut«, erwiderte ich und spürte wieder, wie leicht es mir fiel, ihn anzulächeln. Bei Asher hatte ich das Gefühl, dass unsere Gespräche ein Spiel, eine Kunst, waren und ich nie offen sein konnte. Ich musste mein Lächeln verbergen, damit er sich darum bemühte. Mit Devin dagegen schien alles ganz einfach. »Wir sehen uns in der Schule.«
Er marschierte davon und Cassie ließ sich auf das Kissen plumpsen, auf dem er gesessen hatte. »Hundertpro eine gequälte Seele.«
»Woran erkennst du das?«, fragte Dan.
»Ein Blick in seine Augen genügt.«
Dan schnaubte. »Also ich habe da gar nichts gesehen.« Er streckte sich. »Ich schau mal, ob die Billardtische frei sind.«
Sobald er außer Hörweite war, setzte sich Cassie anders hin, um mir direkt in die Augen zu sehen. »Beide geheimnisvollen Cousins haben dich also am selben Abend angebaggert? Bitte weih mich sofort in alles ein. Und verschweig mir kein noch so winziges Detail.«
»Ich weiß nicht, ob ich diese Begegnung mit Devin als einen Versuch bezeichnen würde, mich *anzubaggern*.«
Sie schenkte mir ein verschlagenes Lächeln. »Aber die Begegnung mit Asher …?«
»Ich bezweifle, dass er weiß, wie man mit einer Frau spricht, *ohne* sie anzubaggern. Ich meine, sogar Ms Manning hat am ersten Tag weiche Knie bekommen.«
»Stimmt. Aber es muss doch ein tolles Gefühl sein, dass sich gleich zwei Jungs für dich interessieren.«

»So weit würde ich nicht gehen. Wir haben uns lediglich unterhalten.«
»Bitte schön«, sagte Ian, der plötzlich neben uns stand.
Ich blickte überrascht auf, als er meinen leeren Becher nahm und gegen einen randvollen tauschte.
»*Der* hier geht auf mich«, verkündete er. Und noch bevor ich mich bei ihm bedanken konnte, war er wieder unterwegs zur Theke.
»Hmm«, murmelte Cassie grinsend. »Mach drei Jungs draus.«
Doch in diesem Moment hatte ich das Gefühl, dass es drei zu viel waren.

Kapitel 7

Cassie hatte schon immer zu Übertreibungen geneigt, aber der Wetterbericht bestätigte ihre Theorie, dass es der kälteste Monat in River Springs seit Aufzeichnung der Wetterdaten war. Die Kälte drang durch die Ritzen der großen Fenster und im ganzen Haus war es zugig und kalt. Tante Jos Haus war an einen Berghang gebaut und verfügte nach vorne raus über eine riesige Fensterfront, die einen herrlichen Blick über das Bergpanorama in der Ferne bot. Wenn man nach draußen sah, kam es einem so vor, als habe man keinen Boden unter den Füßen und schwebe im Himmel. Ich hatte dieses Gefühl der Schwerelosigkeit immer geliebt. Bis zu dem Tag, als ich im Traum über meinem Bett geschwebt war. Seither fand ich es eher ein wenig beunruhigend.

Tante Jo war von ihrer Bergtour zurück und versuchte Gemütlichkeit zu verbreiten, indem sie backte. Da ich nicht gerne die ganze Zeit in der Küche zubrachte, stapfte ich mit Mütze und Schal herum und drehte ständig das Thermostat höher.

»Lass den Quatsch, Skye. So kalt ist es auch wieder nicht.« Sie lachte, während sie ein Blech Zimtkekse in den Ofen schob.

»Aber mir ist ei-ei-eis-kalt.« Ich kauerte mich zitternd auf einen der Hocker, die um die Kochinsel herum standen.

»Das Thermostat bleibt jetzt auf 21 Grad, basta! Zieh noch einen Pulli an.«

»Aber ich hab doch schon fünf an«, maulte ich.

Tante Jo verdrehte übertrieben die Augen. »Du wirst schon nicht erfrieren. Hier. Probier mal.«

Ich nahm den Holzlöffel, den sie mir hinhielt, und schleckte ein wenig von dem Teig ab. Er schmeckte einfach köstlich. Ich vermisste regelmäßig Tante Jos Kochkünste, wenn sie weg war. Als sie gestern nach Hause gekommen war, war sie zu müde gewesen, aber heute erfüllte der Duft von Vanille und Zimt die Küche.

»Frisch aus dem Ofen würde er noch besser schmecken«, merkte ich hoffnungsvoll an.

»Na, da wirst du noch mal fünfzehn Minuten warten müssen.« Sie drehte sich um und strich sich die Schürze glatt. »Holst du mir bitte mein Kochbuch von der Anrichte am Eingang? Vielleicht mache ich uns morgen Apfeltaschen zum Nachtisch.«

»Okay«, sagte ich, hüpfte vom Hocker und trottete auf meinen Wollsocken zum Eingang. Als ich am Wandthermostat vorbeikam, verlangsamte ich meinen Schritt. Es war mir egal, was Tante Jo sagte – auch wenn da 21 Grad auf der Digitalanzeige stand, fühlte es sich trotzdem wie minus zehn an.

Ich streckte die Hand aus, um das Thermostat auf 26 Grad zu drehen. Doch plötzlich fing mein Herz an zu rasen. Ich konnte nicht fassen, was ich sah.

Ohne dass ich den Regler berührte, schnellten die Zahlen in beängstigendem Tempo in die Höhe. Als die Anzeige 38 Grad erreichte, gab die kleine weiße Box ein lautes Knistern von sich und hatte einen Kurzschluss. Der Bildschirm wurde schwarz.

»Mist!«, flüsterte ich. Was hatte ich getan? Ich hatte das Ding nicht einmal berührt. Fassungslos betrachtete ich meine Finger. Ich traute mich gar nicht, in den Spiegel zu blicken, aus Angst, ich würde dort sehen, wie sich meine Augenfarbe wieder in dieses merkwürdige Silber verwandelt hatte.

Hatte ich gerade einen Kurzschluss verursacht … ohne das Thermostat überhaupt angefasst zu haben? Nein, das war ein völlig absurder Gedanke.

»Skye?«, rief Tante Jo. »Ist alles in Ordnung?«

Ich schnappte mir das Kochbuch von der Anrichte und trottete zurück in die Küche.
»Ja!«, sagte ich, legte das Buch auf die Arbeitsfläche und wandte den Blick ab. »Ich glaube, das Thermostat ist kaputt. Wir sollten jemanden anrufen, der sich das mal genauer anguckt.«
»Nur weil im Haus jetzt subtropische Temperaturen herrschen, heißt das nicht, dass es kaputt ist«, erwiderte Tante Jo mit einem Prusten. »Kannst du mir mal die Eieruhr rüberwerfen?«
»Klar.« Ich holte die neongrüne Eieruhr aus der Schublade der Kochinsel und warf sie ihr zu. »Hey, jetzt mal im Ernst. Ich glaube wirklich, dass es draußen wärmer ist als drinnen. Ich mach mal einen Spaziergang. Macht es dir was aus, wenn ich kurz verschwinde, bis die Kekse fertig sind?«
»Ist dir wirklich so kalt? Hoffentlich hast du dir keine Grippe eingefangen.« Sie trat einen Schritt vor und streckte die Hand aus, als wolle sie meine Stirn abtasten.
Ich duckte mich und schnappte mir meinen dicken Mantel, meine Fäustlinge und meine Wollmütze. »Mir geht's gut. Ich bin gleich wieder zurück.«
Draußen steckte ich die Hände in die Taschen und stapfte durch den Schnee. Meine Finger kribbelten immer noch. Ich konnte mir nicht erklären, was gerade mit dem Thermostat passiert war. Vielleicht hatte ich einfach nur eine Ladung Reibungselektrizität aufgebaut. Und als ich nah genug herangekommen war, hatte es geknallt. *Peng!* Ich hätte den Mut haben sollen, in den Spiegel zu blicken, aber selbst wenn meine Augen wieder silbern waren, wusste ich nicht, was es zu bedeuten hatte. In letzter Zeit passierten lauter merkwürdige Dinge. Die Sache mit meinen Augen. Das Gefühl, zu schweben, wenn ich aufwachte. Die Explosion des Boilers. Der Kurzschluss des Thermostats. Zwei – nein, drei – Typen, die sich für mich interessierten. In meinem ganzen Leben hatte ich bisher nur eine Beziehung gehabt. Und die war die totale Katastrophe gewesen.

Gedankenverloren steuerte ich den Ort an, an dem ich am liebsten nachdachte. Ich hatte das Gefühl, am Rand der Welt zu stehen. Unter mir breitete sich eine riesige weiße Ebene aus, die von immergrünen Bäumen gesprenkelt war.
Ich atmete tief ein und genoss den herben Duft der Kiefern. Offensichtlich suchte ich nach Verbindungen, wo es keine gab. Der Boiler war einfach nur defekt gewesen. Das Thermostat alt. Devin und Asher hatten diese Rivalität-unter-Cousins-Geschichte laufen. Ich bezweifelte, dass ich ihnen tatsächlich etwas bedeutete – ich war einfach nur eine weitere Sache, um die sie sich stritten. Ian und ich hatten immer viel Zeit miteinander verbracht, weshalb es mich nicht wundern sollte, dass er mich beschützen wollte. Einzig was mit meinen Augen passierte, konnte ich nicht so leicht abtun. Es war mehr als nur die Art, wie das Licht auf sie traf. Sie hatten wirklich manchmal die Farbe flüssigen Silbers und das jagte mir Angst ein.
Auch was den Schwebetraum anbelangte, war ich mir jetzt sicher, dass ich wohl überreagiert hatte. Es war nicht ungewöhnlich, dass Leute vom Fliegen träumten. Es bedeutete, dass man sich von etwas, das einen zurückhielt, loszureißen versuchte. Ich war jetzt siebzehn. Ich bereitete mich darauf vor, aufs College zu gehen. Darauf, Tante Jo und River Springs zu verlassen. Ich war jetzt bereit, auf eigenen Füßen zu stehen. Das war alles.
Ich streckte die Arme aus. Spürte, wie der Wind aus der Schlucht an mir vorüberwehte. Wegen des Aufwinds konnte man hier im Sommer besonders gut Drachen steigen lassen. Ich sah zum Himmel hoch, machte die Augen zu und tat, was ich seit meinem sechsten Lebensjahr immer getan hatte. Ich stellte mir vor, dass ich an den Ort flog, an dem sich meine Eltern jetzt befanden, und dort wieder mit ihnen vereint war.
Plötzlich trat ich auf dem Felsvorsprung auf eine vereiste Stelle und rutschte im hohen Bogen aus. Ich riss entsetzt die Augen

auf, schrie, spürte, wie ich fiel … und im nächsten Moment gehalten wurde.
Als ich mit pochendem Herzen und mit beiden Beinen wieder auf festem Boden stand, blickte ich in ein Paar blaue Augen, die mir bekannt vorkamen.
Devins Arme hielten mich fest umklammert. Auch wenn ich seine Wärme nicht durch unsere Mäntel hindurch spüren konnte, stellte ich sie mir einen Moment lang vor. Es war eine eisige Hitze, wie wenn man ein Pfefferminzbonbon lutscht. Scharf, aber süß. Zugleich heiß und kalt.
»Du solltest dich nicht so nah an den Rand stellen.«
Devins Stimme war unglaublich ruhig. Er hätte genauso gut die Wahl meines Mantels kommentieren können und nicht die Tatsache, dass er mir gerade das Leben gerettet hatte. Von wo war er so plötzlich aufgetaucht? Wie war er überhaupt hierhergekommen? Und wie kam es, dass er genau zur rechten Zeit an dem Ort war, wo ich ihn brauchte?
»Was machst du hier?« Mir stockte der Atem, wobei ich mir nicht sicher war, ob es die Tatsache, dass ich beinahe zu Tode gestürzt, oder seine Nähe war, die mir den Atem verschlug.
»Dich beschützen. Nach was sieht's denn aus?«
»Nein, ich meine, warum bist du *hier*? Du bist doch nicht einfach nur zufällig im selben Moment wie ich hier vorbeigekommen. Das Mädchen, das an Zufälle glaubt, landet immer im Leichenschauhaus, Devin.«
»Wie bitte?« Seine Stimme stockte. »Ich habe die Gegend erkundet. Es war … Schicksal.«
»Dann war es also deine Bestimmung, mich hier zu treffen?«
»Ist das so schwer zu glauben?« Er ließ mich los und trat einen Schritt zurück. »Seit ich hierhergezogen bin, habe ich schon viele Wanderwege in dieser Gegend erkundet, aber dieser hier ist mein Lieblingspfad. Es ist so ruhig hier.« Devin blickte zum grauen wolkenverhangenen Himmel hinauf.

Vielleicht waren wir uns ähnlicher, als ich gedacht hatte. »Ich weiß, was du meinst.«
Er lächelte und die Farbe seiner Augen schien sich zu verändern. Von der Farbe kristallklaren seichten Wassers zu dem dunklen Blau eines unendlichen Ozeans.
Wir sahen einander an und schwiegen. Ich stellte erneut fest, wie unkompliziert Devin war. Meine Beziehung zu Asher war stürmisch, unmittelbar – wie Feuer, das mir durch die Adern schoss. Wenn ich mit Devin zusammen war, fühlte es sich mehr wie ein allmähliches Lodern an. Ich war mir dessen fast nicht bewusst, bis ich spürte, wie meine Wangen ganz heiß wurden.
»Wie machst du das?«, fragte ich und schluckte schwer.
»Was meinst du?«
»Den Eindruck vermitteln, dass du so was wie eine Oase der Ruhe bist. Mir schlägt immer noch das Herz bis zum Hals, aber du siehst aus, als wäre nichts passiert.«
»Es ist ja auch nichts passiert, oder?«
Ich ging zu einem Felsen am Rande des Wegs hinüber, fegte den Schnee mit meinen Fäustlingen weg und setzte mich hin. Devin blieb unschlüssig stehen.
»Entschuldige«, sagte ich. »Aber ich habe immer noch weiche Knie. Macht es dir etwas aus, wenn wir uns kurz hinsetzen?«
»Nein.« Er schlenderte zu mir herüber und nahm neben mir Platz. Die Aussicht war atemberaubend. Während sich Stille zwischen uns ausbreitete, dachte ich daran, wie Cassie Devin als gequälte Seele bezeichnet hatte.
»Hast du bei dem Schulbrand jemanden verloren, der dir nahestand?«
Er schien zu zögern, schüttelte dann aber den Kopf. »Nein.«
»Du scheinst dich hier nicht so wohl zu fühlen wie Asher.«
»Das hier … ist nicht mein *Zuhause*«, erwiderte er leise.
»Wie war es denn bei dir zu Hause?«
Er machte mit der Hand eine weitschweifende Bewegung, die

alles um uns herum einschloss. »Wie das hier. Nicht der Schnee und die Kälte. Aber die Ruhe. Die Schönheit. Die Stille.«

»In Denver?«

»Wenn man bei sich zu Hause ist, ist alles einfacher. Alles ist an seinem Platz.« Er zog einen Mundwinkel leicht nach oben. »Da war jedenfalls keine Aggressionsbewältigung nötig.«

Ich lachte. »Dann hast du also mit der Psychologin gesprochen?«

»Nein. Das hat keinen Sinn. Asher wird sich nicht an die Regeln halten ... ganz gleich, was passiert. Er wird sie immer wieder und wieder brechen. So ist er nun mal. Und solange er das tut ... macht er die Dinge für mich nur noch schwieriger.«

»Er ist eben ein echter Rebell«, sagte ich mit einem Lächeln.

Die Ruhe in Devins Zügen verschwand für einen kurzen Augenblick und ich wünschte, ich hätte Asher gar nicht erwähnt. Schließlich erwiderte er: »Ja, ein echter Rebell.«

Er verfiel wieder in Schweigen. Ich konnte sehen, wie Ruhe und Gelassenheit von ihm Besitz ergriffen, und ich fragte mich, ob er sich in Gedanken ununterbrochen vorbetete: *Ich lasse mich von Asher nicht aus der Fassung bringen. Ich lasse mich von Asher nicht aus der Fassung bringen.* Natürlich war es auch möglich, dass er insgeheim dachte: *Asher, krepier!* Aber das glaubte ich nicht. Auch wenn sie sich geprügelt hatten, hatte er nicht als Erster zugeschlagen. Er kam mir einfach nicht wie die Sorte Typ vor, die jemandem schaden oder etwas Böses wünschen würde. Er hatte eher etwas von einer Taube. Asher hingegen war ein Falke.

Der Wind pfiff durch die Schlucht. Während wir so dasaßen, wurden die Wolken immer schwerer und dunkler.

»Ich glaube, es wird bald schneien«, sagte ich und freute mich, dass wir für den Skiausflug in ein paar Tagen frischen Schnee haben würden.

»Warum kommst *du* hierher?«, fragte Devin plötzlich.

Ich zog die Füße auf den Felsen und schlang die Arme um die Beine. »Hier habe ich das Gefühl, meinen Eltern näher zu sein. Sie sind gestorben, als ich sechs war.« Ich hielt inne. Es war so einfach, mit ihm zu reden, dass ich das Gefühl hatte, ich könnte ihm ohne Weiteres alle meine Geheimnisse anvertrauen. »Versprichst du mir, nicht zu lachen, wenn ich dir etwas erzähle?«

»Natürlich«, sagte er.

»Manchmal habe ich diesen abgefahrenen Gedanken, dass ich zu ihnen fliegen könnte, wenn ich mich nur richtig konzentriere.« Ich zögerte. »Was natürlich Quatsch ist. Aber trotzdem habe ich hier ein ungeheures Gefühl von … Leichtigkeit.«

Er blickte mich fest an.

Ich lachte verlegen. »Das ist auch einer der Gründe, warum ich so gerne Ski fahre. Wenn man so über den Schnee dahinsaust, fühlt es sich beinahe so an, als würde man fliegen. Oder jedenfalls so, wie ich mir vorstelle, dass es sich anfühlt.«

Devin sah aus, als wähle er seine Worte vorsichtig. »Nein, das verstehe ich. Das verstehe ich sogar sehr gut. Träumst du auch manchmal davon? Dass du fliegst, meine ich?«

Ich lächelte. »Ja, tue ich. Neulich bin ich aufgewacht und dachte, dass ich tatsächlich fliegen würde. Es war, als würde ich schweben.« Ich lachte. »Es war ein seltsames Gefühl.«

Warum erzählte ich ihm das alles? Er war zwar nicht so lustig oder selbstsicher wie Asher, aber er war ein guter Zuhörer. Und verständnisvoll.

»Fliegen«, sagte Devin und kickte einen Kieselstein über den vereisten Wanderweg. »Wenn man richtig darüber nachdenkt, ist es ein merkwürdiges, beunruhigendes Gefühl. Es ist nichts unter einem. Nichts über einem.«

Plötzlich kam eine Windböe auf und traf uns mit voller Wucht. »Es wird bestimmt bald schneien.« Ich hüpfte vom Felsen. »Mir ist kalt und zu Hause warten warme Kekse auf mich. Ich sollte jetzt besser gehen.«

»Ich muss auch los«, sagte Devin.
Er rutschte vom Felsen und lief neben mir her, als wir uns auf den Rückweg machten. Diesmal achtete ich auf vereiste Stellen und bemerkte, dass Devin mich auf Schritt und Tritt beobachtete. Mehrere Male packte er mich am Arm und fing mich auf, als der Abhang zu steil wurde und ich den Halt zu verlieren drohte.
Als unser Haus in Sichtweite kam, herrschte betretenes Schweigen zwischen uns. Ich fühlte mich ihm so viel näher als bisher, aber das hieß nicht, dass ich bereit war, ihn auf ein paar Kekse zu mir einzuladen.
»Also dann.« Unsere Blicke begegneten sich. »Sei vorsichtig, wenn Asher in der Nähe ist. Ich weiß, er ist ein attraktiver Kerl, aber er ist auch gefährlich.«
»Weil er sich nicht gerne an die Regeln hält?«, erwiderte ich leichthin.
»Weil er dir den Tod bringen könnte«, antwortete Devin.

Als ich die Haustür öffnete, waberte mir schon der Duft von Zimtkeksen entgegen.
»Skye!«, rief Tante Jo. »Wo bist du so lange gewesen?«
»’tschuldige!« Ich hängte meinen Mantel und meine Mütze an der Garderobe auf und schlenderte in die Küche. Tante Jo saß am Tisch und löste ein Kreuzworträtsel.
»Na, hat dich der Spaziergang aufgewärmt?«, fragte sie spöttisch.
Ich dachte an Devins letzte Worte und erschauderte.
»Kein bisschen.«
Sie lachte.
»Das wird dich lehren, für die Wärme dankbar zu sein, die wir hier drin haben.«
»Da kannst du drauf wetten«, erwiderte ich. »Wo sind die Kekse?«

»Hinter dir auf dem Schrank.«
»Und die Milch?«
»Im Kühlschrank. Skye, also ehrlich, bist du gerade erst hier eingezogen? Wo bist du nur mit deinen Gedanken?«
Gute Frage. Wahrscheinlich irgendwo in den Wolken in der Nähe des Wanderwegs.
Ich biss in einen Keks und kaute nachdenklich vor mich hin.
»Tante Jo, hast du schon mal jemanden geliebt?«, fragte ich.
»Natürlich. Ich liebe dich.«
Ich runzelte die Stirn. »Du weißt, was ich meine. Einen Mann geliebt.« Sie ging ab und zu mit Männern aus, aber mit keinem war je etwas Ernstes daraus geworden.
Sie blickte gedankenverloren zur Decke und ich fragte mich, ob sie die Antwort irgendwo dort oben vermutete.
»Natürlich war ich verrückt nach ein paar Jungs«, erklärte sie schließlich, »aber es hat zeitlich nie gepasst, dass etwas Beständigeres daraus werden konnte.« Sie blickte mich fragend an. »Warum? Empfindest du etwas für jemanden?«
»Hauptsächlich Verwirrung.«
»So fängt es meistens an.«
Ich lachte, leckte mir die Krümel von den Fingern und griff nach einem weiteren Keks. »Wir haben zwei neue Jungs an der Schule.«
»Das ist doch gut.«
»Ich weiß nicht. Unsere Wege kreuzen sich in den merkwürdigsten Momenten an den seltsamsten Orten.« Ich erzählte ihr nicht, dass ich auf meinem Spaziergang Devin begegnet war. Es war mein kleines Geheimnis, das ich erst einmal für mich behalten wollte. »Und sie sind ein bisschen komisch. Zum Beispiel buhlen sie um meine Aufmerksamkeit – nicht, weil sie an *mir* interessiert sind, sondern weil sie nicht wollen, dass ich mich für den anderen interessiere.« Ich schüttelte den Kopf. »Und jetzt, da ich es laut ausspreche, ergibt es überhaupt keinen Sinn.«

»Wenn sie Interesse an dir zeigen, liegt das bestimmt daran, dass sie dich genauso toll finden wie ich.«
»Du bist voreingenommen.« Ich trank einen Schluck Milch.
»Nur, weil ich voreingenommen bin, heißt das nicht, dass es nicht stimmt.«

Als ich mich in mein Zimmer verzog, um meine Hausaufgaben in Angriff zu nehmen, hatte ich mich zwischenzeitlich davon überzeugt, dass Devins Warnung vor Asher völlig übertrieben war. Aus irgendeinem Grund standen sich er und sein Cousin nicht nahe und konnten sich nicht leiden. Manche Familien waren wohl so. Ich kannte mich da nicht so aus. Ich hatte immer nur meine Eltern gehabt – keine Großeltern, Onkeln, Tanten, Cousins oder Geschwister – und dann Tante Jo.
Mit einem Seufzer ließ ich mich auf mein Bett fallen, drehte mich auf den Bauch und holte mein Geschichtsheft heraus. Aber tausend Gedanken schwirrten mir im Kopf herum. Ich war stets ein braves Mädchen gewesen, weil ich meine Eltern nicht enttäuschen wollte – auch wenn sie nicht mehr hier waren, um es mitzuerleben – und weil ich Tante Jo nicht zur Last fallen wollte. Ich hielt mich an die Regeln. Saß im Unterricht, bevor die Glocke zum letzten Mal läutete. Gab immer rechtzeitig meine Hausaufgaben ab. Asher dagegen war ungestüm. Und auf seine Bad-Boy-Art ungemein anziehend. Wie würde es sich anfühlen, mit so jemandem zusammen zu sein? Sich einmal nicht an die Regeln zu halten?
Devin hingegen war jemand, der die Regeln befolgte. Regeln schufen Ordnung. Was auch der Grund war, warum jede zivilisierte Gesellschaft nach bestimmten Regeln lebte, nach einer Reihe von moralischen und ethischen Prinzipien. Aber was mich wirklich an Devin anzog, war die Ruhe, die sich in seinem Gesicht widerspiegelte. Er besaß eine Gelassenheit, die ich noch nicht erlangt hatte. Regeln schufen Ordnung – *und Ordnung*

schuf innere Ruhe. Ich hatte immer nach innerer Ruhe gestrebt. Stunden unergiebigen Lernens vergingen. Bevor ich schließlich schlafen ging, vergewisserte ich mich, dass das Fenster geschlossen und verriegelt war. Dann lag ich hellwach da und zählte die Leuchtsterne an meiner Decke, bis ich mich nicht mehr erinnern konnte, welche Zahl als Nächstes kam.

In meinen Träumen geriet Devin in Vergessenheit. Ashers Gesicht war stattdessen ganz nah vor meinem und seine Lippen streiften mich fast, als er mir etwas ins Ohr flüsterte.

Kapitel 8

Als ich Asher am Montagmorgen in der Geschichtsstunde sah, wurde ich sofort rot und bekam eine Gänsehaut. Ich blickte schnell weg. Nach meinem Traum konnte ich ihm einfach nicht in die Augen sehen. Ich erinnerte mich zwar nicht mehr daran, was er mir zugeflüstert hatte, dafür umso mehr an das Gefühl, das mir danach geblieben war. Die Erinnerung an seine Lippen, die meine Haut beinahe streiften.

Er ließ seinen Rucksack auf den Boden plumpsen und setzte sich auf den leeren Stuhl neben mir.

»Das ist Ellies Platz«, sagte ich ein wenig zu barsch. Ellie und ich waren zwei von drei Elftklässlerinnen in der Skimannschaft, und sie würde mich umbringen, wenn ich ihren Platz nicht freihielt. »Sie sitzt immer da.«

Asher verschränkte die Arme, lehnte sich auf dem Stuhl zurück und sah mich an. »Wenn du mich fragst, brauchst du jemanden, der dir hilft, bei der Sache zu bleiben. In Geschichte muss man sich 'ne Menge Daten merken. Und wie's aussieht, gelingt dir das beim Ersten Weltkrieg nicht besonders gut.«

Ich verzog das Gesicht. Er hatte natürlich recht. Seit seiner Ankunft fiel es mir in allen Fächern schwer, mich zu konzentrieren, aber aus irgendeinem Grund war es in Geschichte, wo man viel auswendig lernen musste, am schlimmsten. Neben ihm zu sitzen, kam Selbstsabotage gleich.

»Hey, Skye«, sagte Ellie, die hinter uns auftauchte. »Kommst du heute zum Training? Ich hab gehört…« Als sie Asher erblickte, verstummte sie augenblicklich und fing an, sich eine

Strähne ihrer blonden Korkenzieherlocken um den Zeigefinger zu wickeln.
»'tschuldige, Ellie«, sagte ich. »Asher wollte gerade gehen.«
Ellie riss die Augen auf. »Nein!«, rief sie schnell aus. »Echt, ist kein Problem.« Sie lächelte Asher an. »Bleib ruhig sitzen. Ich habe meine Brille vergessen und sollte heute sowieso näher an der Tafel sitzen. Genieß meinen Sitzplatz und halt ihn für mich warm.«
Der kokette Unterton in ihrer Stimme ging mir auf die Nerven. Sie stolzierte an den Tischreihen entlang, um sich weiter nach vorne zu setzen und behielt uns dabei die ganze Zeit im Auge. Verdutzt drehte ich mich Asher zu. Er lachte.
»Hey, schau mich nicht so an«, sagte er und hob die Hände, als ergebe er sich. »Ich kann nichts dafür, dass ich diese Wirkung auf Leute habe.«
»Auf Mädchen, wolltest du wohl sagen«, konterte ich.
»Wenn du's sagst«, erwiderte er grinsend.
Er beugte sich vor und verströmte dabei einen erdigen Duft. Er hatte etwas Ursprüngliches und Vertrautes an sich, aber so nahe, wie Asher mir gerade kam, konnte ich mich unmöglich darauf konzentrieren.
»Ich weiß, dass du dich mit meinem Cousin getroffen hast. Ganz schlechte Idee. Du solltest ihn in Zukunft lieber meiden.«
»Komisch. Er hat genau dasselbe über dich gesagt.«
Ashers Augen weiteten sich, als er das hörte. »Ja, das glaub ich gern.«
»Was geht da zwischen euch eigentlich ab?«
Er lehnte sich wieder auf seinem Stuhl zurück. »Wir haben einfach unterschiedliche Lebensanschauungen.«
»Ich bin mir nicht sicher, ob diese Aussage vor Gericht Bestand hätte. Du weißt doch, dass Leute, die sich nicht an die Regeln halten, meistens im Gefängnis landen, oder?«
»M-hm«, erwiderte Asher und grinste verschwörerisch, als

teilten wir ein Geheimnis. »Oder sie entdecken lebensrettende medizinische Verfahren oder erfinden Maschinen, die uns das Leben erleichtern, oder gewinnen Nobelpreise für die Förderung des Weltfriedens und gehen in die Geschichtsbücher ein. Leute, die sich nicht an die Regeln halten, verändern die Welt.«

Ich sah ihn an und versuchte, mir eine scharfe Erwiderung einfallen zu lassen, scheiterte aber kläglich.

Den Rest der Stunde saßen wir schweigend da. Doch jedes Mal, wenn ich zu ihm hinübersah, verriet mir sein Gesichtsausdruck, dass er dachte, er hätte unseren kleinen Disput gewonnen.

Als ich mich am darauffolgenden Mittwoch in der Mittagspause in die Kantinenschlange stellte, schlüpfte Devin hinter mich.

»Hi«, sagte er. »Wie waren die Kekse?«

»Lecker. Du hättest mit reinkommen und sie probieren sollen.« Fast hätte ich mir die Hand vor den Mund geschlagen. Warum hatte ich das gesagt? Flirtete ich etwa mit ihm?

»Beim nächsten Mal vielleicht. Ist deine Tante von ihrer Bergtour zurück?«

»Ja«, erwiderte ich. »Seit ein paar Tagen. Aber sie ist eigentlich nicht meine Tante, sondern meine Pflegemutter. Ich nenne sie nur so.«

»Oh«, erwiderte er. »Verstehe.«

»Sie war die beste Freundin meiner Mom und hat mich adoptiert, als meine Eltern gestorben sind.«

»Das mit deinen Eltern tut mir leid. Das muss ein schwerer Schlag für dich gewesen sein.«

Unsere Blicke begegneten sich und ich erkannte in seinen Augen Mitgefühl und Verständnis. Hatte er auch jemanden verloren? Wenn nicht bei dem Brand, dann vielleicht auf eine andere Art?

»Ja«, sagte ich. »Das war es. Ist es, meine ich.« Ich wünschte, wir wären wieder auf dem stillen Wanderweg im Wald gewesen.

Vielleicht wäre es mir dort leichter gefallen, mit ihm zu reden, aber in der hektischen Kantine war es nahezu unmöglich, sich zu unterhalten. Wir standen am Anfang der Schlange und ich wandte mich von Devin ab und Greta zu, der Kantinenangestellten. »Ein Truthahnsandwich und einen Apfel, bitte.«

»Genieß deine Mittagspause«, sagte er.

Ich überlegte kurz, ihn zu mir an den Tisch einzuladen, hielt mich aber zurück. »Danke«, erwiderte ich. »Du auch.«

Ich sah, wie Cassie und Dan an unserem gewohnten Tisch saßen und mich lächelnd beobachteten, während ich mich durch die Reihen zu ihnen durchzwängte. Ich lächelte zurück, obwohl mich auf einmal ein ungutes Gefühl überkam. Ich hatte Devin nie von Tante Jo erzählt – vor allem nicht, dass sie weg gewesen war.

»Ich gehöre ja sonst nicht zu den Leuten, die ›Ich hab's dir ja gesagt‹ sagen …«, gurrte Cassie, als ich mich setzte. »Aber genau das habe ich dir ja gesagt. Also.«

»Ja, ja. Lach dir ruhig ins Fäustchen«, erwiderte ich.

»Und das Timing hätte nicht perfekter sein können!« Cassie grinste seelig.

Wir brachen am nächsten Tag zu unserer Skifreizeit auf und Cassie musste mich natürlich auf ihre unnachahmliche Art daran erinnern, dass dieser Schulausflug auch für seine Knutschpartien bekannt war. Anscheinend lag das an der seltenen Kombination aus dem starken Temperaturunterschied von draußen und drinnen, den von dampfenden Bechern heißer Schokolade produzierten Endorphinen und der Wirkung, die süße Skioutfits auf pubertierende Jungs hatten. Cassie hatte das ganz genau ausgetüftelt. Aber ich war mir nicht so sicher, ob Devin und Asher Knutschen im Sinn hatten.

»Du könntest allerdings einige Konkurrenz haben«, sagte sie. Ich folgte ihrem Blick auf die andere Seite der Kantine, wo Asher am Ende eines langen Tischs saß – umringt von lauter

Mädchen. »Wie's aussieht, hat er keine Probleme, Anschluss zu finden.« Maggie und Ellie saßen rechts und links von ihm. Ellie zwirbelte ihre Haare und klimperte mit den Wimpern, was Asher wie Öl runterging. Er beugte sich vor, um ihr etwas ins Ohr zu flüstern, woraufhin sie mit schallendem Gelächter den Kopf zurückwarf. Ich war mir nicht sicher, ob ich eher angewidert war oder enttäuscht.

Devin saß am anderen Ende desselben Tisches. Ein paar Mädchen versuchten sich mit ihm zu unterhalten, aber er wich ihren Blicken aus und wirkte die ganze Zeit, als wäre ihm leicht unbehaglich zumute. Ich lächelte vor mich hin und fühlte mich gleich ein bisschen besser.

Plötzlich sah Asher auf, bemerkte meinen Blick und zwinkerte. So als wäre ich die Einzige, die ihn wirklich interessierte, obwohl er inmitten einer Gruppe attraktiver Mädchen saß.

Ich schaute weg, rasend vor Wut. Nicht, dass ich eifersüchtig gewesen wäre – das war ich nämlich kein bisschen –, aber es machte mich fuchsteufelswild, dass er dachte, er müsste mir nur zuzwinkern und schon würde ich wie alle anderen Mädchen der Schule in Ohnmacht fallen. Wie konnte er mich in dieselbe Schublade stecken wie sie? Nie im Leben würde mich irgendjemand so leicht aus der Fassung bringen. Ich warf ihm einen finsteren Blick zu, doch er lächelte nur, beide Arme auf den Tisch gestützt, und forderte mich mit den Augen heraus.

»Nicht interessiert«, formte ich mit den Lippen und wandte mich wieder meinen Freunden zu.

Dan runzelte die Stirn. »Was hat dieser Kerl, was ich nicht habe?«

»Das kannst du ihn selber fragen«, sagte Cassie. »Er kommt zu uns rüber.«

»Hi.« Asher strahlte uns an. »Kann ich mich zu euch setzen?«

»Was? Nein!«, rief ich im selben Moment aus, in dem Cassie »Na klar!« juchzte.

Asher setzte sich neben mich und schenkte mir ein zum Ausrasten freches Grinsen. Ich warf Cassie einen bitterbösen Blick zu.
»Was geht so, Leute?«, fragte er, stibitzte eine Pommes von Dans Teller und steckte sie sich in den Mund.
Dan sah stinkig aus. Cassie hingegen wirkte überglücklich. Und ich war mir nicht ganz sicher, welchen Eindruck ich abgab.
»Nicht viel«, trällerte Cassie. »Wie kommst du auf der Northwood klar?«
»Ganz gut.« Asher deutete mit dem Kinn in Richtung der Mädchen, die er zurückgelassen hatte und die uns jetzt wie Habichte beobachteten. »Ich habe nur vorbeigeschaut, weil ich wissen wollte, was Skye heute nach der Schule vorhat.«
»Warum?«, fragte ich misstrauisch.
»Weil ich dich fragen wollte, ob du heute Abend Zeit hast, mit mir abzuhängen.«
Cassie blickte mich durchdringend an, als wolle sie sagen, ich solle ja nicht wagen Nein zu sagen. Ihr plötzliches Interesse an meinem Liebesleben machte mich ganz nervös.
Ich schluckte. Alle starrten mich an. Mein Arm streifte Ashers und mir drehte sich der Kopf bei dem Gedanken, dass sich noch viel mehr als unsere Arme berühren könnten.
»Ich kann heute Abend nicht«, log ich. »Morgen ist der Skiausflug und ich nehme das Skifahren sehr ernst.«
»Oh, ich auch«, erwiderte er gespielt seriös. »Wie recht du hast.« Er stand auf und streckte sich. Als sein Sweater hochrutschte, erhaschte ich einen Blick auf seinen Waschbrettbauch, der trotz winterlicher Temperaturen gebräunt war. Ich sah weg. Im selben Moment schlenderte Ellie vorbei und Asher zwinkerte uns zu. »Ich muss los«, sagte er und weg war er.
»Äh …« Ich drehte mich wieder Cassie zu. »Widerlich. Kann er nicht mal zwei Minuten bei derselben Sache bleiben?«
»Also wirklich, Skye!«, rief sie und bewarf mich mit einer Pom-

mes. »Was ist los mit dir? Er fährt *so* was von eindeutig auf dich ab!«
»Nein, tut er nicht!« Ich hörte, wie meine Stimme eine Oktave höher sprang. »Er denkt nur, ich wäre wie die anderen Mädchen, die alle um ihn herumscharwenzeln, sobald er ihnen zuzwinkert.«
»Na schön«, fuhr Cassie fort. »Aber es ist ziemlich offensichtlich, dass du total heiß auf ihn bist. Maul also nicht rum, wenn er nach der Abfuhr anfängt, mit einer anderen rumzumachen.«
»Ich maule nicht«, beharrte ich, aber Cassie war zu beschäftigt, laut loszuprusten, um etwas Geistreiches zu erwidern.
Ich blickte zu Devin hinüber. Er beobachtete uns, die Mundwinkel zu einem seltsamen Lächeln verzogen. Es war kein nettes Lächeln und auch kein schüchternes wie neulich auf dem Wanderweg. Es wirkte fast schon herablassend.

Kapitel 9

Es war immer noch dunkel und absolut still im Haus, als ich am nächsten Morgen aufwachte. Ich hatte bereits am Vorabend meine Sachen für den Ausflug gepackt und mich dabei genau an die Liste gehalten, die Ms Manning uns am ersten Tag des Halbjahrs gegeben hatte.

Ich nahm mir ein paar Minuten Zeit, die Liste noch einmal durchzugehen und mich zu vergewissern, dass ich nichts übersehen hatte. Wollsocken, ja. Lange Unterwäsche, widerlich, aber ja. Parka, Skihosen, Skibrille, ja, ja, ja. Die Liste empfahl Goretex-Handschuhe, aber als ich meine aus meiner Skitasche herauskramte, stellte ich fest, dass ich bei meinem letzten Rennen einen der Handschuhe der Länge nach bis zum Daumen aufgerissen hatte, sodass sie jetzt völlig unbrauchbar waren. Ich hatte sie nur für den Notfall zusammen mit einem zusätzlichen Paar Fleecehandschuhe eingepackt. Das Fleece würde meine Hände nicht trocken halten. Da dies jedoch ein wettkampffreies Wochenende war, würde ich es sowieso nach ein oder zwei leichten Abfahrten gut sein lassen und mit meinen Freunden in der Skihütte vor dem Kamin abhängen.

Ich setzte eine Kanne Kaffee auf. Während der aromatische Duft nach und nach die Küche erfüllte, blickte ich durch die Panoramafenster hinaus in den Garten. Der Himmel hellte sich auf, wechselte von Samtschwarz zu Tintenblau und dann weiter zu der Farbe, die meine Jeans hätten, wenn ich sie mit Schmirgelpapier abreiben würde. Als der Kaffee fertig war, kam Tante Jo in die Küche und setzte sich zum Frühstück zu mir.

Ich füllte eine Schüssel mit Müsli und schnitt Bananenscheiben hinein.
»Zur Abwechslung deckt sich unser Terminplan ja einmal«, sagte sie. »Du hast dieses Skiwochenende und ich führe eine Gruppe durch die Presidential Peaks.«
»Immer noch kein Glück, was die Vertretung für Jenn betrifft?«, fragte ich zwischen zwei Bissen.
»Nein. Ich bin nicht mal sicher, ob es sich überhaupt noch lohnt, weiterzusuchen. Sie wird schon in ein paar Wochen wieder auf den Beinen sein und wir können alle wieder zur Normalität zurückkehren.« Ich konnte gar nicht sagen, wie glücklich ich darüber war.
Nach dem Frühstück drückte ich sie zum Abschied ganz fest, lud meine Tasche ins Auto, schaltete das Radio ein und fuhr zur Schule. Als ich auf den Parkplatz einbog, standen Cassie, Dan und Ian bereits am Treppenaufgang. Cassie winkte aufgeregt.
»Hi!«, sagte sie fröhlich, als ich meine Tasche auf den Haufen mit dem Gepäck der anderen Schüler warf, der darauf wartete, in den Bus geladen zu werden. Sie war so aufgekratzt, dass sie buchstäblich bebte, als ich sie umarmte, und trug ein Outfit, das ich nur als »Skihäschen trifft Bugs Bunnys Erzfeind Elmer Fudd« bezeichnen konnte: eine riesige Kunstpelz-Jagdmütze mit Ohrenschützern, schwarze Thermoleggings und riesige Schneestiefel. Dan trug seine chilenische Wollmütze aus dem Hippieladen in der Stadt und Ian hatte seine Beanie mit irgendeinem Skaterlogo drauf an, wie Marsmännchen oder so etwas in der Art.
»Sag mal, wie viel Kaffee hast du heute Morgen denn schon intus?«, fragte ich und musterte Cassie spöttisch.
»Ach, halt die Klappe, du weißt doch, dass ich das Zeug nicht trinke«, erwiderte sie fröhlich.
»Aber du hattest mindestens schon zwei Energydrinks auf dem Weg hierher«, wandte Dan mit einem Grinsen ein.

Cassie zog an den Wollschnüren, die von seiner Mütze herunterbaumelten.
Ian lächelte mich an. Seit er und Asher am Freitagabend Anstalten gemacht hatten, im Café ihr Revier abzustecken, hatte ich ihn nicht mehr allein gesprochen. Ich lächelte zurück. »Und, bereit für ein Spaßwochenende im Schnee?«
»Und wie. Darauf freue ich mich schon seit Jahren.«
Ich trat etwas näher an ihn heran. Irgendwie hatte ich das Gefühl, dass ich ihm eine Erklärung schuldete. »Wir haben dich diese Woche in der Mittagspause vermisst.«
»Ja, ich musste noch ein Schreinerprojekt fertig machen.«
»Oh. Und ich dachte, du wärst vielleicht sauer auf mich.«
»Nein«, erwiderte er und lächelte breit. »Komm schon, Skye. Auf dich doch nie.«
»Okay. Ich wollte nur sichergehen, dass zwischen uns alles in Ordnung ist. Wir sind doch schließlich schon seit Ewigkeiten befreundet.«
»Ja«, erwiderte er leise. »Befreundet.«
Dan boxte Ian gegen die Schulter, um auf sich aufmerksam zu machen, und kurz darauf waren die beiden in ein angeregtes Gespräch vertieft.
Ich blickte mich auf dem Parkplatz um und winkte ein paar Mädchen zu, die in der Nähe herumstanden. Beim Anblick von Ellie konnte ich meinen Unmut nicht ganz unterdrücken, weil es mich daran erinnerte, wie Asher ihr am Vortag hinterhergeschlendert war. Doch dann schalt ich mich selbst für meine Kleinlichkeit. Schließlich hatte ich ihn abgewiesen. Hatte ich etwa erwartet, dass er jetzt mit gebrochenem Herzen Trübsal blies?
Unser fast vollzählig versammelter Jahrgang stand in kleinen Gruppen auf dem Schulhof herum und wartete darauf, dass der Busfahrer Erbarmen mit uns hatte und die Türen des Busses aufmachte.

In dem Meer von Mützen und Schals konnte ich Asher nirgends entdecken – Devin übrigens auch nicht – und für einen kurzen Moment spürte ich, wie sich mein Magen vor Enttäuschung zusammenzog.

Dann öffneten sich endlich die Türen des Busses.
»Komm, Skye!«, drängte Cassie. »Komm, wir suchen uns einen Zweiersitz.«
Im Bus war es genauso kalt wie draußen. Wir machten es uns weiter hinten bequem, nicht weit von Cassies Bandmitgliedern Trey und Evan, zwei süßen Jungs mit ungepflegtem Haar und Holzfällerhemden.
Cassie drehte sich auf ihrem Sitz sofort nach hinten, um mit ihnen über einen Song zu reden, den sie geschrieben hatte. »Er ist auf meinem iPod«, hörte ich sie sagen. »Ich habe ihn neulich aufgenommen.«
Dan und Ian saßen zwei Reihen vor uns.
»Schalten Sie die Heizung ein!«, rief Josh Brooks aus der hintersten Reihe.
»Das ist keine magische Heizung, die muss erst mal ein bisschen warm laufen!«, rief der Busfahrer zurück und ich konnte hören, wie das alte Heizsystem des gelben Schulbusses mit einem typischen Scheppern ansprang.
Ich zitterte vor Kälte und rieb mir die Hände.
»Mist«, murmelte Cassie, als sie sich wieder nach vorne drehte und in ihrem Rucksack kramte. »Ich hab ihn in meiner Reisetasche gelassen. Wartet mal, ich schau kurz nach, ob sie das Gepäck schon eingeladen haben.« Sie sprang auf und ich beobachtete, wie ihre roten Locken den Gang hinunterhüpften, als sie aus dem Bus eilte.
Gedankenverloren wedelte ich mit der Hand über den in der Wand eingelassenen Heizungsschacht. Nichts. Na, klasse! Das würde eine lange, kalte Fahrt werden. Plötzlich gab die Heizung

erneut ein scheppferndes Geräusch von sich und ein heißer Dampfstrahl schoss meiner Hand entgegen.
»Au!«, schrie ich auf und zog sie weg.
»Alles in Ordnung?«
Ich fuhr hoch und stellte fest, dass Devin neben mir auf dem Gang stand.
»J-ja«, stammelte ich. »Es war nur die Heizung. Sie ist plötzlich angesprungen und ganz heiß geworden.« Ich hielt die Hand hoch, um ihm zu zeigen, wo ich mich verbrannt hatte, aber da war nichts zu sehen, nicht einmal die geringste Rötung.
Devin starrte auf meine Hand. Dann schüttelte er den Kopf. Unsere Blicke trafen sich. »Sitzt da jemand …?« Er zeigte auf den leeren Platz neben mir. »Ich war erst spät hier.« Er blickte sich um. Es waren kaum noch Plätze frei.
»Ja«, sagte ich. »Ich meine …«
»Sie meint, ja, da sitzt jemand«, fuhr Asher dazwischen und glitt wie aus dem Nichts auf den Sitz. Er hielt den Blick fest auf Devin gerichtet, als hätte er sich vor allem dorthin gesetzt, um ihn auf die Palme zu bringen, und nicht so sehr, um mir nahe zu sein.
»Oh, und wunderbar warm ist es auch.« Asher rieb sich die Hände, die in Handschuhen steckten. »Spürst du, wie warm es ist, Dev? Zu blöd, dass du dir jetzt einen anderen Platz suchen musst.« Er warf ihm einen triumphierenden Blick zu.
Devin runzelte die Stirn. »Schwein gehabt«, hörte ich ihn leise murmeln.
»Hey, es ist nur ein Sitzplatz«, sagte ich, weil mir ihre Spielchen allmählich auf die Nerven gingen.
»Oh, es ist mehr als das«, erwiderte Asher leise, aber schadenfroh.
»Hey, Jungs«, trällerte Cassie mit einem schalkhaften Blick, während sie sich wieder den Gang entlangzwängte. »Das ist mein Platz, Asher. Verzieh dich.«

Asher sah zu Devin hinüber, auf dessen Gesicht sich ein sarkastisches Grinsen ausbreitete. Dann stand er langsam auf, nickte höflich und ließ Cassie vorbei. »Bis später auf dem Berg«, sagte er noch, bevor er davonmarschierte. Als hätten wir uns dort verabredet oder etwas Besonderes geplant.

Devin warf mir einen vielsagenden Blick zu, als versuche er, mich an seine Warnung zu erinnern. Ich schenkte ihm ein beruhigendes Lächeln, in der Hoffnung, dass er es richtig interpretierte: Mir wird schon nichts passieren.

»Gefunden!« Cassie hielt ihren iPod hoch, als sie sich neben mich setzte. »Oh, hier ist es aber schon schön warm. Im Rest des Busses ist es noch eiskalt.«

»Meinst du damit, die Heizung läuft immer noch nicht?«, fragte ich, während es mir eiskalt den Rücken hinunterlief.

»Nö«, erwiderte sie fröhlich. »Wie hast du es nur geschafft, deine Lüftung so schnell anzuschmeißen?«

Ich dachte daran, wie ich bei mir zu Hause einen Kurzschluss im Thermostat verursacht hatte und wie schnell heiße Luft aus dem Lüftungsschacht gekommen war, als ich mit der Hand darüberfuhr. Ja, gute Frage. *Wie* hatte ich das gemacht? Ich konnte nur mit den Schultern zucken.

»Also das war ja mal wieder höchst interessant.« Sie deutete mit dem Kinn dorthin, wo Devin und Asher gerade noch gestanden hatten.

»Das Ganze ist einfach nur komisch.« Ich stöhnte und fiel nach vorne, sodass meine Stirn auf der gepolsterten Rückenlehne des Sitzes vor mir ruhte. »Ich verstehe die beiden nicht. Erst habe ich das Gefühl, dass Devin mich wirklich mag und sich voll Mühe gibt, um mit mir zu reden, aber im nächsten Augenblick scheint er seine Meinung wieder zu ändern und bleibt auf Abstand. Und Asher macht sich einen Spaß daraus, mich auf Touren zu bringen, um dann mit allen anderen Mädchen der Schule zu flirten. Es ist nicht so, als wären sie wirklich an mir interessiert. Eigentlich wollen sie mich nur dazu zwingen, mich zwischen ihnen zu entscheiden.«

Cassies schelmisches Grinsen wurde noch breiter. »Lass es mich ganz einfach formulieren. Sie wollen, was alle Jungs an dieser Schule schon immer gewollt haben. Du bist nur meistens zu sehr mit anderen Dingen beschäftigt, um es zu bemerken. Ich habe dich noch nie auf irgendeinen Typen so abfahren sehen.« Sie hielt nachdenklich inne. »Eigentlich ist es das erste Mal, dass du überhaupt einen Kerl wahrnimmst, wenn ich es genau betrachte. Seit Jordan, meine ich.« Bei der Erwähnung meines ersten und einzigen Freundes blickte sie schuldbewusst weg.

»Ich glaube aber nicht, dass es das ist«, erwiderte ich leise, damit die anderen uns nicht hören konnten. »Ich weiß nicht, *was* sie wollen.«

»Okay«, sagte Cassie und tätschelte mir das Knie mit einer behandschuhten Hand. »Aber was willst *du?*«

Ich lehnte mich auf meinem Sitz zurück und blickte durch das Fenster auf den vereisten Parkplatz, als der Bus sich langsam in Bewegung setzte.

Ja, was wollte *ich?*

Das war eine viel schwierigere Frage.

Kapitel 10

Ich verschlief fast die ganze Fahrt an Cassies Schulter gelehnt, während sie eifrig in ihr Notizbuch schrieb. Irgendwann lief die Heizung schließlich im ganzen Bus. Und als ich aufwachte, war es geradezu unangenehm heiß.

Sobald wir die Skihütte erreicht, eingecheckt und unsere Zimmer zugeteilt bekommen hatten, stand schon das Abendessen für uns bereit. Die Sonne wich der Abenddämmerung und ein scharfer Wind kam auf. Der Speisesaal hatte große Fenster mit Ausblick auf die Berge, auf denen gerade winzige Lichter aufblinkten und die Wanderwege erleuchteten. Nichts war schöner anzusehen als die Sonne, die hinter den Bergen unterging und die Hänge in tiefe Schatten tauchte.

Als die Kellner die Teller abräumten, schlug Ian eine Nachtskifahrt vor, aber Ms Manning und Mr DeNardo, der Leiter des Englischkurses, erteilten der Idee sofort eine Absage. Stattdessen verkündeten sie frei verfügbare Zeit vor dem Schlafengehen und zogen sich in eine leere Ecke des Speisesaals zurück, um das morgige Programm durchzugehen.

Wir versammelten uns alle vor dem riesigen Kamin im Hauptraum der Hütte. An der Bar am anderen Ende des Raums konnte man heiße Schokolade bestellen. Als ich es mir mit einer Gruppe Mitschüler auf einer langen Bank gemütlich machte, stupste mich Cassie an und öffnete heimlich ihr Fleece; darunter blitzte ein silberner Flachmann auf.

»Spinnst du?«, flüsterte ich. »Damit brichst du gleich die erste goldene Regel jeder Klassenfahrt! Willst du suspendiert werden?«

»Willst du langweilig sein, nur Einsen schreiben und es mühelos auf die Uni schaffen?«, flüsterte Cassie zurück. »Oder willst du einen unvergesslichen Skiausflug verbringen?« Sie blickte über ihre Schulter, um sicherzugehen, dass die Luft rein war, und goss eine kleine Menge in ihre heiße Schokolade.

Ihre Bemerkung hatte mir einen Stich versetzt, aber es war nicht das erste Mal, dass sie mir damit auf den Geist ging. Ich überlegte. War ich wirklich so verkrampft?

»Na gut«, flüsterte ich zurück, schloss die Augen und winkte ihr zu, bevor ich meine Meinung änderte.

Kurz darauf gesellten sich Trey und Evan zu uns, und Ian und Dan zogen noch ein Sofa herüber.

»Oh, lasst uns ›Wahr oder Falsch‹ spielen«, schlug Ellie begeistert vor, während sie auf Ians Seite über das Sofa kletterte und sich zu uns setzte. Ian stand auf, um ihr Platz zu machen, und zwängte sich neben mich. Wir bildeten einen kleinen Kreis vor dem Kaminfeuer und Cassie war völlig in ihrem Element, als sie den Flachmann herumreichte.

Während Ellie allen, die das Spiel nicht kannten, die Regeln erklärte, nahm ich mir im Stillen vor, nicht an Asher oder Devin oder die Universität von Columbia oder meine Noten oder das Thermostat zu denken, sondern einfach nur die Skifreizeit zu genießen. Cassie hatte recht – ich war viel zu verkrampft und musste mich entspannen und ein bisschen Spaß haben. Was machte es schon, dass Asher faszinierend und Devin geheimnisvoll war oder dass sie mir offenbar überallhin folgten? Wenn ich es mir recht überlegte, hatte ich beide seit dem Abendessen nicht mehr gesehen. Ich blickte mich um. Devin saß am anderen Ende des Raums in einem Sessel und las einen dicken Wälzer. Von Asher keine Spur.

»Skye. Skye. *Skye?*«

»Was?« Mir schoss das Blut in die Wangen. Alle starrten mich an. Cassie kicherte.

»Du bist dran«, flüsterte mir Ian ins Ohr und stupste mich gegen den Arm.
Ich konnte nicht anders – dass er mir ins Ohr flüsterte, erinnerte mich unwillkürlich an Asher. Und mein Verstand setzte aus, als ich wieder an meinen Traum dachte.
»Ich war noch nie ... auf einer Skifreizeit betrunken«, vervollständigte ich den Satz lahm.
»*Noch* nicht«, sagte Ellie und Cassie blickte mich gespielt böse an.
»Zweiter Versuch!«, trällerte sie.
»Ähm, okay.« Ich biss mir auf die Lippe. »Ich habe noch nie auf einer Skifreizeit mit jemandem knutschen wollen.«
Cassie grinste. »Müssen sie auf derselben Skifreizeit wie du sein?«
»Trink einfach deine heiße Schokolade, Cassie!«, rief Dan.
Cassie hob ihren Becher, prostete der Gruppe zu und nahm einen großen Schluck. Ian warf mir einen verstohlenen Blick von der Seite zu, aber ich ging nicht darauf ein.
»Mit wem willst du knutschen?«, flüsterte Cassie mir zu.
»Mm-mm.« Ich schüttelte den Kopf und lächelte geheimnisvoll. »Da musst du mich erst noch betrunkener machen.«
In den nächsten Stunden gesellten sich immer wieder neue Leute zu uns, während andere gingen. Nur Ian blieb die ganze Zeit neben mir sitzen und sein kleiner Finger streifte ab und zu mein Knie. Ich war mir nicht sicher, ob er es überhaupt merkte.
Devin rührte sich nicht von seinem Sessel am anderen Ende des Raums weg und blickte hin und wieder über den Rand seines Buchs zu uns herüber. Ich fragte mich, was wohl in ihm vorging, und überlegte, ihn einzuladen, sich zu uns zu setzen. Es war offensichtlich, dass er sich hier nicht sonderlich wohl fühlte. Ob es ihm wohl peinlich war, wenn ich ihn zu uns herüberwinkte?
Als ich gerade einen weiteren Schluck meiner heißen Schokolade nehmen wollte, stellte ich fest, dass mein Becher leer war.

»Will noch jemand einen Kakao?«, fragte ich und stand auf.
»Gerne«, sagte Ian, lehnte sich auf dem Sofa zurück und verschränkte die Hände hinter dem Kopf. »Nett, zur Abwechslung mal bedient zu werden. Danke.«
Ich schlenderte zur Bar und bestellte zwei heiße Schokoladen. Plötzlich hörte ich eine vertraute Stimme – anziehend und warm, mit einer Spur Verschmitztheit –, die aus dem Korridor gleich neben der Bar kam, wo die Eismaschine und die Verkaufsautomaten standen. Mein Herz schlug automatisch schneller.
Die Bedienung sah müde aus, als sie kurz darauf die beiden dampfenden Becher auf die Theke stellte. Ich hob sie an, aber einer der Henkel war so glühend heiß, dass ich mir fast die Finger verbrannte. Unwillkürlich ließ ich den Becher zurück auf die Theke knallen und verschüttete dabei ein wenig Kakao.
»'tschuldigung«, murmelte ich.
Die Frau verzog mürrisch das Gesicht und ging einen Lappen aus der Küche holen. Mir kam der Gedanke, dass ich den Kakao mit etwas Eis abkühlen könnte – was jedoch bedeutete, dass ich an Asher vorbeimusste. Wollte ich ihn überhaupt sehen? Doch schließlich steuerte ich auf den Korridor zu.
Asher wandte mir den Rücken zu. Ein gehauchtes Kichern entschlüpfte von irgendwo zwischen ihm und der Wand. *Ellie!*
»*Was* macht ihr da?«, platzte es aus mir heraus.
»Skye!«, rief Ellie und machte sich hastig von ihm los.
»Hi, Skye.« Asher drehte sich um, lächelte und lehnte sich lässig an die Eismaschine, als wäre nichts gewesen. »Wie ist euer Spiel?«
»Ähm, gut…« Plötzlich kam ich mir total dämlich vor. »Ich wollte mir nur etwas Eis holen. Ich hatte nicht vor, euch zu stören.«
Asher musterte mich skeptisch. »Eis? Für deine heiße Schokolade?« Er musste meine Bestellung gehört haben.

Mein Gesicht glühte. »Sie ist superheiß, okay?« Ich drückte mich zwischen die beiden und schnappte mir lautstark eine Handvoll Eis aus der Maschine. Asher beobachtete mich nachdenklich, während Ellie die Arme über der Brust verschränkte und demonstrativ wegschaute.

»Skye?« Ian kam mit unseren Bechern in der Hand den Korridor herauf. Als er mich mit dem Eis sah, lächelte er. »Zu heiß?«

»Warum finden das alle so überraschend?«, fragte ich und hob die Stimme. »Es heißt schließlich nicht umsonst *heiße* Schokolade!« Ich wollte ihm entgegengehen, aber bevor ich auch nur einen weiteren Schritt machen konnte, schmolz das Eis in meinen Händen und tropfte mir durch die Finger auf den Teppich.

»Verdammter Mist!« Ich spürte, wie mir Tränen in die Augen schossen. Aber ich schwor mir, dass ich nicht hier, vor allen Leuten einen Anfall bekommen würde.

»Du warst so lange weg und ich habe gedacht, ich schau mal, ob du Hilfe brauchst.« Ian sah schnell von Asher zu Ellie und wieder zu mir. »Mensch, Skye, deine Augen waren gerade wieder silbern«, wisperte er, als er neben mir stand.

Asher sah mich scharf an. Mein Herz schlug mir bis zum Hals.

»Ist alles in Ordnung?«, fragte Ian.

»Oh, alles *super*«, fuhr Asher dazwischen und sein Blick huschte zwischen uns hin und her. »Seid ihr zwei …?«

»Was? Nein!«, rief ich schnell und bemerkte zu spät, dass Ian nichts gesagt hatte.

Betretenes Schweigen lag in der Luft.

»Ja, also dann bring ich mal unsere Becher zurück zum Tisch«, sagte Ian und stapfte davon, wobei er sich keine besondere Mühe gab, seinen Frust zu verbergen.

Ich musste was unternehmen. »Entschuldigt die Störung«, sagte ich betont freundlich und blickte von Asher zu Ellie. »Bitte macht weiter, womit auch immer ihr gerade beschäftigt

wart.« Damit drehte ich mich auf dem Absatz um, um Ian zu folgen.
»Skye, warte!«
»Was?« Ich wirbelte herum. Asher kam ein paar Schritte auf mich zu.
»Was ist los?« Er steckte die Hände in die Hosentaschen.
»Was meinst du?«
»Was war das gerade?«
»Nichts.«
»Skye, jetzt mal im Ernst. Warum bist du so aufgebracht?«
»Ich bin nicht aufgebracht.« Ich sagte es ein wenig zu schnell. Asher sah mich durchdringend an und wusste, er hatte mich beim Lügen erwischt.
»Das glaubst du doch selbst nicht. Wenn du es mir nicht sagst, werde ich eigene Vermutungen anstellen müssen.« Er schenkte mir ein spöttisches Grinsen. »Und die werden dir nicht gefallen.«
»Na ja …« Wie sollte ich mich bloß aus dieser Sache herausreden? Ich wusste ja selbst nicht einmal, warum ich aufgebracht war.
»Ja?«, hakte er nach.
»Na ja, ich versteh's einfach nicht. Ich dachte, du wärst … du weißt schon … aber jetzt flirtest du mit Ellie …« Ich hielt inne und schaute zu ihm auf. Seine Augen waren sanft und braun. Und ich war verwirrter denn je. »Hör mal, ich weiß nicht, was ich gedacht habe, vergiss es. Ich bin einfach müde.«
»Aber du hast doch auf dem ganzen Weg hierher geschlafen.«
»Das ist dir aufgefallen?«
»Alles an dir fällt mir auf.«
Mir blieb fast die Luft weg. »Versuch nicht, vom Thema abzulenken«, murmelte ich. »Ich bin immer noch sauer.«
»Warte. Du warst doch nicht etwa *eifersüchtig*, oder?« Seine Augen funkelten.

»Machst du das mit Absicht?«
»Hm«, grübelte er. »Na so was aber auch.«
Ich musste unbedingt weg, sonst würde ich mich noch zum totalen Idioten machen.
»Ich muss los. Geh ruhig zurück zu Ellie.« Ich zwängte mich an ihm vorbei und stürmte den Korridor hinunter.
»Skye, komm schon!«, rief er mir hinterher. »War doch nur Spaß!«
Aber ich war bereits auf dem Weg zurück zur Sofaecke. Ian saß an seinem Platz, die Ellbogen auf die Oberschenkel gestützt, die Hände um seinen Trinkbecher wie um einen Rettungsring geklammert, die Augen starr auf den Boden gerichtet, als hätte er einen Laserblick und könnte ein Loch hineinbrennen, durch das er sich fallen lassen konnte. Ich tippte ihn an die Schulter. Als er aufblickte, erkannte ich sofort, dass er nicht glücklich war, mich zu sehen.
»Schnappen wir ein bisschen frische Luft«, schlug ich vor und war erleichtert, dass er keinen Vorwand suchte, abzulehnen.
Wir nahmen unsere Jacken und gingen hinaus auf die Holzterrasse. Ich konnte spüren, wie Devin mich neugierig beobachtete, als wir an ihm vorbeigingen.
Draußen atmete ich tief durch. Es war dunkel und überall auf dem Berg flackerten winzige Lichter wie ein Spiegelbild der Sterne über uns. Die Lichter der Hütte spiegelten sich im Schnee wider und schufen einen Glorienschein um die Terrasse. Dahinter tauchten Schatten und das Mondlicht alles in einen blauen Glanz.
»Ian …«
»Sag nichts.«
»Wir sind Freunde …«
»Bitte komm mir jetzt nicht mit der ›Lass-uns-weiter-Freunde-sein‹-Nummer. Wir Jungs können das nämlich nicht ausstehen, dann kommen wir uns blöd vor, weil wir mehr wollen.«

»Aber wir *sind* Freunde. Und ich möchte, dass das auf jeden Fall so bleibt. Von Cassie und Dan abgesehen, bist du der beste Freund, den ich habe. Ich weiß nicht, was ich ohne dich tun würde.«

Er vergrub die Hände in den Hosentaschen. »Du magst Asher, stimmt's?«

»Ich weiß nicht. Es ergibt überhaupt keinen Sinn, aber irgendetwas an ihm … Ich kann's nicht erklären.«

»Er ist ein Weiberheld. Er wird dir wehtun.«

»Ist zwischen uns alles in Ordnung?«, fragte ich. Ich wollte nicht über Asher reden.

Er nickte und lächelte. »Ja, alles in Ordnung.«

Ich beugte mich vor, verschränkte die Arme auf dem Geländer und blickte auf den Schnee, der im Mondlicht glitzerte. »Morgen wird ein guter Tag zum Skifahren.«

Ian gesellte sich zu mir und unsere Schultern berührten sich. Es war ein angenehmes Gefühl, so nah beieinander zu stehen. Plötzlich bemerkte ich aus den Augenwinkeln eine Bewegung. Devin marschierte auf die Bäume zu. Allein. Er war immer allein. Ich verspürte das wahnsinnige Verlangen, ihn zu begleiten und der Enge der Hütte zu entkommen. Ian folgte meinem Blick.

»Es sei denn …?«, sagte er und seine Stimme hob sich am Ende. Er schüttelte den Kopf. »Es ist zwecklos. Ich werde Mädchen nie verstehen.«

»Ist dir schon mal aufgefallen, wie friedlich er wirkt, wenn Asher nicht in der Nähe ist? Er bleibt immer so ruhig. Ich frage mich, wie er das macht.«

»Ich glaube, es würde mich zu Tode langweilen, so ruhig zu sein.«

»Vielleicht. Ich wünschte, DeNardo und Manning hätten deine Nachtski-Idee nicht abgelehnt«, wechselte ich das Thema. »Glaubst du, wir könnten uns heimlich wegschleichen und es trotzdem wagen?«

Ian lachte. »Ich bin hier nicht scharf auf Ärger. Cassies Flachmann reicht mir schon. Wenn wir als Gruppe losziehen würden, würde ich es tun. Aber nur du und ich… Wenn einer von uns stürzt… Ich will gar nicht daran denken, was dann passieren würde.«

Asher würde es tun, dachte ich. Er würde mich begleiten. Er würde die Regeln brechen. Aber Asher war jetzt bei Ellie.

Ian und ich blieben noch eine Weile draußen, bis ich meine Zehen nicht mehr spüren konnte. Dann gingen wir zurück.

Cassie und Dan saßen immer noch mit den anderen vor dem Kamin, aber ich hatte keine Lust mehr, unter Menschen zu sein. Ich ging auf mein Zimmer, kroch unter die Decke und starrte in die Dunkelheit. Selbst als Cassie nach einer Weile hereinkam und leise meinen Namen sagte, antwortete ich nicht. Ich lag einfach nur da, unfähig, mich zu bewegen, unfähig, zu schlafen, unfähig, an irgendetwas anderes als an Asher zu denken und wie sehr es mir gegen den Strich ging, ihn mit Ellie zusammen zu sehen. *Warum kümmert mich das überhaupt? Habe ich meine Lektion nicht schon mit Jordan gelernt?*

Irgendwann musste ich dann wohl doch eingeschlafen sein, denn im nächsten Moment war es bereits Morgen und Cassie rüttelte mich wach.

Kapitel 11

Das Frühstück war der reinste Horror. Ian verhielt sich mir gegenüber wieder reserviert. Und ich vermied jeden Augenkontakt mit Asher, was diesen jedoch nicht davon abhielt, meinen Blick zu suchen.
Devin ging uns am Morgen aus dem Weg und ich fragte mich, ob Asher ihm erzählt hatte, was passiert war. Schließlich waren sie Cousins, oder? Vertrauten sich Cousins nicht einander an? Vielleicht würde bald die gesamte Schule wissen, wie ich mich bei der dämlichen Eismaschine zum Idioten gemacht hatte. Ich hatte nur noch das Bedürfnis, meine Skier anzuschnallen und davonzusausen.
Nach dem Frühstück gingen wir nach draußen und Mr DeNardo teilte uns unserem Können entsprechend in Gruppen ein. Cassie war in der Idiotenhügel-Gruppe. Sie trug passenderweise eine Mütze mit Hasenöhrchen, mit der sie tatsächlich ein wenig idiotisch aussah. Ich konnte mir das Lachen nicht verkneifen. Obwohl Dan sehr gut Ski fahren konnte, entschied er sich ebenfalls, in ihrer Gruppe zu bleiben. Ich war in der Gruppe mit den fortgeschrittenen Skifahrern, zusammen mit Ian, der mit Skibrille und schwarzem Helm überraschend cool wirkte, Ellie, Maggie, Asher und Devin.
Im selben Augenblick, in dem man uns derselben Gruppe zuteilte, sauste Asher an meine Seite. »Skye«, flüsterte er. Doch ich entfernte mich von ihm.
Ian musterte mich skeptisch, als wir uns auf den Weg zum Sessellift machten.

»Du und ich heute?«, fragte ich.
»Klar«, erwiderte er.
Ich blieb an seiner Seite und sorgte dafür, dass ich auf dem Weg nach oben neben ihm saß. Nach dem ganzen Fiasko am Abend zuvor wollte ich auf keinen Fall neben Ellie sitzen. Und wenn Asher glaubte, ich würde mit ihm zur Bergspitze hochfahren, hatte er sich geschnitten. Was mich betraf, konnten er und Ellie gerne nebeneinander sitzen.

Oben am Hang war es kalt. Von meinem erhöhten Aussichtspunkt ähnelten die Leute unter mir den vielfarbigen Pixeln eines Fernsehbildschirms, die sich immer wieder zu allen möglichen merkwürdigen Mustern anordneten. Während ich so dastand, legte ich den Kopf zurück, blickte in den blaugrauen Himmel hinauf und tat so, als wäre ich in einem Umkreis von mehreren Kilometern vollkommen allein.
Ian und ich stellten uns in die Mitte der Gruppe, die ungeduldig am Rand der als Jacob's Ladder bekannten schwarzen Piste wartete. Das Mädchen auf seiner anderen Seite zog seine Aufmerksamkeit auf sich und er fing an, sich mit ihr zu unterhalten. Ich blickte an seiner Schulter vorbei und sah, wie Devin geduldig am anderen Ende der Schlange wartete.
Plötzlich kam jemand hinter mir mit einem lauten Wusch zum Stehen. Ich blickte hinter mich.
»Guter Tag zum Skifahren.« Asher hielt sich die Hand vor die Augen und sah zum Himmel. »Ich hoffe nur, das Wetter bleibt so.«
Ich schwieg.
»Hör mal, wegen gestern Abend …«
»Vergiss es, okay?« Ich drehte mich zu ihm um. »Es ist passiert. Es ist vorbei. Schwamm drüber.«
»Meinst du das ernst?« Auch wenn er aufrichtig klang, blitzte ihm wie immer der Schalk aus den Augen und ich hatte den

Eindruck, er machte sich über mich lustig. Verärgert schob ich die Skibrille herunter und wandte mich der Abfahrt zu.

»Fährst du gut Ski?«

»Ich habe diese Saison noch kein einziges Rennen verloren«, erwiderte ich, ohne ihn anzusehen.

»Wow!«, sagte er. »Du musst ja über eine unglaubliche Kontrolle verfügen.« Er glitt in einem langsamen, eleganten Bogen neben mich und zwang den Jungen neben mir, ihm Platz zu machen. »Aber dir gefällt bestimmt noch was ganz anderes daran«, flüsterte er mir leise ins Ohr.

»Und das wäre?« Wir standen ziemlich nahe am Rand des Hangs. Ein Ausrutscher und wir würden den Abhang hinunterpurzeln. Ich wich unwillkürlich zurück.

»Die Kontrolle zu *verlieren*. Deshalb fährst du gern Ski, oder? Das Gefühl, in die Tiefe zu stürzen, und gleichzeitig zu wissen, dass du dich wieder fangen kannst. Du bist ein Kontrollfreak, weil du weißt, dass es dich, wenn du unter Druck stehst, zu weit in die andere Richtung ziehen würde.«

»Ich bin kein Kontrollfreak«, entgegnete ich wütend. Was wusste er schon? Sobald wir losfuhren und ich richtig loslegte, würde ihm sein freches Grinsen noch vergehen.

Asher schob sich die Skibrille über die Augen und nahm seine Skistöcke fest in die Hand. »Okay. Fahren wir um die Wette.« Und dann sauste er los, den Oberkörper in den Wind gelehnt, die Stöcke nach hinten unter die Arme geklemmt.

Sekunden später heftete ich mich an seine Fersen und vergaß meinen Plan, mit Ian zu fahren. Ashers Kampfansage konnte ich schließlich nicht ignorieren.

»Ich werde gewinnen!«, rief ich.

»Beweis es!«, rief er zurück. Seine Stimme war außergewöhnlich klar über dem Wind zu hören.

Ich konzentrierte mich ganz auf Asher und nahm niemand anderen auf der Piste wahr. Wenn er nach links ausscherte, folgte ich ihm. Wenn er eine scharfe Rechtskurve über eine Bodenwelle schnitt, tat ich es ihm gleich. Es war gleichzeitig Spiel und erbitterter Wettstreit. Ich weiß nicht, warum ich plötzlich dieses unbändige Verlangen verspürte, mich ihm zu beweisen, aber mein Körper hielt nahezu von selbst mit ihm Schritt.

Asher wusste, dass ich ihn beobachtete, so wie er mich ständig beobachtet hatte, seit wir uns draußen vor dem *Bean* kennengelernt hatten. Jetzt würde er zumindest erfahren, wie sich das anfühlte. Und, *Mann*, war er ein großartiger Skifahrer. In seinem schwarzen Parka und seinen schwarzen Skihosen wirkte er wie ein dunkler dahinsausender Stern. Sicher und kontrolliert flog er mühelos über die Piste und kam kein einziges Mal ins Straucheln.

Ich konnte spüren, wie sich die Erde unter mir wellte und bewegte, während ich dahinpreschte. Dann zog ich an ihm vorbei. Seine kauernde Gestalt fuhr neben mir her und fiel schließlich hinter mir zurück, bis ich ihn nicht mehr sehen konnte. Jede Unebenheit, jedes Schlagloch, jede Aufhäufung aus Schnee, Felsen und Erde schien wie der Sand in einer Sanduhr unter mir wegzufallen.

Und dann passierte es tatsächlich. Der Schnee unter meinen Skiern geriet in Bewegung. Ich verlor den Halt. Kurz bevor ich vornüberstürzte, blickte ich hinter mich.

Blinde Panik schoss mir durch die Adern. Schnee rauschte den Hang hinunter, ballte sich zusammen und donnerte mit atemberaubender Geschwindigkeit auf mich zu. Mein Herz raste. Meine Atmung ging scharf und abgehackt. Ich blickte mich hektisch nach einem Felsen oder Überhang um, hinter dem ich mich in Sicherheit bringen konnte. Irgendetwas, an dem ich mich festhalten konnte. Aber ich fuhr zu schnell. Hinter mir war niemand mehr – nicht einmal Asher. Ich war allein.

Mit voller Wucht prallte ich gegen den Berghang. Im nächsten

Augenblick verschlug es mir den Atem, als befände ich mich in einer Vakuumglocke. Ich spürte einen scharfen, stechenden Schmerz, als mein Knöchel unter mir umknickte und brach. Dann das Gefühl des Fallens: die Angst, das Hochgefühl. Der Boden brach unter mir weg und ich stürzte in die Tiefe.

Kapitel 12

Jemand rief meinen Namen. Es klang wunderschön, wie ein Lied aus einer überirdischen Welt. War ich tot? War ich im Himmel?

»Skye!«

Ich riss die Augen auf.

Ich befand mich in einer Art Höhle. Als ich mich langsam aufsetzte und mit einer Hand abstützte, rückte meine Umgebung näher ins Blickfeld. Wo auch immer ich war, es war dunkel, aber ein fahles Licht fiel durch die anscheinend lichtdurchlässigen Wände. War ich unter einer Lawine begraben? Die Wände um mich herum schimmerten leicht. Woran jedoch überhaupt kein Zweifel bestand, war die entsetzliche Kälte. Durch den Riss in meinen Goretex-Handschuhen hatte der Schnee die Fleecehandschuhe darunter völlig durchnässt.

Asher kniete vor mir.

»Was machst du hier?«, presste ich mit belegter Stimme hervor. Meine Zunge fühlte sich wie ein Fremdkörper in meinem Mund an.

»Du bist wach!« Er atmete erleichtert aus und legte mir die Hand auf den Arm. »Bist du okay? Wie fühlst du dich?«

»Mein Kopf…«, setzte ich an und versuchte, den Nebel zu durchdringen, der auf meinem Gehirn lastete. Mein Knöchel pochte vor Schmerz. »Und mein Knöchel. Er ist verrenkt oder gebrochen oder so was.«

Asher betrachtete ihn stirnrunzelnd.

»Wo sind wir?«, fragte ich.

»Ich glaube, wir sind in eine Art Schneehöhle gestürzt.«
»Wie bist du…?«
»Ich habe dich abstürzen sehen, konnte dich aber nicht mehr rechtzeitig erreichen. Als du im Schnee verschwunden bist, bin ich dir hinterhergesprungen.« Asher tastete meinen Knöchel ab. Als er sah, wie ich zusammenzuckte, machte er ein bedauerndes Gesicht. »Entschuldige. Ich kann…« Er räusperte sich. »Ich kann nichts tun, Skye. Ich habe die Notrufzentrale angerufen, während du bewusstlos warst.« Er ließ den Blick nach oben gleiten. Ich fragte mich, was für einen Handyempfang wir hier unten hatten. Außerdem, mit einem möglicherweise gebrochenen Knöchel konnte ich auf keinen Fall aus dieser Höhle klettern. »Ich wollte dich hier nicht allein lassen«, sagte er und wich meinem Blick aus, während er meinen Fuß zum Kühlen mit Schnee bedeckte.
»Es war seltsam.« Ich atmete tief durch. »Als ich an dir vorbeigezogen bin, hatte ich dieses unglaubliche Machtgefühl. Und es ist fast so … es ist fast so, als wären der Schnee und das Eis deshalb unter mir weggebrochen. Wegen dieses Gefühls. Aber je mehr ich in Panik geraten bin, umso hilfloser wurde ich … und umso heftiger wurde es.« Ich blickte auf und hatte Angst, ihm in die Augen zu sehen. Asher starrte mich an. Nicht unbedingt ungläubig. Vielmehr als ziehe er etwas Unmögliches in Erwägung. Ich hoffte, dass meine Augen nicht wieder silbern glänzten, und wandte den Blick ab. »Es klingt verrückt, ich weiß.«
Er schwieg. Ich zitterte in der eisigen Stille der Höhle. Meine Finger waren mehr als taub – sie brannten vor Kälte.
»Ist dir kalt?«, fragte Asher leise.
»Eiskalt.« Ich zog einen Goretex-Handschuh aus und steckte einen Finger durch das Loch. Dann ich zog ich meinen Fleecehandschuh aus und hielt ihn mit einem traurigen Lächeln hoch; er fiel patschnass in sich zusammen.

»Hier.« Asher öffnete den Reißverschluss seines schwarzen Parkas, zog ihn aus und wickelte ihn um mich. Ich konnte seine Körperwärme spüren, die noch darin hing.
»Nein«, protestierte ich schwach. »Du brauchst ihn.«
»Mir ist von Natur aus warm«, erwiderte er mit einem Grinsen. »Ich komm schon klar. Und du? Schon besser?«
»Mmm. Danke.« Ich steckte die Hände in die Ärmel. Er betrachtete mich mit einem merkwürdigen Ausdruck im Gesicht. »Wenn ich dir jetzt etwas zeige, versprichst du mir dann, niemandem davon zu erzählen?«
»Spielst du den Entertainer, bis wir gerettet werden?«
»So was in der Art, aber du musst mir versprechen, nichts zu verraten.«
»Versprochen. Mir ist alles recht, solange es mich davon ablenkt, dass wir sterben könnten.«
»Du wirst nicht sterben, Skye. Das lasse ich nicht zu.«
Er klang so ruhig und sicher, dass ich ihm fast glaubte. Aber ich fragte mich auch, wie uns hier irgendjemand finden sollte, bevor wir zu menschlichen Eiszapfen wurden.
Asher setzte sich hinter mich. Ich konnte seine Brust an meinem Rücken spüren, seinen Atem in meinem Nacken. Ich bemühte mich erfolglos, meine Atmung ruhig zu halten, aber die Kombination aus Schmerz, Kälte und Ashers Nähe ließ mich unregelmäßig und flach atmen.
Asher schlang beide Arme um mich. »Nimm die Hände aus den Ärmeln«, murmelte er. Ich tat wie geheißen. Er nahm sie, drückte sie und schob sie mit den Handflächen nach oben aneinander. »Okay«, flüsterte er mir ins Haar. »Aber dreh nicht gleich durch.«
Wie hätte ich noch mehr durchdrehen können, als ich es sowieso schon tat?
Und dann passierte es.
Zwischen meinen Handflächen erblühte eine kleine Flamme. Es

tat nicht weh – ich spürte nicht mehr als eine sanfte Wärme, als sie meine Finger umspielte. Die Flamme wurde größer und ein sanfter orangefarbener Glanz erfüllte die Schneehöhle, als ihr Schein flimmernde Schatten an die Wände warf.

»Asher?« Meine Stimme wurde höher, mein Herz raste wie wild. »Wie machst du das?«

»Wenn ich es dir sage, verdirbt es nur den ganzen Spaß«, erwiderte er, und obwohl er hinter mir saß, wusste ich, dass er lächelte. »Ein Magier gibt seine Geheimnisse nie preis.«

Die Flamme flackerte in meiner Hand und flammte schließlich zur Decke auf. Als sie erstarb, blieb ein in den Schnee geschmolzenes Loch zurück, das den Himmel freigab.

Asher pfiff leise durch die Zähne. »Das sollte eigentlich nicht passieren.« Er rückte um mich herum, damit er mir wieder gegenübersaß. Verwirrt zog er die Augenbrauen zusammen. »Normalerweise habe ich das besser unter Kontrolle. Ich weiß nicht, warum…« Er sah mich an und legte mir die Hand auf die Wange. Seine Finger waren immer noch warm und ich hörte langsam auf zu zittern.

»Hör mal«, sagte er. »Wegen gestern Abend.«

Ich seufzte. »Ich möchte wirklich nicht darüber reden.«

»Nein, hör zu. Du hattest recht – ich habe versucht, dein Interesse zu wecken. Aber nicht aus dem Grund, den du annimmst.«

»Okay«, erwiderte ich skeptisch. »Warum dann?«

Er lächelte und fuhr mir mit dem Daumen sanft über die Wangenknochen.

»Skye«, murmelte er. »Es ist … ziemlich kompliziert.«

»Das verstehe ich nicht«, erwiderte ich, wobei es sich anhörte, als blieben mir die Worte im Hals stecken. Mir schwirrte vage im Kopf herum, dass er das schon einmal gesagt hatte, aber ich drohte langsam einzuschlafen und konnte mich nicht mehr konzentrieren.

»Wir müssen nicht sofort über das Schicksal der Welt entschei-

den.« Er fasste mich am Kinn, als ich den Kopf gegen seine Schulter sacken ließ. »Skye, du musst für mich wach bleiben! Rede mit mir. Hör nicht auf zu reden.«
»Was soll ich sagen?« Ich war so schläfrig.
»Irgendwas. Erzähl mir, woran du gerade denkst.«
Ich wusste nicht, warum ich ausgerechnet jetzt daran dachte, aber die Worte kamen geradezu aus mir herausgesprudelt. »Meine Eltern sind gestorben«, sagte ich undeutlich, während sich wieder ein dichter Nebel über meine Gedanken legte. »Bei einem Autounfall. Als ich sechs Jahre alt war.« Ich gähnte.
»Das tut mir leid«, erwiderte Asher leise und nahm neben mir Platz. Ich spürte, wie er meine Hand in die seine nahm. Sie war warm. Ich setzte mich anders hin, um mich an ihn zu lehnen, und konnte seine Wärme und seinen Atem spüren.
»Ich kann mich nicht mehr genau an den Unfall erinnern. Ich weiß nicht, warum ich überlebt habe und sie nicht.« Es fühlte sich gut an, darüber zu reden. Ich sprach sonst nie davon. »Ich hätte sterben können.« Es gefiel mir nicht, wie das klang, als ich es laut aussprach.
Asher strich mir das Haar aus dem Gesicht. »Aber das bist du nicht. Keine Sorge, okay? Hilfe ist schon unterwegs.«
Ich spürte, wie ich schwerer und die Welt um mich herum wieder dunkler wurde. Fast hatte ich das Gefühl, ich könnte die zarte Berührung seiner Lippen auf meiner Stirn spüren.
Fast.

Kapitel 13

Als ich die Augen aufschlug, befand ich mich an einem Ort, der unterschiedlicher nicht hätte sein können. Die Wände waren einfach Wände, so lichtundurchlässig, wie Wände nur sein konnten, und mir war unter der Wolldecke, die über mir lag, mollig warm. Ich trug einen Flanellpyjama, den ich nicht kannte, und lag in einem schmalen Bett. Offenbar befand ich mich auf der Krankenstation der Skihütte. Einem Ort, dem es eindeutig an Magie fehlte. An der Decke über mir hatte man die Risse und Wasserflecken mehr schlecht als recht mit Farbe überpinselt. Von dem stechenden Schmerz in meinem Knöchel einmal abgesehen, fühlte ich mich jedoch nicht schlecht – auf jeden Fall viel besser als vorher.

War ich wirklich gerade erst mit Asher in einer Schneehöhle eingeschlossen gewesen? Und hatte er wirklich ein Feuer … herbeigezaubert? Aus dem Nichts? Mir kam es so vor, als erwachte ich aus einem lebhaften Traum und stellte mich dem kalten Licht der Realität. Aber soweit ich meiner Erinnerung trauen konnte, war es so gewesen.

Wo war Asher jetzt? Ich drehte den Kopf in der Hoffnung, er würde neben mir sitzen und mir sagen, dass das, was ich gesehen hatte, reine Einbildung gewesen war. Oder mir zumindest diesen klasse Trick erklären beziehungsweise wo er das Feuerzeug versteckt hatte. Stattdessen fiel mein Blick auf Devin. Er saß auf einem Stuhl, der gegen die Wand geschoben war, und blickte aus dem Fenster.

»Was machst du hier?«, fragte ich verwirrt. »Wo ist Asher?«

Devin wandte sich mir mit gleichmütiger Miene zu. »Skye! Du bist wach.«

Mein Puls beschleunigte sich. »Wie lange war ich bewusstlos?«

Er betrachtete seine Hände. »Eine ganze Weile.«

»Ist mit mir alles in Ordnung?«

»Du hast jedenfalls keine Gehirnerschütterung, wie sie befürchtet hatten. Alles andere ist … behandelbar.«

»Alles andere?« Ich versuchte mich aufzusetzen, aber Devin streckte seine Hand aus, um mich sanft daran zu hindern. Mir wurde auf einmal ganz schwindelig und ich lehnte mich in das Kissen zurück. »Wo sind meine Freunde? Und was machst du überhaupt hier?«

»Hast du durch den Sturz vergessen, dass wir auch Freunde sind?« Er sah sich um. »Schwester? Ich glaube, sie leidet doch unter Gedächtnisverlust!«

»Lass das!« Ich schob seine Hand weg.

»Wie fühlst du dich?«

»Warum bist du hier?«, entgegnete ich.

»Ich hab mir Sorgen gemacht.«

»Aber wo ist Asher?«

»Asher«, wiederholte Devin, während sein Blick frostig wurde. »Wer weiß? Zieht sich um, wärmt sich auf, sammelt noch mehr Groupies. Bin ich etwa sein Kindermädchen?« Er schürzte die Lippen.

»Er ist immerhin dein Cousin«, gab ich zurück und regte mich innerlich über das Wort *Groupies* auf. »Solltest du dir nicht etwas mehr Sorgen um ihn machen? Wir hätten beide da draußen sterben können.«

Devin schnitt eine Grimasse. »Asher kann ganz gut auf sich selbst aufpassen. Er hat es nicht nötig, dass ich mir Sorgen um ihn mache.«

»Aber *ich* mache mir Sorgen um ihn.«

»Er hat nicht mal ’nen Kratzer, Skye.«

»Wer hat uns überhaupt gerettet? Ich … Autsch!« Ein stechender Schmerz schoss mir das Bein hoch, als ich mich zu schnell aufsetzte. Ich umfasste meinen Knöchel, der weiterhin vor Schmerz pochte, obwohl er fest in einen Verband gewickelt war.

Devin schüttelte den Kopf, als hätte er vergessen, dass ich verletzt war. »Oh«, sagte er und blickte auf meinen Fuß und dann wieder zu mir. »Bist du okay?«

»Mir geht's *gut*«, erwiderte ich. »Es ist nur mein … autsch … Knöchel.«

»Tut er sehr weh?«, fragte er.

Ich nickte. »Höllisch. Ich hab ihn mir wohl verstaucht oder mir einen Bänderriss zugezogen.«

Devin stand auf und stellte sich an mein Bett. Er legte behutsam die Hände auf meinen Fuß. »Hier?«, fragte er.

Ich schloss die Augen, zuckte zusammen und nickte. »Ja.«

Mit geschlossenen Augen konnte ich spüren, wie er mit beiden Händen gegen meinen Knöchel drückte. Seine Berührung war erstaunlich sanft und ich ließ mich tiefer ins Kissen sinken, weil ein Gefühl der Ruhe über mich kam. Dann drückte er ein wenig fester zu. Der Schmerz flammte bis ins Unerträgliche auf – und verschwand dann einfach. Ich schlug ungläubig die Augen auf.

Devin nahm die Hände weg und musterte mich unsicher. »Es müsste jetzt alles wieder in Ordnung sein«, erklärte er.

Ich drehte meinen Fuß vorsichtig erst in die eine und dann in die andere Richtung. Da war nicht einmal das geringste unangenehme Stechen. Ich sah Devin fest an und versuchte zu begreifen, was gerade passiert war. »Das verstehe ich nicht. Wie hast du …« Doch ich wurde unterbrochen, weil die Tür aufflog und Cassie, Dan und Ian hereingestürmt kamen. Cassies Häschenmütze saß schief auf ihrem Kopf und ihre Augen waren weit aufgerissen. Dan umklammerte seine Wollmütze. Und Ian sah irgendwie verloren aus – als wünschte er, er könnte mir einen Latte anbieten.

»Skye! Geht's dir gut? Was ist passiert?« Cassie eilte mit flatterndem Haar an meine Seite. »Wir haben gehört, dass dich eine Lawine erwischt hat und... Oh, du siehst okay aus. Ist irgendwas gebrochen? Wirst du wieder laufen können?«

»Es ist alles in Ordnung, glaube ich«, sagte ich und lächelte Dan und Ian zu, die im Hintergrund geblieben waren.

»Super!«, rief Dan und bemerkte im gleichen Atemzug Devin. »Hi.« Er nickte.

»Hi«, erwiderte Devin steif.

Cassie sah zu Devin, den sie im Eifer des Gefechtes gar nicht wahrgenommen hatte, und drehte sich mit weit aufgerissenen Augen wieder zu mir.

»Oh!«, rief sie überrascht. Ein breites Grinsen legte sich über ihr Gesicht. »Oh.« Sie beugte sich an mein Ohr. »Bist du gerade *beschäftigt?*«, flüsterte sie. »Ich meine, wir können auch später...«

»Nein, Cassie, es ist alles in bester Ordnung...«

»Ich muss jetzt los«, verkündete Devin plötzlich.

Ich wollte nicht, dass er ging. Ich hatte noch einige Fragen, die mir unter den Nägeln brannten. Bildete ich mir das nur ein, oder versuchte er mir keine Chance zu geben, sie zu stellen?

»Devin...«

»Es freut mich, dass es dir gut geht, Skye.« Er stand auf und nickte Dan und Ian knapp zu. Dann stürmte er hinaus. Die Tür knallte hinter ihm zu, dass es im Raum widerhallte, und dann war es plötzlich ganz ruhig.

»Ooookay«, durchbrach Cassie schließlich die Stille. »Also, ich habe da so ein Gerücht gehört, dass Asher sich bei deiner Rettung *sehr* heldenhaft benommen hat.«

»Geht's ihm gut?«, fragte ich und setzte mich bei der Erwähnung seines Namens auf. »Ist er verletzt? Devin schien es nicht zu wissen.« *Oder sich nicht darum zu kümmern*, fügte ich in Gedanken hinzu.

»Keine Angst, ihm geht's gut«, sagte Ian. Er spannte den Kiefer an. »Der Kerl hat mehr Glück als Verstand.«
»Ist sonst noch jemand in die Lawine geraten?«, erkundigte ich mich.
»Nein, ihr zwei seid so weit vorausgeprescht, dass euch niemand einholen konnte«, erklärte Ian. »Wir konnten ihr ausweichen. Es war unglaublich, wie schnell ihr wart. Von euch war nur noch ein verschwommener Klecks in der Ferne zu erkennen.«
»Bei dem Wettrennen ist es total mit mir durchgegangen. Tut mir leid, dass ich einfach losgeprescht bin.«
»Hey, du hast mir einen Gefallen getan!« Er schenkte mir ein beruhigendes Grinsen. »Ich schau mal, ob ich eine heiße Schokolade oder so was für dich auftreiben kann.«
Das war typisch Ian. Immer war er bemüht, einen mit Nervennahrung und wohltuenden Getränken zu versorgen. Er steuerte auf die Tür zu.
»Ich komme mit«, sagte Dan. »Und gebe Ms Manning und DeNardo Bescheid, dass Skye okay ist.«
Nachdem sie weg waren, beugte sich Cassie zu mir rüber. »Also, was war wirklich los?«, fragte sie.
»Ich weiß nicht, wovon du redest.«
»Komm schon, Skye. Ich bin deine beste Freundin.«
Ich schluckte. Konnte ich ihr von den merkwürdigen Ereignissen berichten? Andererseits: Wenn ich mit jemandem darüber reden konnte, dann mit Cassie. Aber wie sollte ich ihr auch nur annähernd erklären, dass ich mit Ashers Hilfe Feuer geschaffen ... ja, es in meinen bloßen Händen *gehalten* hatte? Und dass Devin meinen Knöchel offenbar mit einer bloßen Berührung geheilt hatte? Bevor ich eine Entscheidung treffen konnte, ging die Tür auf und eine Krankenschwester kam herein. Und plötzlich hatte ich das Gefühl, dass man mich an diesem Tag zum zweiten Mal gerettet hatte.

Kapitel 14

»Lass mich das noch mal klarstellen«, sagte Cassie. Sie erhaschte meinen Blick im Spiegel und drehte sich um, während sie dabei war, Rouge aufzutragen. »Du bist in Ashers Armen in Ohnmacht gefallen, und aufgewacht bist du in … Devins?«

Die Sonne war hinter den Bergen untergegangen und wir waren wieder in unserem Zimmer in der Hütte und machten uns für das Lagerfeuer am späteren Abend fertig. Die Krankenschwester hatte mich ein paar Stunden zuvor aus der Krankenstation entlassen, weil der Knöchel nicht mehr schmerzte und sich keine schlimmeren Symptome als Langeweile zeigten.

»Man könnte das, was ich gesagt habe, vermutlich so verdrehen, dass es so klingt.« Ich grinste.

Gegen ein paar Kissen gelehnt saß ich auf dem Bett und sah Cassie dabei zu, wie sie sich die Augen mit dunkelbraunem Eyeliner schminkte. Ich fragte mich, für wen sie sich so aufdonnerte. Sie hatte mir von keinem neuen Schwarm erzählt und von allen Leuten, die ich kannte, konnte sie am schlechtesten ein Geheimnis für sich behalten. Wenn Cassie einen Typen mochte, wussten wir alle davon.

»Also?«, hakte sie nach. »Einzelheiten?«

Ich hatte gehofft, Cassie hätte weitere Fragen vergessen, nachdem die Krankenschwester sie unterbrochen hatte. Aber da hatte ich die Rechung wohl ohne sie gemacht.

Ich dachte daran, wie der Schnee unter meinen Skiern weggebrochen war, die erschreckende Geschwindigkeit, mit der die Lawine auf mich zugerollt war. Asher und die Höhle. Das

Feuer. Devin, der meinen Knöchel mit einer bloßen Berührung geheilt hatte. Es würde völlig verrückt klingen, das jemandem zu erklären, und ich fragte mich allmählich, ob dieses traumatische Erlebnis Halluzinationen bei mir ausgelöst hatte. Ich musste unbedingt Devin und Asher finden, damit sie mir erklärten, was hier gerade abging. Aber Cassie hatte sich in eine Glucke verwandelt und ließ mich seit meiner Entlassung keine Sekunde aus den Augen.

Ich lächelte verschmitzt. »Da gibt's nichts zu erzählen! Ich bin bei dem Sturz in Ohnmacht gefallen, das ist alles. Ich kann mich nicht mal daran erinnern, nur, dass Asher bei mir war.«

»Das kannst du jemand anderem erzählen«, sagte Cassie und trug mit einer ausschweifenden Bewegung Lipgloss auf. »Aber wart's ab. Ich werde es schon irgendwie aus dir herausbekommen.« Sie gab ein Bösewichtlachen von sich und kicherte dann über ihre eigene Albernheit.

Cassies Kichern war unglaublich ansteckend und hatte uns schon mehr als einmal in Schwierigkeiten gebracht (so zum Beispiel letztes Jahr während des Gastvortrags über die Übel sozialer Netzwerke im Internet). Ich war einfach unfähig, ihm zu widerstehen, und schon bald kugelten wir uns vor Lachen.

Wir kicherten immer noch, als es an der Tür klopfte. Cassie stand auf, um sie zu öffnen. Dan und Ian standen davor.

»Oh, Entschuldigung, haben wir uns etwa im Zimmer geirrt?«, zog Dan uns auf. »Wir dachten, hier wohnen ein paar coole Girls und keine gackernden Hühner.«

Sein Haar fiel ihm ins Gesicht und er strich es wieder zurück. Dan musste so dringend zum Friseur, dass es fast schon komisch aussah, aber so etwas würde ihm nie von allein in den Sinn kommen. Vermutlich würde ihn seine Mom nächste Woche gewaltsam zu *Supercuts* schleppen müssen.

Cassie schniefte, wischte sich eine Träne weg und verschmierte dabei ihren Eyeliner.

»Wer hat dir denn eins aufs Auge gegeben?«, erkundigte sich Dan grinsend.
»An deiner Stelle würde ich die Klappe halten. Du siehst aus wie ein struppiger Hund.« Cassie lachte und ihre Augen funkelten. Sie richtete ihr Make-up wieder her, während ich mir unsere Jacken vom Ende des Betts schnappte. Obwohl mir mein Knöchel nicht mehr wehtat, trat ich immer noch vorsichtig auf. Zu meiner großen Überraschung hatte ich überhaupt nichts mehr gespürt, als ich die Krankenstation verlassen durfte – als hätte ich ihn mir nie verstaucht. Aber er war verletzt gewesen. Da war ich mir absolut sicher.
»Es heißt, Asher hätte dir das Leben gerettet«, bemerkte Ian.
»So weit würde ich nicht gehen«, erwiderte ich. Oder vielleicht doch? Ohne ihn hätten sie mich möglicherweise nie gefunden. Er und Devin verfügten offenbar über die unheimliche Fähigkeit, zu ahnen, wenn ich in Schwierigkeiten steckte, und eilten mir dann jedes Mal zu Hilfe. Andererseits war ich noch nie so oft in Schwierigkeiten geraten wie seit dem Tag ihrer Ankunft.
Cassie scheuchte die Jungs von der Tür weg. »Kommt, kommt, macht Platz für unser krankes Mäuschen.«

Links von der Hütte schlängelte sich ein Pfad bergabwärts durch den Wald. Als wir ihm in der Dunkelheit folgten und der Schein von Cassies Taschenlampe von den Kiefern abglitt, erinnerte mich die Bewegung plötzlich an den unter mir wegrutschenden Schnee während des Sturzes. Mir wurde schwarz vor Augen und einen Moment lang war mir schwindlig. Ich blieb stehen und wartete, dass der Wald aufhörte, sich zu drehen.
»Alles okay?«, flüsterte Ian, der neben mir stehen blieb.
»Ja«, sagte ich und schüttelte den Kopf, um wieder klar zu denken. »Mir geht's gut.«
»Vielleicht ist es nach deinem Sturz doch noch zu früh, um rauszugehen. Soll ich dich zurück aufs Zimmer begleiten?«

Aber das würde überhaupt nichts bringen. Ich brauchte keine Schonung. Was ich brauchte, waren Antworten. Ich musste herausfinden, ob ich allmählich den Verstand verlor oder ob die geringste Möglichkeit bestand, dass sich die merkwürdigen Dinge, die mir laufend zustießen, tatsächlich ereignet hatten.

Der Pfad führte auf eine Lichtung, wo bereits ein Lagerfeuer knisterte und Ms Manning gerade dabei war, der rastlosen Menge einige Regeln zu erläutern.

»Vergesst nicht, hier wird selbstverständlich weder Alkohol getrunken noch geraucht. Räumt hinterher den Müll weg und löscht das Feuer, wenn ihr fertig seid.« Sie lächelte und hielt eine Plastiktüte hoch, die mit Marshmallows, Vollkornkeksen und Schokolade gefüllt war. »Weil wir einen aufregenden Tag hatten, gibt's gleich noch ein wenig Nervennahrung«, sagte sie und sah in meine Richtung.

Als Dan, Ian, Cassie und ich einen Baumstamm auf der anderen Seite des Lagerfeuers entdeckten und darauf zusteuerten, bombardierten mich meine Klassenkameraden mit Fragen. Anscheinend war die Gerüchteküche völlig außer Kontrolle geraten. Auch wenn ich froh war, in Sicherheit, ja, *am Leben* zu sein, wusste ich nicht, wie ich ihnen erklären sollte, was auf dem Berg oder auf der Krankenstation passiert war. Ich würde sehr überzeugend sein müssen, ganz gleich, was für Lügen ich ihnen auftischte.

»Sie war fantastisch«, ertönte Ashers Stimme hinter mir und alle Blicke richteten sich auf ihn, als er sich neben mich stellte. »Ihr hättet es sehen sollen. Ein riesiges Schneebrett ist vom Hang abgebrochen und hat diese Unmengen Schnee mitgerissen. Aber Skye ist der Lawine durch geschicktes Manövrieren ausgewichen«, sagte er und grinste mich von der Seite an.

»Bis ich gestürzt bin«, fügte ich hinzu.

»Aber selbst dann«, schloss Asher. »Eine wahre Heldin! Kein Wunder, dass sie ständig Medaillen gewinnt.«

»Ich bin keine Heldin«, stöhnte ich.
»Na ja, du hast dir den Kopf ganz schön heftig angeschlagen. Vielleicht erinnerst du dich nicht genau an alles, was passiert ist.« Er warf mir einen vielsagenden Blick zu und ich hielt den Mund. Ich hatte ihm versprochen, sein Geheimnis für mich zu behalten. Es *war* passiert. Blieb also nur noch die Frage, wie. »Du hast wohl recht«, erwiderte ich leichthin. »Ich kann mich nicht mal daran erinnern, wie wir zurückgekommen sind. Vielleicht kannst du mir nach dem Lagerfeuer alles erzählen.«
Plötzlich stand Ellie neben uns und packte Asher am Arm. »Freut mich, dass es dir gut geht, Skye«, sagte sie über ihre Schulter und schob ihn auf die andere Seite des Lagerfeuers. Ich fing seinen Blick auf, aber er zuckte nur mit den Schultern und sah mich an, als wolle er sagen: Was kann ich tun?
»Wie's aussieht, bist du bei Asher abgemeldet«, flüsterte Cassie, als ich mich neben sie setzte.
»Cass, das ist mir wirklich egal«, erwiderte ich. Aber insgeheim schäumte ich vor Wut. Was war mit ihm los? Wie konnte er ein Verhalten wie in der Höhle an den Tag legen und im nächsten Augenblick mit Ellie abziehen, als wäre zwischen uns nie etwas gewesen? Vielleicht stimmte die Chemie zwischen uns ja nur in meinem Kopf.
Ian setzte sich neben mich. Wenige Minuten später rösteten wir Marshmallows und Kekssandwiches.
»Das haben wir wohl alles dir zu verdanken«, sagte Ian und leckte sich die Schokolade von den Fingern. »Vielleicht solltest du dich häufiger auf die Krankenstation verlegen lassen.«
»Ich glaube, Ms Manning wollte mich ein bisschen aufheitern.« Sie hatte sich um den ganzen Papierkram gekümmert und versucht, Tante Jo auf dem Handy zu erreichen, war jedoch nicht durchgekommen. Schließlich rief sie das Büro von Tante Jo an. Sie waren dort über Satellit regelmäßig mit ihr in Kontakt und versprachen, sie über den Unfall zu unterrichten.

Nachdem wir alle Kekssandwiches verputzt hatten, tauchte Devin am Rande der Lichtung auf. Ich sah ihm nach, als er auf die andere Seite des Lagerfeuers schlenderte und sich dort zu Asher gesellte.

Cassie klatschte in die Hände und machte alle auf sich aufmerksam. Ein schelmisches Glitzern trat in ihre Augen. »Zeit für Lagerfeuergeschichten …«, verkündete sie und hob einen knorrigen Holzstock neben dem Feuer auf und warf ihn Dan zu. »Dan, erzähl uns die Geschichte, wie du mit dem Snowboard von einem Berg gestürzt bist und sich herausgestellt hat, dass die Pistenleiterin, die dich gerettet hat, tot war.«

»Sie war nicht tot«, erwiderte Dan verärgert. »Sie hatte kein Gesicht mehr, okay? Und viel mehr gibt es darüber nicht zu erzählen.«

»Okay, dann habe ich eine«, meldete sich Asher auf der anderen Seite des Feuers zu Wort. Neben ihm spiegelten sich in Devins Augen die tänzelnden Flammen wider, in die er starrte.

Dan reichte Asher den Stock. »Bühne frei für dich, Alter«, sagte er. »Aber ob du die Geschichte von der gesichtslosen Pistenleiterin überbieten kannst? Ich weiß nicht …«

Asher schenkte ihm ein siegessicheres Grinsen. »Das dürfte nicht allzu schwer sein.«

Ich musterte ihn eindringlich. Der Schein des Feuers flackerte über sein Gesicht und erleuchtete ein Grübchen neben seinem linken Mundwinkel. Er hatte ein aufgeregtes Glitzern in den Augen.

»Es ist eine Legende, die in meiner Familie erzählt wird«, erklärte er.

Devin spannte den Kiefer an, behielt den Blick aber starr auf das Feuer gerichtet und schwieg.

»Es war einmal«, begann Asher, »ein überaus bedeutsamer Rat, der über die Bewohner der Erde herrschte. Er war bedeutsamer als alle Mächte der Welt. Er nannte sich der Orden. Älter als die Zeit selbst war der Orden vor allem für eine Sache verantwortlich – die Welt unter Kontrolle zu halten. Seine Mitglieder hatten verschiedene Ränge. Der höchste Rang, die sogenannten Begabten, verfügte über die Sicht, das heißt die Gabe, das Schicksal der Menschen vorauszusehen. Und die Begabten sahen es als ihre Pflicht an, das Leben derjenigen zu leiten, die auf der Erde wandelten. Während die Angehörigen des unteren Rangs«, unterdrückte Wut blitzte in Ashers Augen auf, »gezwungen waren, die Befehle der Begabten auszuführen. Man nannte sie die Wächter der natürlichen Ordnung. Oder kurz die Wächter.« Asher holte tief Luft. »Sie besaßen keinen freien Willen und waren im Wesentlichen den Befehlen der Begabten hörig.«

Die Gesichter aller, die um das Lagerfeuer herum saßen, waren gespannt. Asher hatte sie in ihren Bann geschlagen. Devin wich meinem Blick aus, aber ich sah, wie er die Hände zu Fäusten ballte, als sein Cousin fortfuhr.

»Allmählich formierte sich eine kleine Gruppe, die sich weigerte, sich an den Status quo zu halten. Sie glaubte, dass die Welt ein besserer Ort wäre, wenn diejenigen, die über die Sicht verfügten, sich nicht in das prekäre Gleichgewicht zwischen den Menschen und der Erde einmischten. Wenn man gelegentlich zulassen würde, dass Anarchie regierte. Wenn Menschen Fehler machen könnten und ein chaotisches, aber schönes Leben leben dürften. Die Gruppe kämpfte und verlor. Und zur Strafe verbannte man die Rebellen aus dem Paradies, in dem sie lebten, und zwang sie, unter den Menschen zu wandeln, die sie früher kontrolliert hatten. Ihre Zeit auf der Erde verbrachten die Rebellen damit, sich ihre Kräfte zunutze zu machen. Um der Sicht der Begabten entgegenzuwirken, schärften sie ihre Kontrolle über die Elemente. Kurz: Sie lernten, Chaos zu schaffen.« Asher stocherte mit seinem Stock in den Flammen und Funken stoben in die Dunkelheit auf. Devin zuckte unwillkürlich

zusammen, was außer mir aber bestimmt niemand bemerkt hatte. Langsam sah er zu mir auf. Sein Blick war undurchdringlich und voller Unruhe.
»So standen die Dinge jedenfalls«, fuhr Asher fort und schlug sein Publikum erneut in den Bann, »bis etwas noch nie Dagewesenes passierte, etwas, das die natürliche Ordnung der Dinge erschütterte.« Seine Stimme blieb an dem Wort »erschütterte« hängen, sodass es sich beinahe wie ein Knurren anhörte. »Etwas, das beide Seiten, den Orden und die Rebellion, aus dem Gleichgewicht brachte.« Bei diesen Worten sah er mich direkt an und ich hörte, wie ich unfreiwillig scharf einatmete. »*Liebe.* Die große Weltenzerstörerin.«
Cassie packte mich am Arm. Sie fuhr total auf romantische Liebesgeschichten ab.
»Vor achtzehn Jahren verliebte sich ein Rebell in eine wunderschöne, einsame Wächterin. Die Begabten hatten einen Seelenverwandten für die Wächterin vorherbestimmt. Und wie alle Wächter hatte man sie dazu erzogen, die Rebellion und jeden, der daran teilhatte, zu verabscheuen. Dennoch gingen ihre Gefühle für diesen Rebellen tiefer. Vielleicht hatte er ja superschöne Augen, was weiß ich? Oder ein tolles Lächeln.«
Asher zwinkerte mir zu und mein Magen rutschte mir in die Knie. Er hatte ein tolles Lächeln und er wusste es!
»Unfähig, ihren Gefühlen zu folgen, versuchte sie zunächst vergebens, ihn zu hassen. Aber ihr wurde schnell klar, dass sie eine Entscheidung treffen musste. Sie konnte im Paradies bleiben und zulassen, dass ihr Schicksal sich so entwickelte, wie es die Begabten für sie vorherbestimmt hatten, oder sie konnte einen neuen Weg beschreiten. Einen Weg, der nicht vorherbestimmt war. Sie wusste nicht, was passieren würde. Nur, dass sie den Sprung ins Unbekannte wagen musste, wenn sie den Orden verließ.
Wie sich herausstellte, waren die Ältesten der Rebellen ebenso

erbost über diese Liebe wie die Begabten. Und so fand eine Ratssitzung der Ranghöchsten statt. Das Paar wurde vor Gericht gestellt.«

Alle um das Lagerfeuer schwiegen. Cassie hatte den Kopf an Dans Schulter gelehnt, während sie Asher betrachtete. Ihr Gesicht leuchtete bernsteinfarben im Schein des Feuers. Ashers Geschichte rief irgendetwas in mir in Erinnerung. Hatte ich sie schon einmal irgendwo gehört? Teile davon? Aber wo? Und wie konnte das sein?

»Der Rebell und die Wächterin erwarteten das Urteil des Tribunals. Der Preis für ihre Liebe war Verbannung – aber sie würden künftig zu keiner der beiden Fraktionen mehr gehören, sondern gezwungen sein, als Nomaden unter den Bewohnern der Erde zu wandeln, all ihrer überirdischen Kräfte beraubt. Und ihre Tage würden fortan wie die der Menschen gezählt sein, unter denen sie nun leben mussten.

Als sich das Paar in einer kleinen Stadt niederließ und ein Jahr später eine Tochter bekam, nahmen dies beide Seiten beunruhigt zur Kenntnis. Welche Kräfte würde ein Kind besitzen, das aus der Verbindung zwischen Orden und Rebellion hervorgegangen war?

Die Begabten wie die Rebellen befürchteten, dass so ein Kind gefährlich sein könnte. Aber sie riefen sich auch in Erinnerung, dass dieses Mädchen ein Mensch war. Möglicherweise würde sie überhaupt keine Kräfte besitzen …

Und so begann die Bewachung des Mädchens. Angehörige beider Seiten wurden auf die Erde geschickt, um sie zu leiten und zu beschützen. Und um herauszufinden, was ihre Zukunft vorsah.«

Das Knistern und Knacken des Lagerfeuers hallte durch die Nacht. Asher blickte zu uns auf, als wäre er am Ende der Geschichte angelangt.

»Und was ist dann passiert?«, fragte Cassie atemlos.

Asher zögerte und sah zu Devin hinüber, bevor er antwortete.

»Das ist alles. Jeder kann die Legende auf seine Art interpretieren.« Er ließ den Blick über uns Zuhörer schweifen und schenkte uns ein teuflisches Grinsen. »Schließlich ist es eine Legende …«

Ich klatschte Beifall wie alle anderen, obwohl mich zugleich ein Gefühl der Enttäuschung packte. Warum hatte die Geschichte so abrupt geendet? Irgendetwas tief in meinem Innern wollte nicht, dass jeder das Leben des Mädchens interpretieren konnte, wie er wollte. Außerdem interessierte mich, wer sie war und was aus ihr geworden war.

»Das ist so romantisch!«, seufzte Cassie. »Oh, Skye, kannst du dir das vorstellen? Das ist ja wie ein himmlisches *Romeo und Julia!*«

»Na ja. Wenn man so was mag«, grummelte Dan und täuschte ein Gähnen vor. »Ich würde mir lieber eine Geschichte über eine Pistenleiterin ohne Gesicht anhören.«

»Und du, Skye?«, fragte Asher leise, während er herüberkam und sich neben mich auf den Stamm zwängte. Er streckte die Beine zum Feuer aus. Die Flammen loderten auf und sprühten Funken und Asche. Ich dachte an das Feuer in der Höhle. »Was hältst du von der Geschichte?«

Ehrlich gesagt, wusste ich nicht, was ich davon halten sollte. Die Geschichte kam mir irgendwie bekannt vor, aber ich konnte mich einfach nicht erinnern, wo ich sie schon einmal gehört hatte.

Und dann plötzlich, ohne Vorwarnung, fiel es mir wieder ein. Und zeitgleich erwachten auch all die anderen Erinnerungen, lang vergessene Momente. Mein Vater, wie er mich vorm Schlafengehen vor den Badezimmerspiegel hielt und mir etwas erzählte, woran ich mich nicht mehr richtig erinnern konnte. Wie wir beide mein Spiegelbild betrachteten und lachten. Er und meine Mutter, wie sie mich ins Bett brachten. Die sanfte, klare Stimme meiner Mutter, die mich in den Schlaf sang. Wie

ging noch einmal die Melodie ihres Lieblingslieds? Worum ging es in diesem Wiegenlied? Um irgendwelche Begabte und die Rebellion und eine tausend Menschenalter währende Liebe.
Ich betrachtete die anderen, die um das Lagerfeuer herumsaßen, und ließ meinen Blick für einen kurzen Moment auf Devin ruhen. Ich konnte ihm ansehen, dass er aufgebracht war. Wegen der Geschichte? Aber warum?
Die Holzscheite im Feuer knackten laut. Devin sah mich eindringlich an. Und aus seinen eisblauen Augen sprach erneut eine Warnung vor Asher.
Gefährlich.
Ich wandte den Blick ab. Mein Herz klopfte. Ein Satz ging mir unentwegt durch den Kopf.
Liebe. Die große Weltenzerstörerin.
Aber wie konnten Devin und Asher die Lieder und Geschichten kennen, die meine Eltern für mich erfunden hatten? Wer *waren* sie? Oder suchte ich nur krampfhaft nach irgendwelchen Verbindungen?
»Skye?«, flüsterte mir Asher ins Ohr. »Ist alles in Ordnung?«
Plötzlich war ich wütend auf ihn, weil er diese Geschichte erzählte hatte – und auf mich, weil sie mich so aufwühlte.
Weltenzerstörerin.
»Lass sie in Ruhe, Asher«, sagte Devin streng von seinem Platz aus. »Du hast schon genug angerichtet.«
Plötzlich war ich mir sicher: Es hing alles irgendwie zusammen. Es gab keine andere Erklärung. Das Feuer.
Die Geschichte.
Die beiden, die mich ständig anstarrten.
Die Explosion des Boilers.
Die Lawine.
Die Lieder.
Meine Eltern.
Und der rote Faden, der sie alle miteinander verband: ich.

Kapitel 15

Es gab nichts Furchterregenderes als eine tobende Tante Jo. Sie erwartete uns bereits, als wir gegen Mitternacht zurück zur Hütte kamen, und war alles andere als erbaut, dass Ms Manning mir nach meiner »Begegnung mit dem Tod« erlaubt hatte, »mitten in der Nacht im Wald rumzuhüpfen«.

»Ich bin nicht rumgehüpft!«, beharrte ich. Alle, die vom Lagerfeuer zurückkamen, beobachteten uns. Ich bemühte mich, nicht laut zu werden, um noch mehr Theater zu vermeiden. Es war einfach nur peinlich. »Ich habe gesessen. Auf einem Baumstamm. Neben dem Feuer. Kein Grund zur Panik.«

Doch Tante Jo ließ sich nicht beirren. »Hol deine Sachen«, sagte sie. »Ich nehme dich auf der Stelle mit nach Hause.«

Ich konnte nichts tun, um sie umzustimmen. Eine halbe Stunde später saß ich in ihrem silbernen Geländewagen und wir fuhren die Serpentinenstraße hinunter, die von der Hütte wegführte. Die Gebirgsstraße schlängelte sich durch die Dunkelheit und kam mir bei Nacht noch gefährlicher vor als am Tag unserer Anreise.

Im Wagen herrschte angespannte Stille. Ich lehnte den Kopf gegen das Fenster und versuchte alle quälenden Gedanken zu verbannen, die mir den Verstand raubten.

Nach Ashers Legende, wie er sie nannte, hatte niemand eine weitere Geschichte in den Ring werfen wollen. Ich hatte gehofft, danach mit Asher und Devin allein reden zu können, aber als sich der Kreis um das Lagerfeuer auflöste, verdrückte sich Asher heimlich mit Ellie und Devin verschwand einfach. Die zwei waren so unglaublich schwer zu fassen. In einem Augenblick hatte ich das Gefühl, dass ich die beiden durchschaute, und im nächsten Moment lösten sie sich in nichts auf und ich konnte nur noch ins Feuer starren und mich fragen, was gerade passiert war.

Während ich durch das Wagenfenster hinaus in die Nacht starrte, murmelte Tante Jo hin und wieder leise vor sich hin. Ich schnappte einzelne Satzfetzen auf wie »beinahe getötet«, »inkompetente Lehrerin« und »wenn deine Mutter hier wäre«.

»Tante Jo«, sagte ich schließlich, »du musst dir meinetwegen nicht so viele Sorgen machen. Mir geht es gut. Ich bin nicht mal verletzt.«

»Also gut, aber wenn wir wieder in der Stadt sind, fahren wir bei der Notaufnahme vorbei, um auf Nummer sicher zu gehen.«

Die Notaufnahme. Mir lief es eiskalt den Rücken hinunter. Ich hasste Krankenhäuser. Ich war in keinem mehr gewesen, seit … na ja, seit meinem sechsten Lebensjahr. Keine zehn Pferde würden mich dorthin bringen.

Ich stöhnte. »Die Ärzte haben mich bereits durchgecheckt. Ich habe *nichts*.« Außerdem hatte Devin die einzige Verletzung geheilt, die ich gehabt hatte. Wie hatte er das bloß gemacht? Verfügte er über irgendeine Voodoo-Medizinmann-Ausbildung, bei der er nichts weiter tun musste, als auf die richtigen Punkte zu drücken, und voilà, alle Schmerzen waren verschwunden? Vielleicht hatte ich nach dem Sturz aber auch unter Schock gestanden und den Schmerz in meinem Knöchel übertrieben dargestellt. Möglicherweise war die Verletzung gar nicht so schlimm gewesen, wie ich gedacht hatte.

Aber was war mit der Flamme, die Asher in der Höhle hervorgezaubert hatte? Die Art, wie das Feuer auf ihn reagiert hatte, als wäre er in der Lage, es zu kontrollieren. Das konnte ich nicht einfach so abtun.

Tante Jo seufzte. »Na schön«, lenkte sie ein. »Aber du bleibst zur Sicherheit für den Rest des Wochenendes zu Hause. Und wenn du am Montag auch nur ein bisschen humpelst, bringe ich dich sofort ins Krankenhaus.«

»Und was ist mit deiner Tour?«

»Mit der Tour? Also bitte! Ich habe sie extra früher beendet, damit ich mich um dich kümmern kann.« Sie hielt inne und dachte einen Moment nach. »Es wird nicht mehr lange dauern, Skye. Am Montag frage ich nach, wann Jenn zurückkommt. Versprochen.« Ihr Blick war fest auf die Straße gerichtet.

Es war fast Morgen, als wir auf den Schulparkplatz bogen, um mein Auto zu holen. Zu Hause fiel ich sofort ins Bett und schlief wie eine Tote. Als ich schließlich die Augen aufschlug, schien die Nachmittagssonne in mein Zimmer. Ich zog das alte braune River-Springs-Community-College-Sweatshirt an, das meinem Dad gehört hatte, und trottete zur Küche hinunter. Der würzige Duft von Ancho-Chili-Paste hing in der Luft. Kochen war gewöhnlich Tante Jos Entspannungstherapie; vielleicht war sie jetzt besser gelaunt. Sie stand vor der Arbeitsfläche neben dem Spülbecken und tunkte Schweinemedaillons in die scharfe Mixtur.

»Wie geht's dir?«, fragte sie, ohne sich umzudrehen.

»Gut«, erwiderte ich und setzte mich auf einen Hocker neben der Kochinsel.

Sie wandte sich um, die Hände voller Gewürzpaste. »Die Lawine hat mir wirklich Angst eingejagt, okay? Ich weiß nicht, was ich tun würde, wenn ich dich verliere.«

»Du verlierst mich nicht«, gab ich leise zurück.

»Das habe ich von deiner Mom auch gedacht«, sagte Tante Jo, während sie sich wieder zur Arbeitsfläche drehte.

Wir schwiegen eine Weile.

Da es schon später Nachmittag war, half ich bei den Vorbereitungen fürs Essen. Zum Abendessen gab es Schweinemedaillons mit Karotten und Ingwer-Kartoffelpüree, und danach gönnten wir uns einen Katastrophenfilm-Marathon. Es war schön, wieder einmal Zeit mit Tante Jo zu verbringen, Popcorn zu mampfen und zu lachen. Selbst wenn sie ein wenig überreagiert hatte, war es irgendwie auch schön, daran erinnert zu werden, wie viel ich ihr bedeutete.

In dieser Nacht hatte ich merkwürdige Albträume. In einem rannten Asher und ich vor einem ausbrechenden Vulkan davon. Ich stolperte und fiel. Devin war derjenige, der mich rettete. Tante Jo war auch dort, wütend, dass ich so dumm sein konnte, über meine eigenen Füße zu stolpern. Cassie und Dan wurden unter der heißen, flüssigen Lava begraben. Sie überlebten nicht.

Als ich am nächsten Morgen aufwachte, schnappte ich nach Luft. Wieder wurde ich das Gefühl nicht los, dass ich über meiner Matratze schwebte. Aber ich konnte mich dieses Wochenende unmöglich mit noch mehr merkwürdigen Vorfällen auseinandersetzen und schlug die Augen erst auf, als das Schwindelgefühl vorbei war.

Plötzlich wurde mir bewusst, wie kalt es in meinem Zimmer war.

Als ich über den Rand meiner Decke linste, spürte ich eine kühle Brise auf meinem Gesicht. Mein Blick fiel auf die Vorhänge, die leicht gegen die Wand klatschten. Das Fenster war offen, obwohl ich seit dem Morgen nach meinem Geburtstag jeden Abend vorm Schlafengehen sichergestellt hatte, dass es fest verriegelt war.

Mit klopfendem Herzen kletterte ich aus dem Bett, um es zu schließen. Aber ich blieb abrupt stehen, noch bevor ich überhaupt das Fenster erreichte.

Eine pechschwarze Feder schwebte in der eisigen Brise über die Dielen. Ich hatte noch nie etwas Vergleichbares gesehen. Sie

reichte mindestens von meinem Ellbogen bis zu meinem Handgelenk und war nicht einfach nur schwarz wie die Federn von den Krähen, die über die Felder hinter unserem Haus staksten. Sie schillerte auch in allen möglichen Farben.
Ich beugte mich hinunter, um sie aufzuheben und genauer zu betrachten, aber ein weiterer Windstoß blies mir die Vorhänge ins Gesicht. Und bevor ich reagieren konnte, wurde sie vom Wind mitgerissen und trudelte durch das offene Fenster in den Morgenhimmel hinaus.
Welcher Vogel hat solche Federn?, durchfuhr es mich.
Ich schüttelte den Kopf. In letzter Zeit waren einfach zu viele merkwürdige Dinge vorgefallen und langsam hegte ich einen Verdacht. Als ich an meinem Geburtstag das *Bean* verlassen hatte, war ich möglicherweise in einem Paralleluniversum gelandet.
Ich verbrachte den Morgen mit Lesen. Am Nachmittag wanderte ich durch die Felder in der Nähe unseres Hauses und hoffte, ich würde Devin über den Weg laufen, obwohl ich wusste, dass das unmöglich war. Er würde in der Skihütte sein, bis der Bus alle am Nachmittag wieder nach Hause brachte.
Während meines Spaziergangs glaubte ich mehrfach, hinter mir das Knacken eines Zweigs zu hören. Ich hatte das untrügliche Gefühl, dass mich jemand beobachtete, aber jedes Mal, wenn ich mich umdrehte, war niemand zu sehen.

In dieser Nacht träumte ich von meinen Eltern. In meinem Traum erzählten sie mir die Geschichte, die Asher uns am Lagerfeuer erzählt hatte, und schon bald wurden aus meinen Erinnerungen Träume und aus meinen Träumen Erinnerungen.

Am Montag wartete Cassie bereits auf mich, als ich auf den Schulparkplatz fuhr. Sie schlang die Arme um mich, sobald ich aus dem Auto stieg.

»Geht es dir gut?«, rief sie. »Hat dich Tante Jo ins Krankenhaus befördert?«

»Ich konnte sie gerade noch davon überzeugen, es nicht zu tun«, erwiderte ich. »Aber sag mir Bescheid, wenn ich den Weg zu unserem Klassenzimmer nicht mehr finde oder plötzlich mitten im Gespräch umkippe, okay?«

Cassie grinste. »Du willst also, dass ich dich darauf hinweise, wenn du dich *komisch* benimmst?«

Ich nickte.

»Ähm, Skye?« Sie tippte mir auf die Schulter. »Du benimmst dich schon seit Tagen komisch.«

Ich lachte leichthin und versuchte ihren Einwand herunterzuspielen. »Ich war nur ein bisschen durcheinander, das ist alles.«

Cassie lächelte mich vielsagend an, ließ das Thema aber am Ende doch fallen.

Wir steuerten auf das Hauptgebäude zu. »Wie ist das restliche Skiwochenende gelaufen?«, fragte ich.

»Ohne dich hat es nicht so viel Spaß gemacht, aber ich habe durchgehalten. Ich kann jetzt den Idiotenhügel runterfahren, ohne hinzufallen. Ein Hoch auf mich also!«

»Dafür kriegst du ein Fleißsternchen!« Ich lächelte sie an.

Bis jetzt war ich ganz erfolgreich damit, so zu tun, als würde ich nicht vor Neugier platzen. Aber schließlich konnte ich es mir nicht mehr verkneifen, zu fragen. Ich holte mein Handy aus der Tasche und gab vor, meine SMS durchzusehen. »Äh, und wie lief's mit Devin und Asher?«

»In ihrer Familie hat es irgendeinen Notfall gegeben. Sie sind schon ein paar Stunden nach dir abgereist.«

Ich hielt inne, packte sie am Arm und wirbelte sie zu mir herum. »Soll das heißen, sie waren gar nicht mehr dort?«

»Ja. Das bedeutet ›abreisen‹ in der Regel. Was ist los, Skye?«

»Aber wie konnten sie abreisen? Sie sind doch mit uns im Bus zur Skihütte gefahren.«

Cassie zuckte mit den Schultern. »Irgendjemand hat sie wohl abgeholt. Es war mitten in der Nacht. Was ist schon dabei?«
Ich war mir nicht sicher, aber irgendetwas sagte mir, dass da ziemlich viel dabei war. Und ich nahm mir vor, so bald wie möglich eine Antwort darauf zu bekommen.
Leider kamen Asher und Devin an diesem Morgen zu spät zur ersten Stunde. Ms Manning hatte bereits angefangen, als Asher mit einem frechen Grinsen hereingeschlendert kam, das besagte: Sie können mir einfach nicht böse sein. Devin schlich hinter ihm herein und wich ihrem vorwurfsvollen Blick aus.
Als sie an mir vorbeigingen, verschwand Ashers Grinsen aus seinem Gesicht. Er ließ den Blick über mich schweifen, als suche er nach etwas. Ich spürte, wie mir das Blut in die Wangen schoss. Doch im nächsten Augenblick wandte er den Blick auch schon wieder von mir ab und nahm Platz.
Devin setzte sich neben ihn und fing meinen Blick auf. *»Geht's dir gut?«*, fragte er lautlos, während er seinen Rucksack unter seinem Stuhl verstaute.
Ich schüttelte leicht den Kopf. *»Nach dem Unterricht«*, formte ich mit den Lippen.
Aber die Stunde zog sich länger hin als sonst, nur um mich auf die Folter zu spannen, wie mir schien. Ich saß auf meinem Platz, riss winzige Papierfetzen aus meinem Heft und zerknüllte sie zu Papierschneebergen auf meinem Tisch. Als endlich die Schulglocke läutete, glich ich einer tickenden Zeitbombe, die jeden Moment hochgehen konnte.

Da alle gleichzeitig aus dem Klassenzimmer drängten, konnte ich die beiden in dem Gewühl nicht abfangen. Außerdem wollte Cassie mit mir über Karten für ein Konzert am Donnerstag im *Red Rocks* reden. Als ich mich für einen kurzen Moment wegdrehte, waren Asher und Devin bereits verschwunden.
Draußen auf dem Gang glaubte ich, einen flüchtigen Blick auf

Ashers Haar erhascht zu haben. Ich folgte ihm und bahnte mir einen Weg durch die Schüler, die zur nächsten Stunde unterwegs waren.

Auf der ersten Etage hatten sich die Gänge bereits ein wenig geleert. Asher stand neben meinem Spind am Ende des Gangs und wartete auf mich. Unsere Blicke begegneten sich.

Ich packte ihn am Arm und zerrte ihn in das nächstbeste leere Klassenzimmer.

»Oh, Skye!«, sagte er grinsend, als ich die Tür hinter uns zuknallte und ihn dagegen drückte. »Ich will es auch, aber nicht hier! Nicht jetzt!«

»Hör zu, ich muss mit dir reden«, erklärte ich und ignorierte sein Geschwätz. Aber sobald ich in seine dunklen Augen blickte, war es schwer, nicht darauf zu achten, wie es sich anfühlte, ihm so nahe zu sein und ihn zu berühren. Und einen Moment lang wünschte sich ein Teil von mir, dass ich ihn tatsächlich aus einem anderen Grund hier hereingezerrt hätte. Doch ich verbannte diesen Gedanken aus meinem Kopf und fuhr fort.

»Mein Knöchel ist verheilt. Völlig verheilt, nachdem Devin ihn berührt hat. Und *du* hast Feuer aus dem Nichts hervorgezaubert. Und davor hat es eine Lawine gegeben. *Davor* ist ein brandneuer Boiler während meiner Party explodiert. Und nicht zuletzt kennst du eine Geschichte, die mir meine Eltern abends immer erzählt haben, wenn sie mich ins Bett gebracht haben. Woher kennst du sie? Woher kennst du die Geschichten, die sie nur für mich erfunden haben?«

Das Lächeln verschwand aus Ashers Gesicht und sein Blick wurde ernst. Ich lockerte meinen Griff und er entfernte sich von der Tür und trat in das leere Klassenzimmer.

»Schau, Skye …«

»Es waren Wiegenlieder und Geschichten. *Geschichten*. Damit ich besser einschlafe.« Als ich es laut aussprach, spürte ich, wie sich das Adrenalin, das sich den ganzen Morgen in mir aufgestaut hatte, langsam verflüchtigte. Ich setzte mich auf einen leeren Stuhl.

Asher fuhr sich mit der Hand durch das dunkle Haar und beobachtete mich sichtlich aufgewühlt. »Es tut mir leid«, sagte er.

»Sag es mir einfach«, presste ich hervor. »Wenn es meine Eltern betrifft, habe ich das Recht, es zu erfahren.«

»Hör mal, Skye, ich weiß, wie du dich fühlst. Ich möchte es dir ja sagen, wirklich. Aber nicht hier.« Er blickte über meinen Kopf hinweg zur Tür. »Wenn Devin uns sieht…«

»Devin interessiert mich nicht!«, brüllte ich, während unbändiger Zorn in mir aufstieg. »Ich will es wissen, Asher. Sag's mir.« Ich senkte meine Stimme zu einem Flüstern. »Hat das irgendetwas mit meinen Eltern zu tun?«

Asher wirkte hin- und hergerissen, als ringe er mit sich selbst. »Okay«, entschied er schließlich. »Wir treffen uns nach der Schule auf dem Dach. Ich werde dir alles erklären. Versprochen. Vielleicht nicht alles auf einmal, aber…« Ich starrte ihn fest an und er zögerte. »Wir müssen da noch eine Menge herausfinden. Wir wissen nicht…« Ich wartete darauf, dass er den Satz beendete, aber er hatte anscheinend alles gesagt.

»›Wir‹? Also Devin und du?«

Er stützte beide Hände auf das Pult, richtete sich wieder auf und lief rastlos im Klassenzimmer auf und ab.

»Mehr kann ich dir momentan nicht sagen«, erklärte er. »Bis die Zeit gekommen ist. Es ist … es ist die eine Regel, die ich versprochen habe einzuhalten.«

»Na gut. Wehe, du bist nicht dort.« Ich stand auf und wandte mich zum Gehen, aber er ergriff meine Hand.

»Es tut mir leid«, sagte er noch einmal, sanfter dieses Mal.

Ich hob den Blick von seinen Händen und sah in sein Gesicht. Es war ihm anzusehen, dass er es ernst meinte. Ich wünschte nur, ich wüsste, was genau ihm leidtat.

Unsicher stand ich da und wusste nicht, was ich sagen sollte. Es war schwierig, wütend zu bleiben, wenn man eigentlich verwirrt war. Schließlich zog ich meine Hand aus seiner und trat auf den Gang hinaus. Als ich noch einmal hinter mich blickte, sah ich Asher noch immer reglos im Klassenzimmer stehen.

Der Rest des Tages verging mit Gleichungen, Daten und anderen Dingen, die es auswendig zu lernen galt. Aber ich konnte nicht aufhören, darüber nachzugrübeln, was Asher wusste und was er mir versprochen hatte, zu erzählen. Ein Teil von mir war nervös, aber ein anderer Teil wagte auch zu hoffen, dass es, ganz gleich, was es war, mit meinen Eltern zu tun hatte. Dass es mir ein paar Hinweise auf ihr Leben geben würde. Die Ähnlichkeit zwischen den Geschichten, die sie mir erzählt hatten, und der Geschichte, die er am Lagerfeuer zum Besten gegeben hatte, war zu offenkundig. Beim Mittagessen plapperte Cassie in einer Tour über das vergangene Wochenende.

»Du kennst doch Trey aus meiner Band. Er ist eigentlich ganz süß, findest du nicht, Skye? Ich steh ja total auf diesen Holzfäller-Schick. Mmm.«

»Trey?« Dan verzog das Gesicht. »Jetzt sind wir bei Trey gelandet? Machst du eigentlich nie Pause? Und was ist mit den beiden tiefsinnigen Cousins aus Denver?«

Cassie stibitzte eine Pommes von seinem Teller.

»Devin und Asher? Total abgemeldet«, erwiderte sie, während sie die Pommes genüsslich in den Ketchup tunkte. »Außerdem habe ich gehört, dass Ellie das Marktmonopol hat, was Asher betrifft.«

»Was?« Mit einem Schlag hatte sie meine volle Aufmerksamkeit.

»Ich hab dir doch gesagt, dass du schneller zuschlagen musst«, fuhr Cassie fort. »Du hast einfach geschlafen, Skye. Ellie hat während der Skifreizeit ein paar anderen Mädels erzählt, dass sie und Asher zusammen sind. Sie haben wohl ein paarmal miteinander geknutscht.« Sie schluckte. »Und sie sagt, er küsst verdammt gut...«

Ein Gefühl starker Hitze breitete sich von meiner Brust bis hoch in meine Wangen aus. Ich blickte zum Tisch hinüber, an dem Asher sonst immer saß, stets von einer Schar Mädchen umringt. Heute war der Tisch leer.

Ich kam mir wie eine Vollidiotin vor. Während ich über meine toten Eltern und die dämlichen Wiegenlieder aus meiner Kindheit nachgegrübelt hatte, an die ich mich kaum erinnerte, hatte Asher die Zeit genutzt, um mit Ellie herumzuknutschen.

Cassie blickte zu Dan und dann wieder zu mir.

»Tut mir leid«, sagte sie leise. »Ich weiß, dass du seit der Sache mit Jordan letztes Jahr niemanden mehr so richtig gemocht hast...«

»Ich mag Asher nicht«, schnitt ich ihr das Wort ab. »Und über die Sache mit Jordan bin ich hinweg.«

»Skye.« Sie legte mir die Hand auf den Arm. »Ja, okay. Es war hart, als er dich mit Megan Birch betrogen hat. Das war echt scheiße und wir haben ihn alle dafür gehasst. Tun's immer noch. Aber du kannst nicht Asher die Schuld dafür geben. Du hast deine Chance bei ihm einfach nicht genutzt. Nicht alle Jungs werden dich so hintergehen, wie Jordan es getan hat. Manchmal muss man eben ein bisschen was riskieren, um glücklich zu werden.«

»Cassie.« Ich seufzte. »Du warst noch nie verliebt. Woher willst du das alles wissen?«

»Ich hab's in der *Cosmopolitan* gelesen«, erwiderte sie trocken. »Wenn du jemanden magst, musst du dich auch öffnen, um ihn an dich ranzulassen. Liebe ist nun mal chaotisch.« Sie biss in eine Karotte. »Wie die Rebellen in Ashers Geschichte.«

»Oh mein Gott, hör auf, okay? Ich mag Asher nicht, und damit basta!« Meine Stimme klang irgendwie hohl.

»Und Devin? Ich hab gesehen, dass er mit dir geredet hat, als er in der ersten Stunde an dir vorbeigelaufen ist.«
»Zwei Worte ist nicht gerade *reden*.«
»Aber es muss einer der beiden sein. Du hättest mal sehen müssen, wie erleichtert du gewirkt hast, als sie reinspaziert sind.«
»Ich war nur froh, dass alles wieder in Ordnung ist, ganz gleich, was mit dem Notfall in ihrer Familie war.« Ich tischte ihr eine Lüge nach der anderen auf und meine Gewissenbisse wurden mit jeder größer. Ich war Cassie gegenüber immer absolut ehrlich gewesen.
Dan erwähnte etwas ihre Band betreffend und zum Glück nahm das Gespräch eine andere Wendung.
Sobald um Viertel nach drei die Glocke läutete, ging ich die Treppe jeweils zwei Stufen auf einmal nehmend hoch. Als ich die Brandschutztür öffnete, packte mich die Angst, dass mich möglicherweise niemand auf dem Dach erwartete. Was würde ich tun, wenn mich Asher angelogen hatte?
Aber er war da, als ich mich durch die schwere Metalltür schob, und wartete auf mich.
Devin ebenso.

Kapitel 16

Devin stand mit dem Rücken zum Wasserturm, sein Mund ein schmaler Strich, die Arme über der Brust verschränkt. Seine Miene und seine Haltung waren alles andere als friedlich. Er strahlte eine ungewohnte Härte und Unerbittlichkeit aus.

Wenige Schritte von ihm entfernt balancierte Asher mit ausgestreckten Armen am Rand des Dachs. Nach allem, was am Wochenende passiert war, musste ich ihn mir nur mit Ellie zusammen vorstellen, damit sich mir der Magen umdrehte.

Ich zögerte, bevor ich etwas sagte. Ich würde mich cool geben. Beherrscht. Ich würde so tun, als bedeute mir das, was sie mir zu sagen hatten, nichts oder noch weniger als nichts.

»Hast du vor, zu springen?«, fragte ich und stützte lässig eine Hand auf die Hüfte.

Beide wirbelten herum. Asher hüpfte vom Vorsprung des Dachs herunter und grinste. »Noch nicht.«

»Hat er dir irgendetwas erzählt?«, fragte Devin und funkelte Asher vorwurfsvoll an, bevor er einen Schritt auf mich zutrat. Seine Stimme wurde sanfter. »Was weißt du?«

»Ähm, nichts«, erwiderte ich mit einem Blick auf Asher.

»Hab ich doch gesagt«, erwiderte Asher herablassend. »Sollen wir's ihr zeigen?«

»Mir was zeigen?«

Devin runzelte die Stirn. »Ich bin nicht sicher, ob sie schon so weit ist«, gab er zurück. »Es könnte ein zu großer Schock für sie sein.«

»Falls du es vergessen haben solltest, ich habe eine Lawine

überlebt«, warf ich ein und verbarg dabei recht überzeugend, dass ich völlig verängstigt war. »Ganz gleich, was es ist, ich werde schon damit klarkommen.«

Sie tauschten fragende Blicke. Ich stand einfach nur da und beobachtete sie, während mir das Herz bis zum Hals schlug. Allmählich drängte sich mir der Gedanke auf, dass es vielleicht besser wäre, nichts zu wissen.

Devin nickte. »Hör zu. Egal, was passiert, bleib einfach ruhig.«

Ich wollte gerade antworten, da spürte ich auf einmal eine ungeheure Hitze. Es war wie im Schulbus, als die alte Heizung scheppernd angesprungen war, nur dass es lautlos passierte und sich die Hitze um mich herum ausdehnte. Dann erschien plötzlich ein Licht wie ein explodierender Stern, so grell, dass ich mir die Hand vor Augen halten und mich wegdrehen musste.

Durch meine geschlossenen Lider konnte ich spüren, wie das Leuchten dem trüben grauen Himmel wich und die Hitze in der bitteren Winterkälte nachließ. Ich wickelte meine Jacke fester um mich und schlug die Augen auf.

Das Erste, was ich sah, waren Asher und Devin, die mir Seite an Seite zugewandt waren.

Und dann sah ich sie.

Riesige Flügel mit einer gewaltigen Federpracht erhoben sich von ihren Rücken. Devins waren blütenweiß und warfen das Licht zurück, sodass die Federn Wellen ähnelten. Ashers Flügel dagegen waren schwarz, tiefschwarz, und schienen die Wärme des Tages, das Licht der Sonne und meinen Atem in sich aufzusaugen.

Asher fing meinen Blick auf. »Und?«, fragte er vorsichtig. »Was denkst du?«

Was ich dachte? Dass dies nicht möglich war! Und doch hatte ich den Beweis vor Augen, dass es das war. Die Flügel schlugen mich unwillkürlich in ihren Bann, so etwas Schönes hatte ich noch nie gesehen.

Ich streckte unwillkürlich die Hand aus, um einen von Devins Flügeln zu berühren. Aber bevor ich nah genug herankam, zog ich sie schnell wieder zurück.

Devin lachte. Ich hatte ihn noch nie zuvor lachen hören, aber der Klang seiner Stimme erfüllte mich plötzlich mit einer unerklärlichen Freude. Es war schön, ihn so glücklich zu sehen. Dadurch wirkte er nicht mehr so zurückhaltend und noch attraktiver.

»Ich habe dir ja gesagt, dass es ein Schock ist«, erklärte er und lächelte.

»Mir … mir geht's gut«, erwiderte ich tapfer und schluckte.

Doch in Wahrheit ging es mir gar nicht gut, nicht einmal annähernd.

Ich musste mich hinsetzen, irgendetwas finden, an das ich mich anlehnen konnte. Mir war schwindelig. Aber das ging nicht. Ich musste angespannt und bereit bleiben – nur für den Fall, dass ich wegrennen musste.

»*Was* seid ihr?«

Asher lachte. »Du hast mich gefragt, woher ich die Geschichte kenne, die dir deine Eltern immer erzählt haben.«

»Ich verstehe immer noch nicht ganz«, presste ich hervor.

»Ich kenne sie, weil es auch meine Geschichte ist.«

»Es ist unsere Geschichte«, fügte Devin hinzu.

»Was? Aber wie …?«

»Es ist eine Schöpfungsgeschichte«, erklärte Asher. »Deine Schöpfungsgeschichte.«

Seine Worte ergaben überhaupt keinen Sinn. »Aber das ist doch keine Schöpfungsgeschichte«, erwiderte ich. »Sie erklärt nicht, wie die Welt geschaffen wurde.«

Asher schenkte mir einen vielsagenden Blick. »Nicht die Welt, Skye. *Du*.«

Kapitel 17

»Das verstehe ich nicht«, sagte ich. »Wollt ihr mich auf den Arm nehmen?«

Devin sah wütend aus, als er sich Asher zuwandte. »Ich wusste, dass du alles vermasseln würdest«, sagte er zornig. »Aber du musstest ja unbedingt voll die Show abziehen und sie provozieren.«

»Hört auf! Hört endlich auf, mir Angst einzujagen! Seht ihr denn nicht, dass ich das nicht lustig finde?«, fragte ich.

»Es … es war auch nicht lustig gemeint«, beharrte Asher und kam ein paar Schritte auf mich zu. »Das ist deine Herkunft, Skye.«

Plötzlich wurden meine Knie weich und knickten ein. Ich fiel zu Boden. Mir wurde schwindlig und auf einmal schien sich das Dach zu neigen. Verzweifelt krallte ich mich am Beton fest und versuchte Halt zu finden.

»Schh«, murmelte Asher, während er sich neben mich kniete. Ich spürte seine Hand auf meinem Rücken. »Hey.«

»Heißt das, der Rebell und die Wächterin in der Geschichte … sind meine Eltern?« Meine Stimme drang wie aus weiter Ferne an mein Ohr, als wären es die Worte von jemand anderem und nicht meine.

Asher sah zu Devin auf, damit er es bestätigte. Devin nickte ernst. Seine Flügel falteten sich anmutig hinter ihm zusammen und überkreuzten sich, bevor sie nahtlos mit seinem Rücken verschmolzen.

Meine Brust zog sich zusammen und ich rang unwillkürlich

nach Luft. »Ich … ich bekomme keine Luft mehr«, keuchte ich. »Asher?«

»Ich bin hier«, sagte er. »Es ist alles in Ordnung.«

»Ich … ich muss nach Hause.«

Devin schritt ein. »Ich bringe dich nach Hause, Skye.« Er reichte mir eine Hand und zog mich auf die Beine. Dabei funkelte er Asher böse an. »Ich wusste, ich sollte dir nicht trauen. Du würdest natürlich einen Weg finden, um alles zu vermasseln.«

Ich wollte einwenden, dass es nicht Ashers Schuld war, hatte aber keine Ahnung, was Devin meinte. Was war »alles«? Was versuchten sie mir zu sagen? Dass die Legende wahr war? Ich versuchte mich daran zu erinnern, was Asher uns an jenem Abend beim Lagerfeuer noch erzählt hatte. Etwas über das Paradies? Ich stolperte und Devin fing mich in seinen kräftigen Armen auf.

Asher sah aus, als wolle er noch mehr sagen, hielt sich zur Abwechslung jedoch zurück. Dafür war ich ihm dankbar. Das machte es leichter, zu gehen.

Devin führte mich zur Brandschutztür und öffnete sie. Kurz bevor ich die Treppe hinabstieg, drehte ich mich noch einmal um. Ashers schwarze Flügel falteten sich hinter ihm zusammen, funkelten im schwindenden Tageslicht und verschwanden in einem Teil von ihm, den ich nicht sehen konnte.

Als wir über den Parkplatz gingen, fing es an zu dämmern. Alle möglichen Gedanken schwirrten mir durch den Kopf. Schon bevor diese Jungs in mein Leben getreten waren, hatte ich das Gefühl gehabt, dass ich anders war als alle anderen. Wie konnte ich jetzt noch mit Cassie, Dan und Ian befreundet bleiben? Mit einem solchen Geheimnis – einem Geheimnis, das so gewaltig war, dass es mich verzehren konnte.

Ich zitterte wohl, denn Devin zog seine Jacke aus und legte sie mir vorsichtig über die Schultern, fast so, als habe er Angst, mich zu berühren. Ich hoffte, er bemerkte nicht, dass ich nicht wegen der Kälte zitterte.

»Danke.«

Er schwieg und überließ mich meinen Gedanken. Und von denen gingen mir jede Menge durch den Kopf. Hin und wieder fing ich einen Satz an und beendete ihn dann nicht, sondern ließ ihn unvollendet im Raum stehen. Als wir an einer Straßenlaterne vorbeikamen, drehte sich Devin zu mir und Licht fiel auf sein Gesicht.

»Das ist alles sehr schnell gegangen, Skye, viel schneller, als es mir lieb ist.«

Dann umgaben uns wieder die Schatten der Dämmerung. Ich sah, wie er sich entspannte, und begriff, dass er es vorzog, wenn ich ihn nicht sehen konnte.

»Wenn du Fragen hast, kannst du mich ruhig fragen.«

Wir waren nicht mehr weit von meinem Auto entfernt; ich hatte es ein paar Reihen weiter abgestellt.

»Was seid ihr?« Es war dieselbe Frage, die ich ihnen vorhin schon einmal gestellt hatte und der sie ausgewichen waren.

»Ich bin ein Wächter. Ein Bote.«

In meinem Kopf drehte sich alles. »Okay, weißt du was? Momentan will ich überhaupt nichts mehr wissen«, erwiderte ich verwirrt.

Devin nahm mich offenbar beim Wort, denn er schwieg. Wir erreichten die Reihe mit meinem Auto und liefen sie entlang.

»Ist in Denver wirklich eine Schule abgebrannt?«, fragte ich.

»Ja«, bestätigte er. »Aber wir sind dort nie zur Schule gegangen. Unsere Unterlagen sind gefälscht. Es war Ashers Idee, diese Geschichte in Umlauf zu bringen.« Devin verzog das Gesicht. »Wir brauchten einen Grund, um mitten im Jahr auf deine Schule zu wechseln.«

»Warum ausgerechnet jetzt?«

»Weil du siebzehn geworden bist. Die Ältesten waren immer

überzeugt, dass, wenn überhaupt irgendetwas passieren würde, es jetzt wäre. Kurz bevor du das Erwachsenenalter erreichst.«
»Warte mal, was meinst du mit ›passieren‹? Was soll denn passieren?«
»Das ist es ja, Skye. Wir wissen es nicht. Deshalb hat man mich hergesandt, um über dich zu wachen. Und da die Rebellen natürlich nicht darauf vertraut haben, dass ich ihnen alles ehrlich berichte, haben sie Asher geschickt.« Er atmete tief durch. »Es ist wie in der Geschichte, die Asher erzählt hat. Es mussten Angehörige beider Seiten anwesend sein.«
Das erklärte also die unterschwellige Feindseligkeit zwischen ihnen. »Dann seid ihr also gar nicht Cousins?«
»Nur in der Art, wie du durch Adam und Eva mit Cassie verwandt bist. Irgendwo in unserem Stammbaum haben wir einen gemeinsamen Vorfahren. Aber das war's dann auch schon.«
Plötzlich wurde mir bewusst, wie erschöpft ich war. Die Aufregung der letzten Tage holte mich jetzt doch ein. Ich blieb vor meinem Auto stehen und lehnte mich gegen einen stahlblauen Saab. »Das ist alles ein bisschen viel.«
»Ist schon gut«, sagte er. »Du musst jetzt nichts sagen. Lass dir Zeit, das alles zu verarbeiten. Ich gebe dir, ähm ... wie sagt man noch?« Er drehte sich zu mir und lächelte verlegen. »Ich gebe dir Rückendeckung.«
Ich fing an zu lachen, aber in Sekundenschnelle traten mir Tränen in die Augen und ich wandte mich ab, damit Devin sie nicht sehen konnte. Er hatte sie wohl trotzdem bemerkt, denn er legte sanft den Arm um mich. So als könne er die Ruhe auf mich übertragen, die er immer ausstrahlte, wenn wir allein waren. Wenn Asher nicht da war.
»Ist schon gut, Skye«, tröstete er mich leise. »Deshalb bin ich ja hier. Um über dich zu wachen und dich zu beschützen.«
Zu meiner eigenen Überraschung schmiegte ich mich unvermittelt an ihn und vergrub das Gesicht an seiner Brust. Ich konnte

spüren, wie ihm der Atem stockte. Langsam legte er auch den anderen Arm um mich.

»Die Prügelei … an dem Abend im *Bean* … an meinem Geburtstag … ging es da um mich?«

Ich spürte, wie er sich anspannte, zögerte und schließlich wieder entspannte. »Ja. Asher hat früher als abgesprochen mit dir Kontakt aufgenommen. Er hat alles aus dem Gleichgewicht gebracht und seitdem nur Chaos angerichtet. Es ist so, wie ich es dir gesagt habe. Er ist gefährlich.«

Da war es wieder, dieses Wort. *Gefährlich*. Aber es konnte so vieles bedeuten. Gefährlich, weil er Devin beeinträchtigte? Gefährlich, weil ich keine Ahnung hatte, wer – oder was – Asher wirklich war? Oder vielleicht gefährlich wegen der Wirkung, die er auf mich hatte?

»Ist alles in Ordnung?«, fragte Devin nach einer Weile. Er hielt mich so fest, dass ich spüren konnte, wie er schluckte.

»Nein.« Ich schluchzte. »Es ist alles andere als in Ordnung.«

Er strich mir mit der Hand über den Rücken und ich beruhigte mich nach und nach.

»Ich habe meine Eltern nie richtig kennengelernt. Ich war noch sehr jung, als sie starben. Ich habe keine Ahnung, ob die Erinnerungen, die ich an sie habe, real sind oder … ob ich sie mir ausgedacht habe. Und jetzt bringt ihr das alles durcheinander. Alle Erinnerungen, von denen ich dachte, sie wären echt. Und jetzt erzählt ihr mir …« Aber ich konnte den Satz nicht zu Ende bringen, weil ich nicht wusste, wie.

Ich löste mich von Devin und sah ihm in die Augen. Etwas blitzte in ihnen auf. Verwirrung? Nein, etwas anderes, Bedeutenderes. Als würde er mich zum ersten Mal sehen. Er strich mir über die Wange. »Du bist so besonders. Auf eine Art … mit der ich nicht gerechnet habe.«

Plötzlich spannte er sich an und ließ mich abrupt los. »Ich muss los«, erklärte er unerwartet kühl und bei diesem abrupten Wan-

del wurde mir das Herz schwer. »Ich seh dich morgen in der Schule.«
»Okay.«
Doch dann schien er es sich anders zu überlegen. »Skye«, sagte er fast zärtlich. »Das war heute alles ein bisschen viel für dich. Ich weiß. Aber du wirst dich deinem Schicksal bald stellen müssen.«
»Und wenn ich mich ihm nicht stellen will?«
Er lächelte nicht. Die ganze Sache war ihm todernst. Er war auf einer Mission, selbst wenn ich sie nicht ganz verstand.
»Es wird leichter, wenn du es bereitwillig annimmst«, erwiderte er.
»Für wen?«
»Für alle. Vertrau mir, Skye. Du … bist mir sehr wichtig. Vermutlich wichtiger, als du es mir sein solltest. Ich will nur das Beste für dich.«
»Wie kannst du wissen, was das Beste für mich ist?«, fragte ich. »Du hast mich doch gerade erst kennengelernt.«
»Der Orden kann unser Schicksal voraussehen. Er leitet uns. Er ermöglicht uns, ohne Angst zu leben.«
Vielleicht war das der Grund, warum er immer so gelassen wirkte. Ich fragte mich, wie es sein würde, ohne Angst zu leben. Vielleicht, überlegte ich, war das ja die tiefere Bedeutung von Paradies.
Devin wies mit dem Kopf auf mein Auto. »Geht es dir gut genug, um nach Hause zu fahren?«
Ich war angeschlagen, aber mir war nicht mehr schwindlig. »Von irgendwelchen unvorhergesehenen Katastrophen einmal abgesehen komme ich, glaube ich, klar.«
Devin streckte die Hand aus, als wolle er meine Wange berühren, ließ sie dann aber wieder sinken. »Ich weiß, das ist alles überwältigend und unheimlich. Aber denk an den Nachmittag, als wir auf dem Felsbrocken gesessen haben. Wie fried-

lich es da war. Der Orden ist genau so, nur in viel größerem Maße. Er ist wunderbar, Skye. Du solltest dich nicht vor ihm fürchten.«

Ich schluckte. »Also dann bis morgen in der Schule!«

Er nickte und schlenderte mit einem kleinen Lächeln davon. Ich schloss die Tür von meinem Wagen auf. Als ich einstieg, verspürte ich plötzlich dasselbe Prickeln wie am ersten Tag des neuen Halbjahrs, als Asher mich beobachtet hatte. Ich fuhr herum und fragte mich, ob Asher mir gefolgt war.

Aber es war nicht Asher. Ein paar Reihen weiter bemerkte ich einen glänzenden blonden Haarschopf. Ein umwerfend schönes Mädchen stand da und funkelte mich böse an. Ich hatte sie noch nie gesehen. Etwas an ihren unglaublich blauen Augen kam mir jedoch bekannt vor. Instinktiv knallte ich die Tür zu und verriegelte sie von innen. Als ich wieder aus dem Fenster sah, war das Mädchen verschwunden.

Kapitel 18

Am nächsten Morgen kämpfte ich mich aus dem Bett und schleppte mich auf wackligen Beinen unter die Dusche. Ich drehte das Wasser so heiß wie möglich auf und ließ Dampfwolken aufsteigen. Dabei lehnte ich den Kopf nach hinten und öffnete die Augen. Die Wassertropfen an der Decke spiegelten viele kleine Skyes wider, die auf mich hinunterzustarren schienen. Hatten die gestrigen Ereignisse auf dem Schuldach wirklich stattgefunden? Im neuen Licht des Morgens erschien mir alles, was Asher und Devin mir gesagt hatten, völlig surreal. Und trotz der Hitze in dem dampfenden Badezimmer zitterte ich, als sich mir sogleich die nächste logische Frage aufdrängte. Wenn meine Eltern eine Wächterin des Ordens und ein Angehöriger der Rebellion waren ... was war ich dann?

Konnte ich tatsächlich siebzehn Jahre gelebt haben, ohne das Geringste darüber zu wissen, wer ich in Wahrheit war?

Mir kam der Gedanke, dass ich einfach beschließen konnte, ihnen nicht zu glauben. Wenn ich Devin und Asher ignorierte, einfach so weitermachte wie bisher und mich von der ganzen Sache nicht aus dem Gleichgewicht bringen ließ, würde sie sich vielleicht in nichts auflösen. Ich könnte wieder Skye Parker sein, Star der Northwood-High-Skimannschaft und aussichtsreiche Kandidatin der Universität von Columbia. Doch als ich es mir genauer vorstellte, zweifelte ich daran, dass ich mit so vielen beiseitegeschobenen Fragen leben konnte. So vielen unbeantworteten Fragen.

Ich drehte die Hähne für heißes und kaltes Wasser gleich-

zeitig zu und das Wasser stoppte mit einem scharfen Quietschen.
Jetzt, da Asher und Devin Tür und Tor geöffnet hatten, fragte ich mich, ob es überhaupt möglich war, wieder zum Normalzustand zurückzukehren.

Sobald ich angezogen und startklar war, schnappte ich mir Devins Jacke von meinem Stuhl. Sie roch immer noch nach ihm – wie frische, saubere Bergluft.
Auf dem Küchentisch lag eine Nachricht von Tante Jo.

Hi Skye,
bleibe heute lange im Büro. Plane eine Tour am Ende der Woche. Für Abendessen ist gesorgt. Die Gefriertruhe ist voll mit Fertiggerichten.
Alles Liebe, Tante Jo

Eine Welle der Erleichterung durchströmte mich. Tante Jo war der einzige Mensch, vor dem ich keine Geheimnisse verbergen konnte. Solange sie nicht im Haus war, musste ich mir nicht den Kopf zerbrechen, wie ich ihr klarmachen sollte, dass das Mädchen, das sie seit siebzehn Jahren kannte, das Mädchen, das sie aufgezogen hatte, möglicherweise nicht das war, was es zu sein schien.

Ich hatte vor, auf meinem Weg zur ersten Stunde bei Devins Spind vorbeizuschauen und ihm seine Jacke vorbeizubringen. Aber als ich mich dem Nordgang näherte, rutschte mir fast das Herz in die Hose. Devin stand vor seinem Spind und war in ein hitziges Gespräch mit dem Mädchen verwickelt, das ich am Vorabend auf dem Parkplatz gesehen hatte. Während ich so dastand, erinnerte ich mich schlagartig an ein Bild aus einem meiner Albträume: Durchdringende blaue Augen bohrten ein

Loch in die Atmosphäre, sodass der gesamte Sauerstoff in die dunklen Weiten des Weltraums entschwand und mir die Luft ausging, während ich inmitten der Sterne umherwirbelte.

Ich wollte mich gerade umdrehen – ich würde ihm seine Jacke in der ersten Stunde geben –, da hielt mich irgendetwas zurück. Ich wollte unbedingt hören, worüber sie redeten. Mein Instinkt riet mir, in Deckung zu bleiben. Also atmete ich tief durch, duckte mich hinter die nächstgelegene Reihe Spinde und versuchte, kein Geräusch zu machen.

»Ich fass es nicht, dass du hier bist!«, hörte ich Devin wütend zischen. »Das ist ungeheuer riskant, Raven! Was ist, wenn sie dich finden? Du verhältst dich wie … wie eine Rebellin.« Er sagte es mit einer Mischung aus Empörung und Verachtung, als beschuldige er sie, eine Serienmörderin zu sein.

»Bitte entschuldige, dass ich *auf dich aufpasse!*«, fauchte Raven zurück. Dann wurde ihre Stimme sanfter. »Außerdem wissen sie, dass ich hier bin. Sie machen sich nämlich auch um dich Sorgen. Devin, du musst zurückkommen. Bitte die Begabten, diesen Auftrag jemand anderem zu übertragen. Vielleicht tun sie es ja diesmal. Wenn du sie inständig bittest …«

»Jemand anderem?« Devin schnitt ihr barsch das Wort ab. »Wie kommst du darauf, dass es dieses Mal anders sein wird als beim letzten Mal? Oder das Mal davor? Ich tue, was sie mir sagen. Ich habe keine Wahl. Wir haben doch darüber gesprochen, bevor ich gegangen bin. Du hast gewusst, dass ich eine Weile weg sein würde. Wir sehen uns bald wieder, okay? Du musst einfach nur …«

»Das kannst du doch gar nicht wissen.« Sie senkte die Stimme und ich musste die Ohren spitzen, um zu hören, was sie als Nächstes sagte. »Du weißt, was für eine Art Auftrag das ist. Dieser hier ist anders als alle deine bisherigen Aufträge.«

»Aber ich bereite mich schon so lange darauf vor. Alle meine anderen Einsätze haben mich auf diesen hier vorbereitet.«

»Und was ist mit uns? Wir gehören doch zusammen – so ist es vom Schicksal bestimmt. Und so soll es auch sein. Dieses Mädchen hat etwas an sich, bei dem es mir eiskalt den Rücken hinunterläuft. Ich wünschte, du würdest dich von ihr fernhalten.«

Ich atmete geräuschvoll aus. Sie redeten über *mich*. Wie konnte ich dafür verantwortlich sein, dass es *ihr* kalt den Rücken hinunterlief?

»Du weißt, dass ich das nicht kann.«

»Dann solltest du ein wenig gründlicher über die Legende nachdenken. Es gibt so viele Dinge, die wir noch nicht wissen. Wer sie ist. Was sie uns antun kann.«

»Du hast Angst.«

»Ich bin unfähig, Angst zu empfinden.« Ravens Ton war vollkommen nüchtern. Als sage sie, sie wäre nicht besonders gut in Mathe.

»Weil dich der Orden beschützt hat. Du begreifst nicht, wie gefährlich es hier ist.«

»Ich kann die Gefahr begreifen, ohne Angst vor ihr zu haben. Ich mache mir Sorgen um dich. Deshalb bin ich hier.«

»Das solltest du aber nicht. Denn du hast keine andere Wahl, als mich diese Sache ganz bis zum Ende durchziehen zu lassen«, gab er rundheraus zurück. »Keiner von uns hat die Wahl!«

»Aber …«

»Man hat mich für diese Aufgabe auserwählt, Raven. Es ist eine Ehre, die ich nicht ausschlagen werde.«

Mir klopfte das Herz bis zum Hals und ich konnte das Zittern in Ravens Stimme hören, als sie sich wieder an ihn wandte.

»Devin, komm nach Hause«, sagte sie leise.

»Nein. Ich muss das hier erst zu Ende bringen. Wir werden zusammen sein, wenn ich zurückkomme …«

»*Falls* du zurückkommst.«

»*Wenn*«, beharrte Devin. »Wenn ich zurückkomme. Wenn ich tue, was sie von mir verlangen, werden sie Respekt vor mir haben. Das wird uns beiden zugutekommen.«
»Und wenn – falls – du zurückkommst, ziehen wir dann die Zeremonie durch? Werden wir dann die Verbindung eingehen?«
»Du weißt, dass wir es tun werden.«
Es trat eine Pause ein. Schließlich knurrte Raven leise: »Wenn du die Sache nicht erledigst, werde ich es tun.«
Dann konnte ich nichts mehr hören. Meine Hände, die Devins Jacke noch immer umklammerten, zitterten. Wer war dieses Mädchen? *Du weißt, was für eine Art Auftrag das ist.* Ich hatte keine Ahnung, was das bedeutete, aber es klang, als wäre sie dasselbe wie Devin – eine Wächterin. Vor Anspannung wagte ich kaum, mich zu rühren.
Plötzlich lief Raven so schnell an mir vorbei, dass ihr blondes Haar aufflog und ich einen scharfen Luftzug wahrnahm.
Ich atmete tief durch und trat hinter den Spinden hervor. Devin stand immer noch da und starrte vor sich hin. Eine Hand ruhte schlaff auf einem seiner Schulbücher, als wäre er gerade dabei gewesen, es herauszunehmen.
Ich näherte mich ihm langsam, unsicher, ob ich erwähnen sollte, was ich gerade gehört hatte. Doch bevor ich den Mund aufmachen konnte, fuhr er herum. Er warf mir einen bitterbösen Blick zu, knallte die Tür zu, riss mir die Jacke aus den Händen und stürmte davon.

Kapitel 19

»Du wirkst durcheinander«, sagte Cassie und biss in ein Stück gedünstete Karotte. In der Kantine herrschte Hochbetrieb. »Und du hast«, sie machte eine entsprechende Geste, »Ringe unter den Augen. Ist alles in Ordnung?«

»Ich habe letzte Nacht nicht gut geschlafen«, erwiderte ich mit einem Gähnen.

»Vielleicht ist es posttraumatischer Stress. Du weißt schon, weil du von der Lawine verschüttet wurdest. Vielleicht solltest du mit der Schulpsychologin sprechen, ob du dich einer Selbsthilfegruppe anschließen kannst. Mir wird jedes Mal ganz anders, wenn ich daran denke, was dir passiert ist.«

Ich bezweifelte ernsthaft, dass es Selbsthilfegruppen für Überlebende von Lawinen gab, aber es hatte keinen Sinn, sich darüber zu streiten. Meine Probleme waren außerdem viel größer als die Tatsache, dass ich eine Lawine überlebt hatte.

»Nein, darüber bin ich völlig hinweg«, erklärte ich. Ohne es zu wollen, blickte ich zur anderen Seite der Kantine. Asher saß dort an einem Tisch, wie üblich von einer Gruppe Mädchen umringt. Heute war jedoch etwas anders an ihm. Als er aufsah und mich dabei erwischte, wie ich ihn beobachtete, ließ er die spitzbübische Maske fallen und ein sanfter, ernster Ausdruck trat in sein Gesicht. *»Hi«*, sagte er lautlos und winkte schwach.

Ich blickte unwillkürlich weg. Warum machte er mich so nervös? Warum konnte ich ihn nicht einfach zurückgrüßen?

»Skye«, sagte Cassie. »Willst du mich nicht mal zur Abwechslung fragen, wie *mein* Tag war?«

»Was?«
»Na ja, wir haben in letzter Zeit ziemlich viel über dich geredet. Nicht, dass es nicht gerechtfertigt war, nach allem, was du durchgemacht hast, aber …« Sie kaute auf ihrer Unterlippe herum und ich wusste, was das bedeutete.
»Oh Gott«, platzte ich heraus. »Es tut mir leid. Sei nicht böse.«
»Ich bin nicht böse.« Sie stocherte in ihren Karotten herum.
Ich sah sie an. »So'n bisschen böse bist du schon.«
»Na gut. *So'n bisschen schon.*«
Ich legte mein Sandwich auf den Teller und stützte die Ellbogen auf den Tisch. »Also gut, Cassie. Wie war dein Tag?«
»Super! Die *Mysterious Ellipses* spielen nächste Woche im *Bean.*«
»Wer?«
»Die *Mysterious Ellipses.* Das ist der neue Name unserer Band. Gefällt er dir?«
»Ja«, erwiderte ich. »Er ist …«
»Trey findet ihn witzig.« Cassie wirkte gelangweilt, als sie das sagte, und ich wusste, dass ihr Interesse an Trey schon wieder drastisch abgenommen hatte. »Ich finde, er klingt eingängiger. Niemand hat gewusst, was *Somnambulists* bedeutet.«
»Aber warum sind die *Ellipses* mysteriös?«
»Weil, wenn man einen Satz mit einer Ellipse beendet, klingt alles, was man sagt, automatisch mysteriös.«
Dem konnte ich nicht widersprechen. Wie oft waren Cassie und ich die ganze Nacht aufgeblieben und hatten die perfekte SMS verfasst? Vermutlich hatten sieben von zehn mit einer Ellipse geendet, um eine geheimnisvolle Aura zu kreieren.
»Wann spielen die *Ellipses* also?«, fragte ich.
»*Mysterious Ellipses*«, korrigierte mich Cassie.
»Muss ich jetzt jedes Mal den vollständigen Namen sagen?«
»Ja«, beharrte Cassie. »Sonst ergibt es keinen Sinn. Jedenfalls musst du kommen. Es wird der Hammer.«

»Natürlich«, erwiderte ich. »Wie könnte ich das erste Konzert der *Mysterious Ellipses* verpassen?«
»Siehst du?« Cassie strahlte. »Du hast es kapiert.«
Ich nickte. Betretenes Schweigen breitete sich zwischen uns aus. Es hatte keinen Sinn. Während ich mit meinen Gedanken ganz woanders war, konnte ich kein zusammenhängendes Gespräch führen. Und Cassie wirkte auch irgendwie durcheinander. Jedes Mal, wenn jemand an uns vorbeilief, blickte sie ihm über ihre Schulter nach, aber ich war zu müde, um darüber nachzudenken, was sie wohl beschäftigte. Ich gähnte noch einmal.
»Wo ist Dan?«
»Was?« Cassies Kopf wirbelte wieder zu mir herum. »Warum?«
»Ähm, nur so. Ich hab mich nur gefragt, wo er ist.«
»Wer weiß schon, was der Kerl in seiner Freizeit treibt«, murrte sie.
Ich wünschte, ich hätte Cassie von der Unterhaltung erzählen können, die ich zwischen Raven und Devin mit angehört hatte. Die Dinge wurden immer merkwürdiger, verwirrender und haarsträubender. Ich musste mit Asher reden, beschloss ich. Ich wusste, dass er mir die Wahrheit sagen würde.

Ich packte gerade Bücher in meinen Rucksack, um sie mit nach Hause zu nehmen, als sie mich abfingen: Asher näherte sich mir von links und Devin von rechts.
»Komm!«, sagte Asher. »Führen wir eine geheime Unterredung, während wir einen kleinen Ausflug machen.«
»Noch eine?«, erwiderte ich mit einem Grinsen, während ich versuchte so zu tun, als wäre ich völlig entspannt. Aber innerlich zog sich mir der Magen zusammen. Ich war nicht sicher, wie viele Geheiminformationen ich noch ertragen konnte.
»Es gibt da noch ein paar Dinge, die du wissen musst«, erklärte Devin. »Es wird dir bei alldem helfen.«
»Alldem?« Ich hob die Stimme. »Was meinst du mit ›alldem‹?«

»Beruhig dich mal wieder.« Asher war so unverfroren wie immer. »Hinter der Geschichte steckt noch mehr, als wir dir gestern erzählt haben. Wenn du nicht so schwache Nerven hättest, hätten wir uns Teil zwei der Erklärung vielleicht sparen können. Aber du ...«

»Du bist eine echte Nervensäge, Asher«, konterte ich.

»Als ob ich das nicht wüsste.« Er zog eine Augenbraue hoch. »Jetzt schau nicht so verängstigt. Wir sind hier, um dir zu helfen.«

»Danach hat es aber ...«

»Ich weiß, ich weiß, danach sieht es nicht aus. Aber vertrau mir. Wir wollen dir nicht schaden. Und es wird dich interessieren, was wir dir zu sagen haben.«

Mittlerweile waren wir vor den großen Eingangstüren der Schule angekommen und das grelle Sonnenlicht brannte mir in den Augen. Ich hielt schützend eine Hand hoch.

»Wohin gehen wir?«, fragte ich.

»Üben«, erwiderte Devin barsch.

»Üben? Was üben?«

»Deine Kr...«, setzte Asher an, aber Devin wirbelte herum und warf ihm einen strengen Blick zu. Asher wirkte verlegen. »Sachen«, sagte er schließlich.

»Klasse«, murmelte ich leise. »Meine ›Sachen‹ rosten sowieso gerade etwas ein.«

»Komm!«, sagte Devin und setzte eine Sonnenbrille auf. »Du fährst.« Er steuerte die Treppe hinunter auf den Parkplatz zu.

»Skye?« Asher drehte sich zu mir, als Devin ein paar Schritte vor uns ging. Um uns herum wuselten die Schüler, die nach Unterrichtsende aus dem Gebäude strömten, und er lehnte sich vor, damit er nicht lauter sprechen musste. »Ich weiß, das ist alles ein Schock für dich, und es steht dir natürlich zu, vorsichtig und verängstigt zu sein. Aber ich möchte, dass du mir einen Gefallen tust. Vertrau mir. Meinst du, du kannst das?«

»Ich weiß nicht«, erwiderte ich und dachte sofort an Ellie – und Jordan. Ich wusste nicht, ob ich Asher vertrauen konnte. Was wusste ich denn schon über ihn?
Asher blickte ein wenig beleidigt. »Ich werde dir nicht wehtun«, sagte er mit Nachdruck und ging die Treppe hinunter.
Nach einer Weile folgte ich ihm.

Wir ließen die Stadt hinter uns und fuhren ein paar Kilometer landeinwärts bis zu einem Feld, wo wir nach Devins Überzeugung ungestört waren. Devin ging voran, als wir knirschend über das vereiste Gras marschierten. Ich lief hinter ihm und Asher bildete die Nachhut. Niemand sagte etwas. Ich wusste nicht, wie es den beiden Jungs erging, aber ich war viel zu nervös, um zusammenhängende Sätze zu bilden.
Als wir den Anfang eines Pfads erreichten, der sich durch ein kleines angrenzendes Waldstück schlängelte, landete ein Wintervogel wild flatternd auf einem Baum. Das Geräusch hallte weithin durch die Stille.
Plötzlich blieb Devin abrupt stehen und drehte sich zu mir um.
»Einen noch verlasseneren Ort werden wir wohl nicht finden«, bemerkte Asher leise, während er den Blick über die öde Landschaft schweifen ließ.
»Bevor wir dir noch mehr erklären, müssen wir zuvor ein paar Dinge klarstellen. Also. Deine Eltern sind die Nomaden aus der Geschichte, die Asher erzählt hat. So weit sind wir uns einig, ja?«, fragte Devin.
Ich nickte mit klopfendem Herzen. »Und ich?«
»Ja, du weißt, was ich sagen werde. Du bist ihre Tochter, Skye. Und …« Er blickte zu Asher, der ihm mit einem Nicken zustimmte und nun das Wort ergriff.
»Skye, damit das alles einen Sinn für dich ergibt, müssen wir dir die Wahrheit sagen«, erklärte er.
»Soll das heißen, dass ihr mich bisher angelogen habt?«

»Jetzt stell dich nicht so an.«
»Immerhin zerstört ihr alles, was ich je als wahr erachtet habe!«, rief ich empört. »Habt ihr geglaubt, dass ich das einfach so widerspruchslos hinnehmen würde?«
Asher grinste breit. »Eigentlich gefällt mir deine rebellische Seite ganz gut.«
»Das war ja klar«, warf Devin scharf ein.
»Okay. Klärt mich auf!«
»Der Orden«, fing Asher an. »Seine Angehörigen wachen über die Erde … aber sie sind nicht wirklich, ähm, *von* der Erde.«
»Ach, wirklich?!« Ich machte keinen Hehl aus meiner Ungeduld.
»Wir sind sozusagen überirdische Wesen«, warf Devin ein. »Wir sind …«
Ich schloss die Augen. Ich wusste, was er sagen würde. »Ihr seid Engel, stimmt's?«
»Ja, Skye, gewissermaßen«, erwiderte er. »Es ist alles ziemlich kompliziert. Wenn es für dich einfacher ist, uns als solche zu betrachten, soll es uns recht sein. Allerdings weiß ich kaum noch, was dieses Wort bedeutet. Wir sind auch als *Malakh*, Boten, bekannt. Wir glauben, dass wir für den Fortbestand der Erde verantwortlich sind.«
»Genau!«, meldete sich Asher nun zu Wort.
»Aber vieles, was über uns geschrieben wurde, ist frei erfunden«, fuhr Devin fort und beachtete Asher nicht weiter. »So vieles ist um der Einfachheit willen beschönigt oder unterschiedlich interpretiert worden.«
Ich erinnerte mich an Devins Klagen über Ashers Abneigung gegen jegliche Art von Regeln und wandte mich an Asher. »Und du bist ein Rebell?« Er nickte. »Ihr habt euch vom Orden gelöst und das Paradies verlassen? Seid ihr also so etwas wie *gefallene* Engel?«
»Wir sind nicht ›gefallen‹«, erwiderte Asher ein wenig gereizt. »Man könnte eher sagen, wir sind gesprungen.«

»Dann war mein Vater also einer von euch?«
»Genau. Bis zu dem Tag, als er ...«
»Meine Mutter getroffen hat, ja, ich weiß.« Allmählich ergab alles einen Sinn. »Bist du auch ein Bote?«
»Ja«, erwiderte er. »Man könnte auch sagen, ich werde häufig auf Missionen zur Spionageabwehr geschickt. Du weißt schon, eines der grundlegenden Naturgesetze: Auf jede Aktion folgt eine entgegengesetzte Re-aktion?«
»Äh, ja?«
»Na ja ... wenn du die Wächter als Boten des Schicksals betrachtest, die für Ordnung sorgen und die Geschicke der Menschen manipulieren ... dann werden wir Rebellen ausgesandt, um das zu *verhindern*. Es ist fast wie ein System gegenseitiger Kontrolle.«
»*Manipulieren* ist ein starkes Wort, Rebell«, wandte Devin ein. »Willst du diese Diskussion wirklich jetzt führen?«
»Ich führe sie, wann immer du willst, aber ich denke, wir sollten uns im Moment besser auf Skye konzentrieren«, zischte Asher.
»Äh, Jungs?«, rief ich. »Es reicht. Ich habe noch eine äußerst wichtige Frage. Eine Frage von entscheidender Bedeutung.«
Beide sahen mich fragend an.
»Schieß los«, forderte mich Devin auf.
»Na ja, wenn meine Mutter eine Wächterin war und mein Vater ein Rebell und sie beide Engel, bei meiner Geburt aber Sterbliche waren ... was bin *ich* dann?«
»Genau das«, sagte Devin, »sollen wir ja herausfinden. Du bist etwas ganz Besonderes. Die Tochter, die zwischen der Ordnung und dem Chaos steht, das sie zu zerstören sucht. Dein Schicksal und deine Kräfte sind völlig unbekannt.«
»Meine Kräfte?«
»Ja«, erwiderte Devin und lächelte zum ersten Mal an diesem Tag. »Deine Kräfte.«

Kapitel 20

Ein kalter Wind blies über das Feld. Asher blickte unschlüssig zum Himmel. Ich zitterte vor Kälte und Aufregung.

»Was für Kräfte?«

»Wir sind keine Menschen«, erinnerte mich Asher. »Und natürlich haben wir besondere Kräfte. Manche von Geburt an und andere haben wir aus, sagen wir, Notwendigkeit entwickelt.«

»Jetzt überspringen wir aber einiges«, wandte Devin ein und legte eine Hand auf Ashers Schulter. »Aber im Wesentlichen hat er recht. Wie wir dir schon erklärt haben, werden die Begabten mit der Gabe der Sicht geboren, während die Wächter wiederum andere Kräfte besitzen. Nichts mit der Gabe der Vorausschau Vergleichbares, aber ein paar kognitive und präkognitive Fähigkeiten wie zum Beispiel die subtile Einflussnahme auf die Gedanken der Menschen. Am nützlichsten ist dabei unsere Fähigkeit, Schmerz intuitiv zu erfassen und eine Verbindung herzustellen, sodass wir ihn lindern können.«

»Dann hast du meinen Knöchel also geheilt?«, rief ich. »Ich wusste, dass ich mir das nicht eingebildet habe!«

»Ja. Aber ich hätte mich dir nicht offenbaren dürfen, bevor du das wahre Ausmaß deiner Herkunft kanntest und verstanden hattest. Es tut mir leid, dass …«

»Dass du ihr Angst eingejagt hast?«, warf Asher ein.

Devin schäumte. »Ja.«

»Das sagt ja genau der Richtige«, wandte ich mich an Asher. »Du hast mir auch einen Riesenschrecken eingejagt, als du in der Höhle das Feuer herbeigezaubert hast. Schon vergessen?«

Devin wirbelte zu ihm herum. »Du hast ihr deine Fähigkeit offenbart, Feuer hervorzubringen?«
»Ihr war kalt. Was hätte ich tun sollen? Warten, bis sie völlig unterkühlt war?«
»Ich glaub's nicht«, entfuhr es Devin, wobei sein Tonfall Verachtung ausdrückte.
»Sagt der Kerl, der ihren gebrochenen Knöchel geheilt hat.«
»Man hat mir befohlen, sie zu beschützen.«
»Mir ebenso.«
»Hey, Jungs, könntet ihr die Gorilla-Drohgebärden ein wenig runterschrauben und euch wieder darauf konzentrieren, mir zu erklären, wie das alles zusammenhängt?«
Sie wandten beide den Blick ab.
»Worin bestehen die Kräfte der Rebellen?«, hakte ich bei Asher nach. »Hat sich irgendetwas geändert, seit ihr den Orden verlassen habt, oder besitzt du dieselben Kräfte wie Devin?«
»Skye, über dich zu wachen, ist so ziemlich das Einzige, was Devin und ich gemeinsam haben«, erwiderte Asher. »Als sich die Rebellion bildete und schließlich vom Orden löste, verloren die Rebellen ihre ursprünglichen Kräfte. Ich weiß nicht, ob der Orden sie zurückforderte oder ob sie einfach schwanden, als sich die Rebellen auf der Erde niederließen. Im Laufe der Zeit entwickelten sie jedenfalls ihre ganz eigenen Kräfte. Kräfte, die sie von der Erde selber bezogen und nutzten, um ihr etwas zurückzugeben. Elementare Kräfte. Die Fähigkeit, Regen, Feuer und Stürme zu erschaffen. Die ultimative physische Waffe, um gegen die geistige Manipulation des Ordens anzukämpfen.«
»Wow«, hauchte ich.
»Ja. Und ich sage ›sie‹, weil das lange vor meiner Zeit war. Unsere neuen Kräfte haben sich über Hunderttausende von Jahren herausgebildet«, erklärte er.
»Seid ihr unsterblich?«, wollte ich wissen.

»Nein«, erwiderte Devin. »Unser Alterungsprozess verläuft jedoch völlig anders als eurer.«
»Engel sind keine Götter«, fügte Asher hinzu. »Wir werden geboren, wir werden älter und wir sterben. Allerdings ...« Er hielt inne und suchte nach dem richtigen Wort. »... anders. Wie Devin bereits gesagt hat.«
»Dann seid ihr nicht wirklich so alt wie ich? Dann ist es eine optische Täuschung, dass ihr wie siebzehn ausseht?«
»Ich bin schon lange nicht mehr siebzehn«, erwiderte Asher mit einem leisen Anflug von Wehmut.
Ich hätte ihn am liebsten umarmt. Wie es sich wohl anfühlte, so lange zu leben und so viele Veränderungen mitzuerleben?
»Wir haben mit euch Menschen viele Eigenschaften gemeinsam, das stimmt. Zum einen sehen wir aus wie ihr. Wir verstehen und sprechen viele eurer Sprachen.« Devin zählte die Dinge an seinen Fingern ab, als gehe er eine Liste durch, die er auswendig gelernt hatte. »Aber es gilt nicht zu vergessen, dass wir keine Menschen sind.«
»Okay«, sagte ich. »Die Sache ist nur ... Wenn ich, wie du sagst, wenn ich irgendwelche Kräfte besitze, was für Kräfte sind das dann? Werde ich ganz und gar eine von euch werden? Werde ich ein Engel sein?« Ich verstummte, unsicher, ob ich die Antwort auf die nächste Frage wirklich hören wollte. »Werde ich kein Mensch mehr sein?«
Asher schüttelte den Kopf. »Na ja, in gewisser Hinsicht unterscheidest du dich bereits deutlich von anderen Leuten, wie dir vielleicht schon aufgefallen ist. Denk darüber nach. Du bist ein wenig schneller. Ein wenig stärker. Hast du diese Saison nicht alle deine Rennen gewonnen?«
»Ja, weil ich mir im Training den Hintern aufreiße«, gab ich trotzig zurück. Die Sportlerin in mir konnte nicht einfach so hinnehmen, dass ich anderen gegenüber einen unfairen Vorteil hatte. Mein Gewissen würde mich zwingen, alle meine Tro-

phäen und Medaillen zurückzugeben. Und was für einen Grund sollte ich dafür angeben? Dass ich leistungssteigernde Engelgene besaß?
»Es ist mehr als das, Skye. Und hast du nicht gerade erst eine Lawine überlebt – und dir dabei keine schlimmere Verletzung als einen gebrochenen Knöchel zugezogen?«
»Aber ich konnte ihn nicht selber heilen«, protestierte ich. »Das war Devin.«
»Das spielt keine Rolle«, wandte Asher ein. »Allein die Tatsache, dass du überlebt hast, ist außergewöhnlich. Auch wenn Devin allen den Gedanken eingepflanzt hat, dein Sturz wäre nur halb so wild gewesen, war er in Wirklichkeit sehr ernst.«
»Wenn du nicht zumindest ein bisschen wie wir wärst, hättest du ihn möglicherweise nicht überlebt«, fügte Devin hinzu. Er hatte die Hände in den Hosentaschen und blickte fast traurig.
Asher fuhr fort. »Deine Kräfte sind noch nicht ganz ausgebildet, Skye. Wir wissen nicht, ob sich die Fähigkeiten der Wächter oder die der Rebellen bei dir entwickeln werden. Wir wissen nicht, welche Form die Kräfte annehmen werden, die in dir schlummern. Aber wenn sie sich offenbaren, wirst du ein ganz einzigartiges Wesen sein. Nicht ganz Mensch und nicht ganz Engel.«
Er trat einen Schritt vor und ich konnte die Leidenschaft und das Feuer in seinen Augen sehen. Er versuchte mir klarzumachen, wie wichtig das alles war. »Hierfür wurdest du geboren, Skye. Um Teil unserer Welt zu sein und dein Schicksal bereitwillig zu akzeptieren«, betonte Asher ruhig. »Ganz gleich, welche Kräfte du besitzt, du warst immer dazu bestimmt, eine von uns zu sein.«
»Hab keine Angst vor dem Weg, der vor dir liegt, Skye«, fügte Devin hinzu. »Denn er wird dich zu uns führen und zu einer Ruhe, wie du sie noch nie gekannt hast.«
»Okay«, sagte ich vorsichtig. »Zeigt mir, was ich tun muss.«

Kapitel 21

»Also, pass auf«, sagte Devin. »Ich werde dir jetzt zeigen…«
Feurige Federn explodierten im selben Augenblick am Himmel. Er wirbelte herum und funkelte Asher böse an. »Wir hatten uns darauf geeinigt, dass ich die erste Lektion gebe.«
»Entschuldige. Ich konnte einfach nicht widerstehen«, erwiderte Asher mit einem schelmischen Grinsen.
Devin wandte sich wieder mir zu. »Das, was er gerade getan hat, nämlich die Regeln zu ignorieren, wird nicht toleriert.«
»Vom Orden, wohl gemerkt. Die Rebellion nennt so etwas ›unabhängig denken‹, ›die Initiative ergreifen‹«, warf Asher ein.
»Aber wie du gerade bewiesen hast, verursacht es nur Chaos«, erwiderte Devin. »Wegen deiner Spielchen verschwenden wir Zeit, anstatt Skye die Dinge beizubringen, die sie wissen muss.«
Asher verbeugte sich tief und streckte dabei seine Hand aus. »Fahr fort.«
Auch wenn ich es nur ungern zugab, halfen mir ihre Kabbeleien ein wenig, mich zu entspannen.
Devin richtete seine Flügel auf und konzentrierte sich wieder auf mich. »Du solltest tief in dir drin einen Quell spüren, aus dem du schöpfen kannst…« Er streckte die Arme zum Himmel empor und die Äste der Bäume, die das Feld säumten, fingen plötzlich wie wild zu zittern an. Der starke Wind, der mit einem Mal durch die Zweige blies, war noch vor ein paar Minuten nicht einmal der Anflug einer leichten Brise gewesen.
»Wow!«, entfuhr es mir. »War das jetzt eine kognitive Fähigkeit?«

»Es ist mehr als das«, erklärte Asher. »Luft ist ein Himmelselement, Teil der Wolken. So wie die Rebellion die dunklen und stürmischen irdischen Elemente kontrolliert.« Er schwenkte eine Hand und brachte die Erde unter mir zum Beben, sodass ich ins Wanken geriet und beinahe das Gleichgewicht verlor. Plötzlich war mir so kalt, dass ich erstaunt war, nicht auf der Stelle zum Eiszapfen zu gefrieren. Ich wirbelte herum und sah, wie Devin mit ausgestreckten Armen hinter mir stand und lächelte.

Asher ließ einen Feuerball an mir vorbeizischen, dessen Hitze auf meiner Haut prickelte. Doch als die beiden Elemente aufeinanderprallten, brach er mit einem lauten Knall auseinander und erlosch.

»Und ich soll zu alldem fähig sein?«, fragte ich verblüfft.

»Wir wissen nicht, wozu du fähig bist«, erwiderte Devin. »Probier einfach mal aus, was du kannst. Und fang klein an.«

»Okay.« Ich suchte nach dem Quell, von dem Devin gesprochen hatte, aber alles, was ich fand, war gähnende Leere. »Tut mir leid. Aber ich spüre einfach nichts.«

»So«, sagte Asher. »Schau …«

In den darauffolgenden Stunden zeigten mir die beiden Engel das gewaltige und erschreckende Ausmaß der Dinge, derer sie fähig waren – und derer ich ihrer Meinung nach auch fähig war. Donner grollten. Feuersbrünste stoben dem Himmel entgegen, Asher brach die Erde entzwei und Devin fügte sie wieder zusammen, sodass nicht die geringste Spur der Zerstörung zurückblieb. Wind brauste um uns herum, ohne dass unser Haar aufstob. Regen prasselte auf die Erde herab und doch blieben wir alle drei völlig trocken. Die beiden hatten ihre Kräfte vollkommen unter Kontrolle und konnten Hilfe bringen oder Schaden zufügen. Heilen oder zerstören.

Während ich ihnen zusah, fügten sich die einzelnen Bruchstücke endlich zu einem Ganzen zusammen. Ich konnte nicht abstreiten, dass sich in letzter Zeit merkwürdige Vorfälle gehäuft hatten. Der Boiler. Das Thermostat. Die Schulbusheizung. Die Lawine. Zwar ließ sich das alles rational erklären. Und doch konnte ich nicht leugnen, dass das, was Devin und Asher mir hier vorführten, diese eigenartigen Begebenheiten viel besser erklärte, als ich zugeben mochte.

Während die beiden um uns herum ein wahres Chaos anrichteten, konnte ich manchmal nicht unterscheiden, wer wofür verantwortlich war. Dunkle und lichte Kräfte wüteten gleichermaßen. Doch eins war klar: Wenn diese beide Gruppen je gegeneinander in den Krieg zögen, würde das bestimmt das Ende der Welt bedeuten.

Ab und zu hielten sie inne und warteten darauf, dass ich ihrem Beispiel folgte und einen einfachen Funken oder kleinen Erdstoß hervorbrachte. Aber das Einzige, was ich hervorbrachte, waren enttäuschte Gesichter. Dabei war ich mir durchaus der Ironie bewusst, dass all die merkwürdigen Dinge, die sich um mich herum ereignet hatten, offenbar immer dann passiert waren, wenn ich nicht darauf vorbereitet war. Jetzt, da ich bewusst *versuchte*, meine Kräfte zu nutzen, ließen sie mich kläglich im Stich.

»Skye!«, rief Devin. Er war in den Schatten verborgen, die sich mit der Dämmerung auf uns herabgesenkt hatten. »Bist du auch wirklich bei der Sache?«

»Ja!«, rief ich zurück. »Aber es ist eiskalt und meine Finger sind taub!« Ich wedelte mit den Händen vor meinem Gesicht herum. »Kein Feuer. Kein Wind. Kein Heilen. *Nada*.«

»Ich glaube, du verstehst nicht, wie ernst das alles ist«, sagte Devin, während er aus der Finsternis trat.

»Vielleicht besitze ich ja gar keine besonderen Kräfte. Du hast selbst gesagt, dass das möglich wäre.«

Devin seufzte. »Der Vorfall im Bus … mit der Heizung … Ich dachte, du hättest ihn vielleicht verursacht.«

»Es könnte auch eine fehlerhafte Schaltung gewesen sein«, wandte Asher ein. Er verschmolz nahtlos mit den Schatten am Rande des Waldstücks.

»Das glaubst du doch selbst nicht«, gab Devin zurück.

»Es spielt keine Rolle, was ich glaube.«

»Okay. Lassen wir es für heute gut sein. Aber morgen machen wir pünktlich um Viertel nach drei weiter. Auf dem Dach der Schule.«

Schule! Ich hatte morgen Schule. Nach allem, was ich heute erfahren hatte, hätte ich beinahe gelacht. Wie konnte ich dorthin zurückkehren und so tun, als wäre ich ein ganz normales Mädchen?

»Skye?«

»Ja«, erwiderte ich. »Okay.«

Sekunden später war Devin verschwunden. Ob er einfach davongeflogen war oder sich in Luft aufgelöst hatte, konnte ich nicht sagen.

Ich blickte auf meine Hände hinunter. Ob ich auch Feuer erschaffen konnte? Wind? Würde ich wie Devin in der Lage sein, jemanden zu heilen? Schlummerten tatsächlich diese magischen Kräfte in mir?

Ein paar Schritte von mir entfernt baumelte ein abgebrochener Ast in einem merkwürdigen Winkel von einem Baum. Ich hob die Hände und schob mit aller Kraft die Luft vor mir her. Dann sammelte ich meine ganze Energie in meinen Fingern und versuchte, alles, was Devin mir über das Heilen gesagt hatte, genau so umzusetzen: *Stell dir die Wunde bildlich vor. Spüre den Strom der Lebenskraft. Stelle das Gleichgewicht wieder her.*

Der Ast bewegte sich leicht im Wind.

Das war aber auch schon alles.

»Hey!«, drang eine Stimme aus der Dunkelheit zu mir herüber. Es war Asher. Ich hatte nicht einmal bemerkt, dass er noch dort stand; seine Flügel verschmolzen mit den Schatten, als wären sie materielos.

»Du musst dich ausruhen.«

»Ich möchte es aber weiter versuchen«, erwiderte ich und steuerte auf den Baum zu.

Asher folgte mir und hielt mit mir Schritt. »Du musst für heute aufhören«, beharrte er. »Das ist dein erster Tag, Skye. Du willst doch nicht, dass dir alle Sicherungen durchbrennen.«

Doch ich beachtete ihn nicht.

»Hast du's gecheckt? War nur ein kleiner Rebellenwitz …«

Anstatt ihm zu antworten, legte ich die Hände um die Bruchstelle des Astes. So hatte Devin auch meinen Knöchel geheilt. Er hatte seine Hände um die Schwellung gelegt, fest zugepackt, und Sekunden später war der Schmerz verschwunden. *Was wäre, wenn ich Schmerzen ausmerzen könnte? Das wäre eine unglaublich nützliche Fähigkeit. Konnte ich vielleicht auch mehr als körperlichen Schmerz heilen? Vielleicht sogar seelischen Kummer?*

Der Ast zerbrach in meiner Hand. Ich fluchte leise.

Dann spürte ich, wie mir jemand sanft die Hände auf die Schultern legte.

»Komm schon«, sagte Asher. »Gehen wir.«

Wir kehrten zu meinem Wagen zurück, der immer noch auf der Straße stand, wo wir ihn abgestellt hatten. Asher hielt eine kleine Flamme in der Hand, damit wir leichter den Weg zurück fanden. Ich holte den Autoschlüssel aus meiner Tasche, doch noch bevor ich den Knopf zum Entriegeln drücken konnte, riss Asher mir den Schlüssel aus der Hand.

»Ich fahre«, verkündete er kurzerhand.

»Asher, ich kann fahren!«, erklärte ich gereizt.

»Du bist angespannt und erschöpft«, gab er zurück. »Steig ein, Skye.«

Ich blickte ihn fest an und versuchte, ihn zum Einlenken zu bewegen. Aber vergebens.
»Na schön«, sagte ich. »Aber wenn du mein Auto zu Schrott fährst, bringe ich dich um.«
Ich ging um den Wagen herum und setzte mich auf den Beifahrersitz. Als Asher hinter dem Lenkrad Platz nahm, fragte ich vorsichtshalber: »Kannst du überhaupt Auto fahren?«
»Natürlich. Ich kann alles«, erwiderte er und grinste.
Ich lachte und machte es mir auf dem Sitz bequem. Während mein Verstand damit beschäftigt war, alles zu verarbeiten, was ich in den letzten beiden Tagen erfahren hatte, legte Asher seine Hand auf meine. Wie kam es, dass er offenbar immer genau wusste, was ich brauchte?
Als wir die Auffahrt zu unserem Haus hochfuhren, stellte er den Motor ab. Eine schier endlose Stille umgab uns.
»Danke fürs Heimfahren«, sagte ich.
»Keine Ursache. Hast du wirklich gedacht, ich würde dich nach einem solchen Tag alleine nach Hause gehen lassen?«
»Devin hatte damit kein Problem.«
»Devin ist ein Fall für sich«, murmelte Asher. »Lass nicht zu, dass er seine Spielchen mit dir treibt.«
Da ihn dieses Thema offensichtlich wütend machte, ging ich nicht weiter darauf ein. Ich konnte allerdings auch nicht aufhören, weiter darüber nachzudenken.
Treibst du Spielchen mit mir?, fragte ich mich. Es fiel mir auf einmal unheimlich schwer, zu erkennen, was real war und was nicht. Diese verborgene Welt, diese magischen Kräfte – die unglaubliche Wahrheit über meine Eltern. Wie konnte es sein, dass sie mir das nie erzählt hatten? Hätten sie mir nicht wenigstens ein Tagebuch oder so etwas hinterlassen können? Andererseits hatten sie auch nicht damit gerechnet, so früh aus dem Leben gerissen zu werden.
»Asher«, sagte ich. »Darf ich dir noch etwas zeigen?«

Er nickte, ohne ein Wort zu sagen. Ich öffnete die Autotür und stieg aus. Kurz darauf folgte er. Ich nahm seine Hand, zog ihn um die Ecke des Hauses und blickte Richtung Dach. Die Leiter ragte bis zu den dunkelbraunen Schindeln hinauf und endete, wo der Dachvorsprung in die samtschwarze Dunkelheit überging. Sie war mit Kletterpflanzen überwuchert, die sie offenbar mit einem Spalier verwechselt und sich über die Jahre um sie gerankt hatten.

»Komm!«, sagte ich und fing an hinaufzuklettern.

Asher legte eine Hand auf die unterste Sprosse. »Ich habe das vage Gefühl, ich hätte dich vorher fragen sollen, wohin wir gehen.«

In der Dunkelheit konnte ich sein Gesicht nicht sehen, aber ich war mir sicher, dass er grinste. *Ich kann ihm vertrauen*, dachte ich. *Oder?*

»Komm schon! Oder hast du etwa Höhenangst?«

Ich stieg weiter nach oben und erklomm den Dachvorsprung. Vorsichtig kroch ich ein Stück über die abschüssige Fläche, bis ich ein sicheres Plätzchen zum Sitzen gefunden hatte. Asher war gleich hinter mir. Ich zog die Knie an und blickte zum Himmel. Asher setzte sich neben mich. Unser Atem bildete Dunstwolken in der eiskalten Abendluft.

»Ist das die Heimat der Engel?« Ich deutete mit dem Kopf zu den Sternen.

Er lachte in sich hinein. »Nö. Es ist mehr so etwas wie eine Parallelwelt als eine Stadt im Himmel. Aber ich war noch nie dort.« Er sah auf. »Das Lager der Rebellion ist sowieso ganz woanders.«

»Wo?«

Er blickte nachdenklich. »Auf der Erde.«

»Und wo?«, fragte ich noch einmal.

»Weit, weit weg von hier.«

Es war absolut still auf dem Dach. Man konnte nicht einmal

die vorbeifahrenden Autos von der Straße hören. Das einzige Geräusch in einem Umkreis von mehreren Kilometern war das ferne Heulen eines Kojoten.

»Vielleicht wirst du es eines Tages besuchen«, sagte Asher.

»Dann sind wir gar nicht so verschieden«, sagte ich leise, mehr zu mir als zu ihm.

Asher sah mich von der Seite an und wirkte nervös. »In dieser Hinsicht nicht, nein.«

»Bedauerst du manchmal, dass du den Orden verlassen hast?«

»Ich war nie Teil von ihm. Das trifft übrigens auf die meisten von uns zu. Nur die allerersten Rebellenältesten waren einst Teil des Ordens. Und jetzt dürfen wir nicht mehr dorthin zurück.« Er hielt inne. »Deshalb lebe ich hier. Aber wenn ich sehe, wie stark Devin an seine Befehle gebunden ist … bin ich froh, dass ich nicht zum Orden gehöre.«

»Warum hält Devin ihn für so wichtig?«

»Weil man ihn einer Art Gehirnwäsche unterzogen hat.«

Hatte man das mit Asher auch getan? Wie konnte ich herausfinden, welche Seite die richtige war – falls es überhaupt eine richtige Seite gab? Wie sollte ich erkennen, zu welcher Seite ich in Wahrheit gehörte? Vielleicht gehörte ich ja hierhin, genau an den Ort, an dem ich jetzt war. Ich vermisste meine Eltern schon seit Langem ganz schrecklich. Und ich wünschte mir sehnlichst, sie könnten jetzt hier sein, um mich zu leiten.

»Im Sommer war ich fast jeden Tag hier oben«, erklärte ich.

Asher schwieg.

»Es ist ein guter Ort zum Nachdenken. Wenn ich nicht Ski fahre, ist das der Ort, an dem ich mich am wohlsten fühle.«

Wir saßen einfach nur da. Ich lehnte den Kopf an seine Schulter und atmete tief durch. Er roch nach Gras und Kiefernnadeln. Unser Atem verflocht sich in der kalten Luft.

»Ich weiß«, sagte Asher leise.

Ich brauchte eine Weile, um zu verstehen, was er sagte. »Was

weißt du?« Als er nicht antwortete, schlug mein Herz schneller. »Du weißt, dass das der Ort ist, an dem ich mich am wohlsten fühle?«
Er nickte langsam.
»Woher weißt du das?«, wollte ich wissen und setzte mich auf.
Asher seufzte, als hätte er sich gerne um eine Antwort gedrückt.
»Der Abend, an dem wir uns kennengelernt haben. Da habe ich dich nicht zum ersten Mal gesehen.«
»Wann dann?« Ich blickte ihn fest an. »Asher, ich habe jetzt langsam genug von der ganzen Geheimnistuerei. Sag's mir.«
»Davor.«
»Wie lange davor?«
»Sehr lange.«
»Ein Jahr?«
Er schwieg.
»Was? Zwei Jahre?« Nichts. »Drei?«
»Lange genug, um dich recht gut zu kennen.« Er hustete und räusperte sich verlegen. »Es war Teil des Auftrags. Daher wussten wir auch, wann wir uns dir offenbaren sollten. Als deine Augen das erste Mal silbern aufgeleuchtet sind, war es so weit.«
Als meine Augen silbern aufgeleuchtet sind. Ich versuchte mich daran zu erinnern, was mein Vater immer zu mir gesagt hatte, als ich klein war. Wenn er mich am Abend vor den Badezimmerspiegel hielt. Etwas, an das ich mich nicht mehr richtig entsinnen konnte, eine Erinnerung, die ich nicht ganz heraufbeschwören konnte. Jedenfalls betrachteten wir damals meine Augen …
»Wow«, flüsterte ich und wusste nicht, ob mich das eher abschreckte oder beruhigte … oder beides. »Und? Hast du … gewisse Dinge erfahren? Ich meine, was weißt du über mich?«
»Alles, Skye.«
»Das bezweifle ich«, erwiderte ich und wurde langsam sauer.
»Stell mich auf die Probe.«

»Na schön. Du hast es so gewollt. Okay. Was esse ich am liebsten zum Mittagessen?«
»Ein Truthahnsandwich und einen Apfel«, sagte er, polierte sich die Nägel an seinem Hemd und tat so, als müsse er gähnen.
»Zu einfach«, erklärte ich. »Du hättest das diesen Monat mitkriegen können. Was ist meine Lieblingsfarbe?«
»Kinderleicht.« Er schnaubte verächtlich. »Himmelblau. Und das schon seit dem Kindergarten.«
»Zufallstreffer. Das hast du nur wegen meines Namens gesagt. Mein Lieblingsbuch?«
»*Überredung* von Jane Austen – auch wenn du es nie zugeben würdest. Insgeheim findest du es nämlich romantisch, dass sie alle diese Gefühle füreinander haben, sie aber nicht zeigen können.«
Ich blickte zu den Sternen auf. »Das ist gelogen.«
»Von wegen! Du hast in der Siebten ein Referat darüber gehalten, wie scheiße der Roman ist, aber jeder, der dich kennt, konnte dir ansehen, dass du ihn toll findest.« Er setzte sich anders hin und fügte hinzu: »Das ist auch der Grund, warum du so lange mit Jordan zusammengeblieben bist, obwohl du gewusst hast, dass er dich betrügt. Du hast gehofft, dass er dich immer noch lieben würde.«
Ich hatte Asher nichts von meinem üblen Exfreund erzählt. Langsam drehte ich mich zu ihm. Er blickte in die Ferne und kniff die Augen zusammen, als schmerzten sie vom Mondlicht. In diesem Moment fand ich ihn plötzlich einfach nur wunderschön.
»Was weißt du noch?«
»Ich weiß, dass du seitdem mit keinem anderen Jungen mehr zusammen warst.«
»Ja«, sagte ich. »Und?«
»Ich weiß, dass du dir seitdem nicht mehr erlaubt hast, irgendjemanden zu *mögen*.«

Ich spielte nervös mit einem losen Faden an einem meiner Handschuhe herum. »Du weißt gar nichts über mich«, beharrte ich und sah weg. »Nicht wirklich.«
»Ich weiß viel mehr über dich, als du denkst.« Er blickte wieder am Mond vorbei. »Tagsüber hast du immer diesen gewissen Ausdruck im Gesicht. Als würde dich etwas verfolgen, ganz gleich, wie viel Spaß du hast und mit wem du sprichst. Seit dem Tag, an dem ich dich das erste Mal gesehen habe. Aber wenn du schläfst, dann ...« Mit dem Zeigefinger berührte er die kleine Sorgenfalte zwischen meinen Augenbrauen. »... verschwindet *die* hier.«
Er nahm die Hand herunter und strich mir dabei mit dem Finger über die Wange. Eine Gänsehaut breitete sich über meinen Nacken und meine Arme aus.
Ich schluckte und versuchte, die Fassung zu bewahren.
»Du hast mich im Schlaf beobachtet?«
»Ein oder zwei Mal.« Er lächelte. »Das ist jetzt keine Angewohnheit von mir oder so. Es ist eher ein merkwürdiges Gefühl, sich bei jemandem im Zimmer aufzuhalten, wenn derjenige nichts davon ahnt.«
»Jetzt mal im Ernst! Wie würde es dir gefallen, wenn ich dich ausspionieren würde?«
»Du müsstest mich erst einmal finden.«
Ich boxte ihn gegen den Arm – mit aller Kraft. Doch Asher zuckte nicht einmal zusammen. »Komm nie wieder ungebeten in mein Zimmer!«
»Ich habe über dich gewacht.«
»Ja, ja, aber tu's in Zukunft von anderswo her.« Plötzlich kam mir noch ein anderer Gedanke. »Kommt Devin auch in mein Zimmer?«
»Keine Ahnung. Ich habe ihn zumindest nie dort gesehen.«
»Weiß er, dass du über mich wachst? Mir scheint, du hast ihm gegenüber einen unfairen Vorteil.«

Er sah weg. »Devin hat bestimmt ganz andere Sorgen.«
»Ja.« Ich nickte. »Raven zum Beispiel.«
Asher fuhr herum. In Sekundenschnelle wurde sein Blick kalt und scharf. »Woher weißt du von ihr?«, fragte er.
Sollte er nicht darüber Bescheid wissen?
»Ist sie *hier?*«
»Was? Nein, nein. Ich habe nur davon gehört, ich meine, von Devin …«
»Lüg mich nicht an, Skye, schwöre bei Gott …«
»Ist das nicht ein wenig gotteslästerlich?«
»Verdammt, Skye, kannst du mal zwei Sekunden lang ernst bleiben?«
»Oh, das sagt genau der Richtige! Du erzählst *mir,* ich soll ernst bleiben? Seit du hier bist, hast du dich in einer Tour über mich lustig gemacht! Nein, warte, seit ich *weiß*, dass du hier bist!«
»Ich tue das nur, um dich zu beschützen! Glaubst du etwa, das fällt mir leicht? Im Schatten zu lauern und dich wie ein armseliger Spanner zu beobachten, ohne irgendetwas tun zu können? Dir nicht helfen, dich nicht warnen zu können?«
»Na ja, mit deinen Partytricks, der Schneehöhle und deinem Feuer holst du jedenfalls so einiges auf. Mein Gott, du kannst einen echt auf die Palme bringen. Du kommst mit diesen abgedrehten Neuigkeiten hierher, und dann lässt du mich auf eine *Skifreizeit* gehen? Du lässt mich in der *Kantine* zu Mittag essen, während du mit anderen Mädchen flirtest, als hättest du nicht gerade mein ganzes Leben auf den Kopf gestellt?«
»Ja, was glaubst du denn? Weißt du, warum ich ständig den Witzbold spiele?« Seine Augen funkelten im Mondlicht. »Weißt du, warum ich ständig einen auf Komiker mache? Weil du, wenn du wüsstest, wenn du *wirklich* wüsstest, was vor sich geht in deinem Innern, im Orden, in der Rebellion, wenn du wüsstest, was die Engel über dich sagen, was dich *erwartet*, dann vor Angst wie gelähmt sein würdest, Skye. *Deshalb* ziehe ich

dich auf. Ich tue es für dich. Denn, wenn ich es nicht tun würde, würdest du das alles nicht aushalten. Du würdest keine weitere Woche überstehen.«

Ich stand auf, fegte mir den Schnee von der Jeans und zog meine Mütze fester über die Ohren. »Na, wie schön für dich«, erwiderte ich. »Ich bin sowieso kurz vorm Heulen.«

Asher stand ebenfalls auf und steckte die Hände in die Hosentaschen. »Scheiße«, hörte ich ihn murmeln.

Die Arme über der Brust verschränkt, funkelte ich ihn böse an.

»Ich muss gehen«, sagte er schließlich. »Aber pass auf! Raven ist gefährlich. Wenn sie hier ist, führt sie nichts Gutes im Schilde.«

»Geh!«, erwiderte ich. »Ich bin müde und will ins Bett.«

Asher steuerte auf die Leiter zu. Plötzlich wandte er sich noch einmal um. Ein kleines Lächeln umspielte seine Mundwinkel.

»Du warst sauer, weil ich mit anderen Mädchen geflirtet habe?«

»Verschwinde!«, brüllte ich.

Kapitel 22

Am Mittwochmorgen marschierte ich mit Scheuklappen in die erste Stunde, fest entschlossen, den Blicken meiner Mitschüler nicht zu begegnen. Nach dem gestrigen Abend wollte ich auf keinen Fall mit Devin oder Asher konfrontiert werden. Eigentlich wollte ich, dass sie mich an diesem Tag komplett in Ruhe ließen.

Cassie war damit beschäftigt, in ihr Heft zu schreiben, und sah kaum auf, als ich mich auf meinen Platz setzte. Im Stillen war ich dankbar, weil sie bestimmt die dunklen Ringe unter meinen Augen bemerkt hätte. Ich fühlte mich schrecklich. Übernächtigt. Ich hatte kaum geschlafen.

In Gedanken spielte ich immer wieder meinen Streit mit Asher durch. Was hatte es zu bedeuten, dass Raven hier war? Ich wurde das Gefühl nicht los, dass Asher mir irgendetwas verschwieg. Dass Asher und Devin mir etwas verschwiegen.

Den ganzen Vormittag ging ich den beiden erfolgreich aus dem Weg. Wenn einer von ihnen den Gang herunterkam, verschwand ich auf dem Klo. Wenn ich sah, dass sich mir einer von beiden näherte, machte ich auf dem Absatz kehrt und tat so, als wäre ich mit der nächstbesten Person in ein Gespräch vertieft. Statt in der Kantine zu Mittag zu essen, ging ich in der Pause in die Bibliothek und setzte mich ganz hinten an einen Tisch.

Ich hatte die Absicht gehabt, ein wenig zu lernen. Aber stattdessen nahm ich ein Buch über Engel aus dem Regal und blätterte darin. In den letzten beiden Nächten hatte ich im Internet Nachforschungen angestellt, die sich jedoch nicht gerade als

besonders nützlich erwiesen hatten. Wie Devin gesagt hatte, gab es viele Mythen und Geschichten über Engel. Wie konnte ich da auch nur annähernd herausfinden, was wahr und was erfunden war? Natürlich hätten mir Devin oder Asher Informationen aus erster Hand liefern können, aber ich hatte das untrügliche Gefühl, dass die beiden ihre ganz eigenen Ziele verfolgten. Sie befanden sich auf entgegengesetzten Seiten mit unterschiedlichen Interessen und ich saß zwischen allen Stühlen.
Plötzlich ließ Devin sich mir gegenüber auf den Stuhl fallen. Ich wich zurück.
»Du gehst uns wieder aus dem Weg«, sagte er leise, nicht, weil er sich an die Bibliotheksregeln halten wollte, sondern weil er vermeiden wollte, dass uns irgendjemand hörte, nahm ich an. Aber wer wusste das schon, so wie Devin immer auf Regeln pochte?
»Du bist paranoid«, erwiderte ich und blätterte die Seite um.
»Darin wirst du das, was du wissen musst, nicht finden.«
»Woher weißt du, was ich wissen muss?«
»Ich weiß, dass du dich darauf konzentrieren musst, deine magischen Kräfte zu akzeptieren und zu kontrollieren.«
»Momentan interessiere ich mich nur für die Kraft, die dafür sorgt, dass du mich in Ruhe lässt. Ach, und übrigens, unsere Verabredung nach der Schule kannst du vergessen. Ich muss zum Skitraining.«
»Aber dein Schicksal ist wichtiger, Skye«, mahnte er.
Ich verschränkte die Arme auf dem Tisch und beugte mich vor.
»Sehen mich die Begabten heute auf dem Dach?«, fragte ich.
Seine Wangen liefen rot an und er wirkte nervös.
»Tun sie nicht, oder?«
Er blickte sich um, als belauschten uns alle um uns herum. Seine Stimme war noch leiser, noch geheimnisvoller, als er wieder ansetzte. »Es gibt vieles, das sie nicht über dich wissen. Du gibst ihnen Rätsel auf. Das ist … besorgniserregend.«

Ich erbarmte mich seiner, streckte eine Hand aus und legte sie auf seine. Er schlang seine Finger um meine und betrachtete mich, als könne er mich allein mit der Kraft seiner Gedanken zum Einlenken bewegen.
»Es tut mir leid, Devin. Ich brauche einfach mehr Zeit. Ein paar Tage.«
Er sah mir in die Augen und ich konnte in dem tiefen Blau erkennen, wie ernst es ihm war. »Beim Orden wirst du glücklich sein, Skye.«
»Bist du glücklich?«
»Nicht, wenn ich hier bin. Hier gibt es zu viel …«
»Chaos«, ergänzte ich für ihn und meine Mundwinkel zuckten.
Seine Augen funkelten. »Ja.«
Er hielt meine Finger fest umschlossen. »Weißt du, du *bist* jemand Besonderes, Skye.«
»Wegen meiner Eltern?«
»Nein, deinetwegen. Du bist intelligent und witzig und entschlossen. Ich habe noch nie jemanden wie dich getroffen.«
Ich lächelte. »Gleichfalls.«
»Also, kommst du heute mit uns aufs Dach?«
»Nein. Ich kann nicht. Nicht heute.«
Ich gab beinahe nach, als ich seinen enttäuschten Gesichtsausdruck sah. »Ich bin der Mannschaft gegenüber eine Verpflichtung eingegangen. So wie du gegenüber dem Orden.«
»Aber all das«, er machte eine ausschweifende Armbewegung, die alles um ihn herum einschloss, »ist bedeutungslos, wenn du dich dem Orden anschließt.«
»Selbst wenn ich irgendwelche Kräfte besitze, weiß ich nicht, ob ich das hier einfach so zurücklassen kann. Es ist meine Welt.«
»Du kannst nicht hierbleiben, Skye.«
Die Glocke läutete und rettete mich davor, ihm antworten zu müssen.
»Ich muss in den Unterricht«, sagte ich knapp, während ich

meine Sachen zusammensuchte. »Sag Asher, dass ihr beide frei habt. Kein Engeltraining heute Nachmittag.« Und bevor er protestieren konnte – denn ich wusste, dass er es tun würde –, marschierte ich schnellen Schrittes zur Tür.

An diesem Nachmittag ging ich nicht zum Skitraining, sondern nach Hause. Nach meinem Lawinenerlebnis hatte ich Angst davor, was passieren würde, wenn mein alter Wettkampfgeist wieder durchbrach. Ich überlegte sogar ernsthaft, ob ich die Skimannschaft ganz verlassen sollte. Es sollte schließlich niemand zu Schaden kommen, nur weil ich nicht kontrollieren konnte, was an Kräften in mir schlummerte.

Freitagnacht schlief ich unruhig. Ich hatte ein angespanntes Abendessen mit Tante Jo hinter mir, weil ich den Moment aufzuschieben versuchte, da ich ihr meine Entscheidung mitteilen musste. Ich schreckte aus dem Schlaf hoch. Es war mitten in der Nacht. Im Zimmer war es stockfinster und im Haus herrschte absolute Stille. Ich drehte mich unter der warmen Bettdecke um und war wieder kurz vorm Einschlafen, als ich bemerkte, dass meine Nase und meine Wangen eiskalt waren. Ich riss die Augen auf und nahm einen scharfen, erdigen Duft wahr. Ein Schatten fiel auf den schmalen Spalt Mondschein, der durchs Fenster drang. Instinktiv fuhr ich zurück, bis ich gegen das Kopfende des Betts knallte.

»Verdammt, Asher, ich habe dir doch gesagt, du sollst nicht mehr in mein Zimmer kommen.«

»Entschuldige, aber ich glaube nicht, dass du noch sauer auf mich bist, wenn du erst hörst, warum ich hier bin.«

»Ach ja, und das wäre?«

»Die Freiheit. Zieh dich an. Wir treffen uns draußen.«

Damit verschwand er durchs Fenster. Ich schloss und verriegelte es hinter ihm – nicht, dass es ihn davon abhielt, hereinzukommen, wenn er es unbedingt wollte. Vermutlich gehörte Schlösserknacken zu seinen besonderen Fähigkeiten. Auch wenn ich versucht war, zurück ins Bett zu klettern, zog ich eine Jeans und einen weichen Sweater sowie Wollsocken und Schneestiefel über. Dann schlich ich die Treppe hinunter. Ich wollte auf keinen Fall Tante Jo wecken. Unten zog ich meinen Parka über und schlüpfte nach draußen. Asher wartete am Rand der Bäume auf einem Motorschlitten.

»Ich dachte, es würde dir gefallen, den Wind an dir vorbeirauschen zu spüren«, erklärte er, als ich näher kam.

»Wenn ich das wollte, könnte ich genauso gut Ski fahren.«

»Ja, aber dann könntest du dich nicht an mir festhalten«, bemerkte er verschmitzt.

Auch wieder wahr. Außerdem vermisste ich das Skifahren sehr.

»Ich weiß nicht.«

»Komm schon, Skye. Ich weiß, dass die letzten Tage schwer für dich waren. Und ich weiß auch, dass du nicht zum Skitraining gegangen bist.«

Ich spürte, wie Ärger in mir aufstieg. »Hat Ellie dir das gesagt?«

»Nein. Ich war dort, um dir beim Training zuzuschauen.«

Ich steckte die Hände in die Taschen meines Parkas und starrte auf den im Mondlicht glitzernden Schnee. »Ich wollte hingehen. Ehrlich. Aber ich hatte Angst.« Ich sah zu ihm auf und wusste, dass er es verstand. »Was ist, wenn ich eine weitere Lawine auslöse? Was ist, wenn jemand verletzt oder gar getötet wird?« Das konnte ich nicht riskieren. Nicht, solange ich nicht herausgefunden hatte, wie ich mich unter Kontrolle halten konnte, oder entdeckt hatte, ob ich die Fähigkeit besaß, Leute zu heilen. Aber selbst dann … Allein der Gedanke an den Schaden, den ich anrichten konnte, jagte mir eine Riesenangst ein.

»Dann brauchst du jetzt unbedingt eine kleine Aufmunterung«, sagte er. »Lass uns heute Nacht einfach so tun, als hätte keiner von uns irgendwelche Kräfte und als würde niemand uns beobachten. Wir werden nicht einmal über den Orden oder die Rebellion reden. Lass uns einfach ein bisschen Spaß haben.«

Es war vermutlich keine gute Idee. Dennoch schwang ich das Bein hinten über den Schlitten, nahm hinter Asher Platz und schlang die Arme um seine Taille. »Okay. Ich bin so weit.«

Er jagte den Motor hoch und kurz darauf sausten wir über den Schnee, fuhren in Schlangenlinien um die Bäume herum, rasten Hänge hinunter und preschten auf die schneebedeckten Gipfel zu. Das Mondlicht ließ alles in einem weißlich blauen Glanz erstrahlen. Ich holte tief Luft und atmete den würzigen Duft des Waldes und Ashers ein – warm und unerschütterlich. Unwillkürlich schlang ich die Arme fester um seine Taille.

Ich wusste, dass er Wärme erzeugte, damit mir nicht kalt wurde, während der Wind uns um die Ohren brauste. Zum ersten Mal seit Tagen war ich glücklich, und die Sorge, ich könnte irgendeine Katastrophe verursachen, löste sich in nichts auf.

Asher brachte den Motorschlitten auf einer Anhöhe zum Stehen und wir stiegen ab. Er entfaltete eine Isodecke und ich setzte mich darauf und schlang die Arme um die Beine. Währenddessen erschuf Asher winzige Feuerbälle, die um uns herumschwebten und einen Wärmekokon bildeten.

»Wie hältst du sie alle in der Luft, ohne sie zu berühren?«, fragte ich.

»Reine Übung«, erwiderte er.

»Hast du das auch in der Schneehöhle gemacht? Nachdem ich eingeschlafen bin?«

»Ich habe getan, was ich tun musste, um dich am Leben zu halten.«

»Weil die Rebellion mich lebendig will?«

»Weil ich es will.« Asher ließ sich neben mir nieder. »Wir hatten uns doch darauf geeinigt, nicht darüber zu reden.«

»Worüber reden wir dann?«

»Warum müssen wir überhaupt reden?«

Gute Frage. Ich betrachtete den Nachthimmel und bemerkte eine Sternschnuppe, die vom Himmel fiel.

»Was wünschst du dir?«, fragte Asher.

»Ich habe wieder vergessen, mir etwas zu wünschen«, sagte ich und drehte mich zu ihm um. »Und was hast du dir gewünscht?«

»Dass du glücklich wirst.« Er wischte etwas Schnee von seiner Jeans, als wäre das auf einmal überaus wichtig.

»Bist du glücklich?«, fragte ich.

»Ziemlich. Ich bin mit einem hübschen Mädchen nachts allein auf einem Berg.« Sein Lächeln erstrahlte im Mondlicht. »Wie kann ich da nicht glücklich sein?«

»Nimmst du eigentlich je irgendwas ernst, Asher?«

Sein Grinsen verschwand augenblicklich. »Mehr, als du denkst.«

»Sollte jetzt nicht Ellie mit dir hier oben sein?«

»Zwischen Ellie und mir läuft nichts. Jedenfalls nichts Ernsthaftes. Sie ist nur ein ganz normales Mädchen, für das man sich ins Zeug legen muss.«

»Es sieht aber so aus, als würdest du sie mögen«, sagte ich.

»Es sieht auch so aus, als würde ich Ms Manning mögen. Das bedeutet nicht, dass es so ist. Und wenn ich ehrlich bin, gefällt es mir, dass du eifersüchtig bist.«

»Ich bin nicht eifersüchtig!«

»Ach, nein?«, triezte er mich. »Nicht mal ein bisschen? Da hast du gestern Abend aber was anderes angedeutet.«

Ich öffnete den Mund, um etwas zu erwidern, hatte aber nichts einzuwenden. Er hatte recht.

»Dann läuft also nichts zwischen dir und Ellie?«

»Nichts wie hier.« Er blickte mich an, aber ich sah weg. Ich wusste, dass meine Augen ihm zu viel verraten würden.

»Du hattest recht«, sagte ich, nachdem sich minutenlang Stille zwischen uns gelegt hatte. Und während sich die Feuerbälle in nichts auflösten, überkam mich die Angst, dass ich ihn wirklich brauchte.

Kapitel 23

Am Montagmorgen prasselte kalter Regen gegen die Fensterscheiben und bildete eisige Pfützen aus Schneematsch auf dem Schulparkplatz. Nachdem mich Asher am Samstag im Morgengrauen nach Hause gebracht hatte, ließen mich die beiden Engel in Ruhe – und ich gab nur ungern zu, dass ich sie vermisste. Als ich an diesem Morgen ins Auto stieg, fand ich jedoch eine Nachricht auf dem Lenkrad vor.

Die Auszeit ist vorbei!
Heute, 15:15 Uhr!
Keine Entschuldigungen!
D.

Ich hätte die Botschaft fast zerrissen, aber Devin hatte recht. Ich musste aufhören, ihnen aus dem Weg zu gehen, und mich dem Ganzen stellen, was auch immer mich erwartete.

Weder Asher noch Devin tauchten an diesem Tag im Unterricht auf. Das kam mir merkwürdig vor, andererseits waren sie keine normalen Schüler. Sie mussten nicht hier sein. Musste *ich* hier sein? In Geschichte in der dritten Stunde dachte ich immer noch darüber nach und hatte den ganzen Morgen in keinem Fach richtig aufgepasst.

Ms Manning klapperte auf ihren Absätzen zwischen den Tischreihen hin und her und gab uns unseren Aufsatz über die Schlacht an der Somme zurück, der vierzig Prozent unserer Gesamtnote ausmachte. Mit kühlem Blick musterte sie uns

hinter ihrer Nickelbrille. Schließlich kam sie auch zu mir und legte meinen Aufsatz auf den Tisch – eine große rote Vier prangte oben auf der ersten Seite.
Mir drehte sich der Magen um. Noch nie hatte ich für einen meiner Aufsätze eine solche Note bekommen. Es machte mich buchstäblich krank. Ich hatte totalen Mist gebaut. In letzter Zeit war ich mit meinen Gedanken ganz woanders gewesen.

»Skye!«, rief Ms Manning meinen Namen, als ich am Ende der Stunde an ihrem Schreibtisch vorbeiging.
Ich blieb stehen. »Tut mir leid. Ich weiß auch nicht, wie das passieren konnte.«
»Du bist meine beste Schülerin, Skye«, erwiderte sie. »Was ist los? Ich habe noch nie erlebt, dass du eine Vier schreibst.«
»Ich hatte sehr viel … zu tun«, redete ich mich heraus. »Ich war mit den Gedanken woanders. Seit der Skifreizeit habe ich ein paar schwierige Entscheidungen treffen müssen.«
»Ja, ich habe gehört, dass du aus der Skimannschaft ausgetreten bist.«
»Ja, ich… Die Lawine … sie hat mir einfach eine Wahnsinnsangst eingejagt. Ich habe beschlossen, dass ich eine Pause brauche.« Bevor ich am Freitag nach Hause gegangen war, hatte ich noch mit Mr Samuelson, unserem Coach, geredet. Ich hatte mich aber noch nicht getraut, es Tante Jo zu sagen, bevor sie zu ihrer nächsten Tour aufgebrochen war.
Ms Manning betrachtete mich mit einer Mischung aus Strenge und Sorge. »Brauchst du Hilfe?«
»Oh Gott, nein«, sagte ich schnell. »Nein. Bitte geben Sie mir nur eine Chance, meine Note zu verbessern. Ich werde es wiedergutmachen.«
Sie seufzte schwer.
»Also gut. Du bekommst heute nach der Schule eine zusätzliche Aufgabe von mir. Du hast eine Stunde Zeit: von 15:15 Uhr bis

16:15 Uhr. Aber Skye«, sie sah mich über den Rand ihrer Brille an, »du brauchst diesmal eine Eins, wenn deine Gesamtnote für dieses Semester nicht darunter leiden soll. Vermassle es also nicht.«

Mein Hals wurde trocken und ich musste schlucken, bevor ich antworten konnte. »Keine Sorge! Das werde ich nicht.«

Um 15:15 Uhr war ich mit Devin und Asher auf dem Dach verabredet. Wie konnte ich an zwei Orten gleichzeitig sein? Ich musste eine Entscheidung treffen. Ich spürte, wie ich vor Aufregung blass wurde.

»Skye?« Ms Manning nahm besorgt ihre Brille ab. »Bist du sicher, dass es nur damit zu tun hat, dass du die Skimannschaft verlassen hast? Gibt es etwas, das ich wissen müsste? Ärger in der Familie? Beziehungsprobleme?«

»Nein. Es ist alles in Ordnung … Ich werde da sein«, versicherte ich ihr. »Versprochen.«

»Das freut mich«, erwiderte sie und ein Lächeln kehrte auf ihr Gesicht zurück. »Du hast so viel Potenzial, Skye. Ich sehe große Möglichkeiten für dich in der Zukunft.«

»Danke, Ms Manning«, erwiderte ich. Tränen brannten mir in den Augen. Ich wünschte, ich wüsste, was sie da sah. Wenn ich momentan in die Zukunft blickte, war da lediglich ein großes Fragezeichen.

»Also dann, 15:15 Uhr, Raum 408.«

Ich drehte mich eilig zur Tür, damit sie das Glitzern der Tränen in meinen Augen nicht sah. Ms Mannings Spiegelbild im Glasfenster der Tür blickte mir besorgt nach.

Wenn sie nur wüsste.

Um zehn nach drei stand ich vor meinem Spind und schloss die Schulbücher des Tages weg. Ich blickte den sich allmählich leerenden Gang hinunter und seufzte.

Ms Manning wartete bereits auf mich, als ich Raum 408 betrat.

»Skye«, sagte sie, »ich habe den Prüfungsbogen auf den Tisch neben dem Fenster gelegt. Du hast eine Stunde Zeit. Ich bin hier, wenn du irgendwelche Fragen hast.« Dann nahm sie hinter dem Schreibtisch am vorderen Ende des Raums Platz.

Ich steuerte auf den Tisch am Fenster zu. Das Aufsatzthema war ordentlich auf das Blatt Papier getippt. Ich setzte mich, holte einen Bleistift heraus und fing an.

Ich wusste, dass ich eigentlich oben auf dem Dach hätte sein sollen. Es war ein komisches Gefühl, in dem stillen Klassenzimmer zu sitzen, während mein Bleistift über das Blatt Papier vor mir schrammte. Es fühlte sich beinahe so an, als sollte die Schule nicht mehr von Belang sein. Und doch war ich hier und arbeitete an einem zusätzlichen Aufsatz, um meine Note zu verbessern.

Meine Gedanken wanderten zu all den merkwürdigen Dingen, die ich scheinbar aus Versehen beeinflusst hatte: den Kurzschluss des Thermostats, das Anspringen der Schulbusheizung, die Explosion des Boilers im *Bean*, die Lawine.

Natürlich war es bei keinem dieser Vorfälle zweifelsfrei erwiesen, dass ich sie ausgelöst hatte, aber es fiel mir zunehmend schwer, etwas anderes zu glauben. Und wenn wirklich ich für all das verantwortlich war, konnte ich diese Dinge dann auch bewusst beeinflussen? Konnte ich meine Kräfte, ganz gleich, was für Kräfte es waren, beherrschen und diese Dinge *willentlich* herbeiführen? Jetzt, da es um mich herum völlig ruhig war und Devin und Asher mir nicht im Nacken saßen und mich drängten, mich mehr anzustrengen, fragte ich mich, ob es vielleicht doch gar nicht so schwer war.

Ich konzentrierte mich auf die Heizung unter dem Fenster. Ms Manning war vorne am Pult darin vertieft, Schulaufgaben zu benoten, während sie mit ihrem Stift gedankenverloren gegen das Drahtgestell ihrer Brille klopfte.

Ich blickte fest auf die Heizung und ließ alle Gefühle der letzten

Wochen Revue passieren. Meine Gedanken flogen zu Devin, der sich alle Mühe gab, mich zu unterweisen. Dann zu Asher, wie wir zusammen auf dem Dach saßen, während unser Atem in kleinen Dunstwolken den Sternen zuschwebte und sich unsere Schultern leicht berührten. Dann zu der befreienden Motorschlittenfahrt, der Art, wie Asher offenbar immer wusste, wie es mir ging. Ich hatte auf einmal das vage Gefühl, dass ich mich auf ganz dünnes Eis begab, wenn ich auf diese Weise über Asher nachdachte. Er war kein *Mensch*. Er war nicht einmal von dieser Welt. Verstieß es gegen die Gebote, die sie mir gerade beibrachten, sich in einen Rebellen zu verlieben? War es ebenso strafbar wie das, was meine Eltern getan hatten? Ich hatte nicht die geringste Ahnung, wer Asher wirklich war, während er ungleich mehr über mich zu wissen schien. Dachte er so oft an mich, wie ich an ihn dachte? Meine Handflächen fingen an zu glühen und ich konnte spüren, wie ich schwitzte. Aber ich konzentrierte mich weiter und lenkte meine ganze Energie auf die Heizung. Und dann roch ich plötzlich etwas.

Rauch.

Schmale Rauchfäden stiegen von den Luftschlitzen der Heizung auf. Mein Herz raste vor Aufregung.

Auch wenn ich keine Flammen sehen konnte, wusste ich, dass irgendwo da drin ein Feuer lodern musste. Ich versuchte, meine Energien weiter zu bündeln. Und das Rauchfähnchen aus der Heizung wuchs zu einer wunderschönen Rauchblume an. Während ich sie staunend betrachtete, fing ich an zu lächeln.

Ich habe es geschafft.

»Was riecht denn da so?« Ms Manning blickte von ihren Arbeiten auf. »Himmelherrgott!« Als sie den Rauch sah, sprang sie von ihrem Schreibtisch auf. Dabei fiel ihr der Stapel Aufsätze auf den Boden. Die Sprinkleranlage in der Decke ging an und versprühte überall Wasser.

»Oh, verdammt!«, rief sie und beugte sich hinunter, um die

Arbeiten einzusammeln. Ich blickte auf – genau im richtigen Augenblick, um Ashers freches Grinsen zu erhaschen, der kopfüber draußen vor dem Fenster hing.

Mir blieb einen Moment lang das Herz stehen. Und dann wurde es mir schlagartig klar: Ich hatte das Feuer gar nicht ausgelöst. Es war von Anfang an Asher gewesen.

»Skye, es tut mir leid«, sagte Ms Manning, als sie sich mit dem unordentlichen Stapel Aufsätze aufrichtete. »Wir werden es später in der Woche noch einmal versuchen. Ich muss jemanden wegen der Heizung benachrichtigen.« Sie strich sich den Rock glatt und rückte die Brille zurecht. Dann rauschte sie zur Tür hinaus. Der Rauch war mittlerweile verschwunden.

Meine Schritte hallten auf der Treppe, als ich kurz darauf die drei Stockwerke zum Dach hochstürmte. Ich hatte es nicht getan. Ich hatte *gar nichts* getan.

Asher und Devin standen genauso da wie das letzte Mal, als ich durch die Brandschutztür aufs Dach getreten war. Asher balancierte mit ausgetreckten Armen auf dem Dachvorsprung. Der einzige Unterschied war diesmal, dass seine tiefschwarzen Flügel ausgebreitet waren. Devin lehnte mit gefalteten Flügeln am Wasserturm. Sein Gesicht war völlig ausdruckslos.

»Du bist spät dran«, sagte er rundheraus und ich fragte mich, ob er wusste, dass ich mit Asher allein gewesen war. Zwei Mal sogar. Devin würde das bestimmt nicht gefallen.

»Ich habe versucht, meine Noten zu retten«, gab ich zurück. »Ich habe mich in letzter Zeit nicht gerade auf die richtigen Dinge konzentriert. Bevor ihr zwei hier aufgetaucht seid, war ich eine Einserschülerin.«

»Du hast dich genau auf die *richtigen* Dinge konzentriert«, erwiderte Asher und sprang vom Dachvorsprung. »Du musst einfach nur neue Prioritäten setzen. Vielleicht sollte Einsen zu schreiben nicht mehr ganz so wichtig sein.«

»Danke für den Tipp.«

Ashers Augenwinkel kräuselten sich, aber er lächelte nicht. Es war komisch, ihn hier mit Devin zu sehen, wenn er nicht so mit mir reden konnte, wie er es in letzter Zeit getan hatte.
»Asher hat recht«, sagte Devin ernst und entfernte sich vom Wasserturm. »Deine Kräfte sollten sich herausbilden und du solltest in der Lage sein, sie nach Belieben kontrollieren zu können.«
Plötzlich stand Asher hinter mir, was merkwürdig war, da ich gar nicht gesehen hatte, wie er sich bewegt hatte. »Lass dir von ihm keine Angst einjagen. Du kannst das«, flüsterte er mir aufmunternd ins Ohr.
»Was sagst du da?« Devins Stimme war hart. Er sah zu Asher und eine große Unruhe sprach aus seinem Blick. »Weißt du etwas, das ich nicht weiß?«
»Hmm, ich weiß nicht.« Ashers Augen funkelten wie Feuer. »Sollten wir Raven fragen?«
»Lass sie aus dem Spiel.«
»Dann *hat* sie also auf einen Plausch vorbeigeschaut?«, fuhr Asher fort. »Brauchst du etwa Verstärkung? Kriegst du's alleine nicht hin?«
»Ich hab gesagt, du sollst sie aus dem Spiel lassen!«
»Wenn es Skyes Sicherheit betrifft«, Ashers Stimme war so leise, dass es wie ein Knurren klang, »solltest du lieber nichts vor mir verbergen.«
Die Luft wurde mit einem Schlag kälter und der Horizont färbte sich fast schwarz. Ein weißer Lichtstrahl blendete mich plötzlich. Devins gigantische Flügel ragten hinter ihm auf und blähten sich im Wind. Seine Augen wurden glasig und seine goldenen Augenbrauen zogen sich finster zusammen.
»Ich fordere dich heraus«, sagte er so leise, dass es mir eiskalt den Rücken hinunterlief.
Asher trat mit ausgebreiteten Flügeln vor. »Bist du dir da ganz sicher?« Die unverhohlene Drohung, die in seiner Stimme

lag, war furchterregend. Und dann brauste ein Windstoß mit so unerwarteter Wucht unter seinen Flügeln hervor, dass ich nach vorne wankte. Er traf Devin frontal und schmetterte ihn so heftig gegen die Betonmauer des Dacheingangs, dass er zu Boden stürzte.

»Aufhören!«, hörte ich mich schreien, aber bevor ich vortreten konnte, war Devin schon wieder auf den Beinen. Asher hob die Hände und schob etwas Unsichtbares vor sich her. Im nächsten Augenblick schoss ein Feuerball aus seinen ausgestreckten Händen. Wie ein weißer Blitz sauste Devin hinter Asher, drehte ihm mit einem Arm die Hände auf den Rücken und schlang den anderen fest um seinen Hals. Asher rang nach Atem, während der Feuerball die Seite des Gebäudes traf, erlosch und einen fenstergroßen, verkohlten Kreis zurückließ.

»Lass ihn los!«, brüllte ich Devin an, versucht, mich auf ihn zu stürzen und seine Hände wegzuzerren. Aber ich wusste, wie dumm es war, bei einem solchen Kampf zwischen die Fronten zu geraten. »Wenn du ihm wehtust, werde ich dir so wehtun, dass du nicht mehr in der Lage sein wirst, deine geliebte andere Welt zu finden!«

Devin sah verunsichert zu mir auf und lockerte seinen Griff.

Das war der Moment, auf den Asher gewartet hatte. Er wand sich in Devins Griff, wirbelte ihn herum und schlang den Arm um seinen Hals, so wie Devin es vor ein paar Sekunden bei ihm getan hatte. »Du wirst dir noch wünschen, dass du das nie getan hättest!«, brüllte er.

»Ich glaube nicht an Wünsche!«, schrie Devin und warf sich mit seinem ganzen Gewicht gegen Ashers Brust.

Mittlerweile waren dicke, dunkle Wolken aufgezogen und der Himmel war fast schwarz. Blitze zuckten und die Luft schien vor Spannung zu knistern.

»Ich hab die Schnauze voll von dir«, fauchte Asher, während Devin sich weiter gegen ihn zur Wehr setzte.

Eiskalter Regen prasselte jetzt auf den Beton.
»Wenn ihr euch gegenseitig umbringt, habt ihr es nicht besser verdient!«, brüllte ich. Mir klopfte das Herz bis zum Hals und mein ganzer Körper bebte vor Wut. Hitze stieg mir in Wangen und Nacken und ich spürte, wie sich etwas in mir zusammenbraute. Ich hatte das Gefühl, ich würde es kontrollieren können, aber stattdessen kontrollierte es mich. Und noch bevor ich es verhindern konnte, ertönte ein donnernder Knall und die Seite des Wasserturms platzte wie eine Naht auf, sodass sich das Wasser in einem Riesenschwall auf das Dach ergoss.
Asher und Devin hielten mitten im Kampf inne und starrten mich an. Ich wusste nicht, was sie in diesem Moment dachten, aber es war mir auch egal. Eine plötzliche Welle der Erschöpfung übermannte mich und ich fiel wie ein Stein auf den überschwemmten Boden.

Kapitel 24

Das letzte Licht des Tages schimmerte durch meine Augenlider. Der Regen hatte aufgehört und der Himmel nahm allmählich die Farbe der Dämmerung an. In meinem Kopf hämmerte ein gnadenloser Rhythmus.

Geräusche und Stimmen um mich herum nahmen langsam wieder Form an und ich konnte hören, wie Asher fluchte.

»Halt das Wasser zurück!«, rief er, während er mich in seine starken Arme nahm, vom Boden hob und …

Ich riss die Augen auf. *Vom Boden hob?*

Ich sah auf und blickte in Ashers Gesicht. Seine riesigen Flügel schlugen einmal, zweimal und ich bewunderte ihre tiefschwarze Federpracht. Als wir über der Schule aufstiegen, zog sich mir der Magen zusammen. Ich schlang die Arme um Ashers Hals, schloss die Augen und vergrub das Gesicht an seiner Brust. Als ich mich an die schlagende, ruckartige Bewegung des Fliegens gewöhnt hatte, öffnete ich sie vorsichtig wieder.

Asher blickte zu mir herunter und ich konnte in seinen Augen Sorge aufblitzen sehen. Er drückte mich noch fester an sich und hob den Blick, um zu sehen, wohin er flog. Der Wind peitschte uns entgegen und ich spürte die kalte Luft frisch auf meinem Gesicht. Vorsichtig reckte ich den Hals, um einen Blick auf Devin zu erhaschen, der auf dem Dach zurückgeblieben war, und konnte gerade noch sehen, wie ein gewaltiger Wasserstrahl durch die geborstene Naht in den Wasserturm zurückfloss und die Naht sich wie von selbst wieder verschloss wie die Blütenblätter einer Blume.

Dann war es plötzlich zu dunkel, um noch etwas zu erkennen.
»Das reicht für heute.« Ashers Stimme erklang über dem Wind. »Ich bringe dich nach Hause.«
»Hör auf, mich zu beschützen«, sagte ich schwach. »Mir geht's gut.« Aber ich hatte nicht mehr genug Kraft, mich mit ihm zu streiten.
Schweigend flogen wir dahin. Unter uns erstreckten sich die Täler, während kleine Lichter in den Häusern aufleuchteten und Autos wie Spielzeuge über kurvenreiche Bergstraßen schlängelten. Ich vergrub den Kopf unter Ashers Kinn und spürte, wie er schluckte. Ihm so nahe zu sein, machte mich ganz schwindlig.
Unter größter Kraftanstrengung versuchte ich zu verarbeiten, was eben auf dem Dach passiert war. Ich wusste nicht, wer wofür verantwortlich gewesen war, aber zum ersten Mal hatte ich wirklich das Gefühl, dass das, was Asher gesagt hatte, der Wahrheit entsprach. In mir lauerte eine ungeheure Kraft, die darauf wartete, endlich herausgelassen zu werden.

Kurz darauf standen wir vor unserer Eingangstür. Im Haus war es dunkel, was mich nicht überraschte, weil Tante Jo heute Morgen zu einem weiteren Gruppenausflug aufgebrochen war. Ich war froh, dass sie nicht da war. Wie hätte ich ihr das alles heute Abend erklären sollen?
Asher setzte mich sanft auf dem Boden ab. Als mir seine Federn über die Wange strichen, wurde ich rot. Mit leicht verlegenem Blick faltete er die Flügel hinter seinem Rücken zusammen und ließ sie verschwinden.
»Bist du okay?«
Ich nickte vorsichtig.
»Was da oben passiert ist … was uns aufgehalten hat … das warst du, nicht wahr?« Der Anflug eines frechen Grinsens huschte über sein Gesicht.

Plötzlich kam mir in den Sinn, dass ich es für selbstverständlich gehalten hatte, Asher und Devin jeden Tag zu sehen. Dabei hatte ich keine Ahnung, wo die beiden wohnten. Vielleicht legten sie nachts ihre menschliche Gestalt ab. Vielleicht begab sich Devin ins Reich des Ordens, während Asher das Lager der Rebellion aufsuchte. Es war ein bitterkalter Abend und meine Zähne klapperten, weil mein Haar immer noch von dem Vorfall vorhin feucht war. Nach allem, was wir an diesem Tag und in den vergangenen Wochen durchgemacht hatten, hatte ich nicht die Energie, mich draußen weiter zu unterhalten. Ich war starr vor Kälte und Müdigkeit.

»Möchtest du hereinkommen?«, fragte ich.

Asher blickte nervös um sich. »Ähm. Klar.« Während ich in meiner Jackentasche nach den Schlüsseln kramte, ließ er den Blick weiter um sich schweifen.

Als wir eintraten, stieg die Temperatur schlagartig an.

»Himmel«, sagte Asher leise. »Was war das?«

Ich atmete tief durch, denn ich hatte keine Angst mehr, verrückt zu klingen. »Ich *glaube*, ich war das. Ich bin nicht ganz sicher. Es hätte auch einfach Reibungselektrizität sein können …«

»Du weißt, dass es das nicht war«, erwiderte er.

Das ernüchterte mich noch mehr. Ja, ich wusste, dass es das nicht war. »Na schön, ich habe neulich das Thermostat kurzgeschlossen und seitdem spinnt es ein wenig.«

»Du wirst stärker.« Asher blickte mich ernst an.

»Aber offensichtlich nicht besser darin, es unter Kontrolle zu halten«, witzelte ich und versuchte die Stimmung ein wenig aufzuheitern. »Komm, hier lang.«

Der Vollmond warf einen weißen Lichtstrahl durch die Fenster des Wohnzimmers, und obwohl die Lichter im Haus ausgeschaltet waren, konnten wir sehen, wohin wir gingen.

Wir stiegen die Treppe zu meinem Zimmer hinauf. Ich ging ins Badezimmer, schnappte mir ein paar Handtücher, warf Asher eins zu und fing an, mir mit dem anderen energisch die Haare trocken zu rubbeln.

Zurück in meinem Zimmer, machte ich Licht und setzte mich erschöpft aufs Bett.

Asher zog seine Jacke aus und hängte sie über meinen Stuhl. »Meine Güte, Skye, willst du die Heizung nicht ein wenig herunterdrehen? Hier drin ist es so heiß wie in der Sauna.«

»Ähm«, druckste ich herum, »ich weiß nicht so recht, wie ich es wieder rückgängig machen soll.«

Der explosionsartige Temperaturanstieg, als wir durch die Eingangstür kamen, hatte nicht wenig damit zu tun, dass ich mit Asher allein war. Ich wollte ihm gegenüber aber nicht zugeben, dass meine Kräfte offenbar immer dann in Erscheinung traten, wenn ich emotional sehr aufgewühlt war – vor allem diese merkwürdige Hitzegeschichte. Ich fragte mich, ob er das wusste. Konnte er es mir irgendwie ansehen? Leuchteten meine Augen wieder silbern?

»Hier.« Er kam zu mir herüber, nahm das Handtuch, warf es zur Seite und zog mich auf die Beine. »Ich werde dir helfen. Schließ die Augen.«

Ich spürte, wie er meine Hände in die seinen nahm. Die Temperatur im Zimmer stieg noch weiter an. Zwischen unseren Händen sprühte auf einmal ein Funken. Aber er zog seine nicht weg.

»Tu einfach so, als wäre alles in dir eine Menge ungefilterte Elektrizität. Stell dir vor, was du damit anfangen möchtest. Und stell dir dann vor, du würdest einen Schalter umlegen … und es umsetzen.«

Er hielt inne und ich schlug die Augen auf und sah ihn an. Asher musterte mich und blickte mir unglaublich tief in die Augen. Ich musste mich zusammenreißen.

»Die Begabten«, sagte er, »fangen klein an. Sie konzentrieren sich auf Feinheiten: den Hauch eines Atems, eine lose Haarsträhne. Sie beeinflussen jedes kleine Ding auf dieser Erde. Und jedes kleine Ding wirkt sich auf etwas anderes aus. Überleg mal, was im Vergleich dazu eine große Veränderung bewirken kann. Sie könnte den Lebensweg von Menschen beeinflussen, den Ausgang von Schlachten, ja, den Lauf der Geschichte ...«

Ich schluckte schwer, während mich sein Blick in den Bann schlug.

»Als Angehörige der Rebellion ist es unsere Aufgabe, sie davon abzuhalten, Dinge zu kontrollieren, die sie kein Recht haben, zu kontrollieren. Du könntest uns dabei helfen.«

In meinem Kopf schrillte eine Alarmglocke. Ich riss mich von Asher los und er versuchte nicht, mich aufzuhalten. *Benutzte er mich nur?* Im meinem Zimmer war es brütend heiß. Ich zog meine Jacke aus und streifte mir den Pullover über den Kopf. Plötzlich war es mir unangenehm, nur in einem Tanktop vor Asher zu stehen, da ich es sonst gewohnt war, mehrere Schichten Pullis, Fleece und Goretex zu tragen. Ich sah zu ihm. Er starrte mich an.

»Was ist?«, fragte ich.

»Nichts«, gab er zurück. Er richtete den Blick wieder auf die Bücherregale hinter mir und konzentrierte sich diesmal auf einen Stapel Spiele aus meiner Kindheit. »Oh, hey. Lass uns Dame spielen.«

»Ist das dein Ernst?«

»Na klar, es ist ein super Strategiespiel.« Er ging zum Regal und nahm die rot-schwarze Pappschachtel herunter. »Es wird dir helfen, du wirst sehen.«

Er breitete das Spiel auf dem Teppich aus und wir setzten uns einander im Schneidersitz gegenüber.

»Also«, sagte er und griff nach einem schwarzen Spielstein, »schauen wir mal, wie du dich schlägst.« Damit eröffnete er die Partie und eine Zeit lang lagen wir Kopf an Kopf, ahnten die Strategie des anderen voraus, machten Züge und Gegenzüge.

Keiner von uns konnte einen Vorsprung erringen und ich wusste, das Spiel würde mit einem Patt ausgehen.
»Du gewinnst auf keinen Fall«, stichelte ich.
»Aber ich werde es bis zum letzten Stein versuchen«, erwiderte er.
Ich sah auf und begegnete seinem Blick. Seine Augen funkelten einen Moment lang auf, bevor er sich wieder dem Spielbrett zuwandte.
»Guter Zug«, lobte er.
»Ich spiele nicht zum ersten Mal.«
Ich weiß nicht, was es war. Vielleicht die Tatsache, dass ich nur in Tanktop und Jeans bekleidet einem Engel mit schwarzem Haar und hinreißenden Augen gegenübersaß, oder die überwältigende Hitze, aber auf einmal wurde mir bewusst, dass ich mit Asher flirtete. Und dann wurde mir noch etwas anderes bewusst. Zum ersten Mal seit eineinhalb Jahren hatte ich das Gefühl, dass ich mich wieder in jemanden verlieben könnte.
Und das musste aufhören. Ich konnte es wirklich nicht gebrauchen, dass mein Leben noch komplizierter wurde. Ich stand abrupt auf. »Ich bin müde«, sagte ich. »Deinetwegen habe ich das ganze Wochenende schlecht geschlafen.«
Asher erhob sich ebenfalls langsam.
»Ja«, erwiderte er. »Das tut mir leid. Und die Prügelei heute auch. Es ist alles ein bisschen außer Kontrolle geraten. Ich… Dieser Auftrag ist … schwer, extrem schwer, und …« Er hielt inne und strich sich mit den Fingern durchs Haar. »Es ist für uns alle ziemlich aufreibend.«
»Meine Güte, für dich war es auch aufreibend? Das tut mir aber leid. Vielleicht könntest du dich mal einen Moment lang in *meine* Situation versetzen. Falls du es noch nicht bemerkt hast, ich habe keine Ahnung, was hier eigentlich gerade mit mir passiert!« Ich verlor die Beherrschung.

»Skye, komm schon, es tut mir leid.«
Wir standen da und blickten einander fest in die Augen. Nach ein paar Sekunden bemerkte ich ein klopfendes Geräusch, das immer lauter und ungeduldiger wurde. Ich sah nach unten und stellte fest, dass es Ashers Fuß war.
»Hör auf damit«, sagte ich. »Was ist heute Abend bloß mit dir los? Du benimmst dich so komisch.«
»Es ist nichts«, gab er zurück.
Ich musterte ihn mit einem strengen Blick. Das gedämpfte Licht in meinem Zimmer verlieh seinem Gesicht einen sanften Glanz und meine Gefühle für ihn waren in diesem Moment so stark, dass es fast wehtat. Aber zwischen uns würde es nie funktionieren. Er war ein Frauenheld wie Jordan und würde nur versuchen, mich auszunutzen. Er war nicht einmal ein Mensch. Andererseits – angesichts der Hitze und des schummerigen Lichtes war es fast unmöglich nichts zu *fühlen*.
Asher trat einen Schritt auf mich zu und blieb dann unvermittelt stehen. »Hör zu, ich werde dich nicht küssen, okay?« Er fing an, unruhig auf und ab zu laufen. »Du kannst also damit aufhören, mich zu bezirzen.«
»Wovon redest du überhaupt?« Ich geriet in Panik. Vielleicht konnte er es mir doch anmerken?
»Du … du spielst diese Spielchen. Mit dem Tanktop. Und dem Damespiel. Und dass du mich zu dir eingeladen hast …«
»*Wie bitte?* Du wolltest doch Dame spielen.«
»… also, vergiss es. Ich werd's nicht tun.«
»Gut!«, brüllte ich mit knallrotem Gesicht. »Wer sagt überhaupt, dass ich das will?«
»Oh, du willst es, du willst es *hundertprozentig!*«
»*Absolut* nicht! Vor allem nicht, wenn du mich *in den Wahnsinn treibst!*«
Er hielt inne und sah mich an. Dann machte er plötzlich zwei Riesenschritte auf mich zu, und noch bevor ich etwas sagen

konnte, nahm er mein Gesicht in beide Hände und küsste mich. Und ich küsste ihn.

Ich konnte die Erde leise unter uns donnern hören. Aber ich war mir sicher, dass es nicht gefährlich war. In diesem Augenblick gab es nur Asher.

Kapitel 25

Nachdem er weg war, war es still im Haus. Ich war viel zu aufgekratzt, um schlafen zu können. Gedankenverloren streifte ich durchs Haus und blickte durch die Fenster zum Vollmond hinauf. Ich hatte das Gefühl, ich würde in seinem Licht ertrinken, wenn ich länger als eine Sekunde irgendwo stehen blieb.

Als mein Handy klingelte, bekam ich beinahe einen Herzinfarkt. Ich sah auf die Nummer und eine Welle der Erleichterung durchströmte mich. Woher hatte Tante Jo gewusst, dass ich sie brauchte?

»Hi«, sagte ich, während ich es mir in einem Sessel bequem machte.

»Hi zurück. Ich wollte nur mal hören, wie es dir geht, weil ich heute Abend zufällig mal Empfang habe. Alles in Ordnung bei dir?«

»Ja, alles klar.«

»Es tut mir leid, dass ich in letzter Zeit ständig weg bin.«

»Kein Problem. Ich bin schon ein großes Mädchen«, erwiderte ich.

»Es tut uns wahrscheinlich gut«, meinte sie. »Ein kleiner Vorgeschmack darauf, wie es sein wird, wenn du aufs College gehst.«

»Ja.« Falls ich aufs College ging. In letzter Zeit fiel es mir unglaublich schwer, mich auf meine Schularbeiten zu konzentrieren, und ich musste auch noch diesen doofen Aufsatz für Ms Manning schreiben.

»Ich bin mit dieser Gruppe noch bis Mittwochnachmittag unterwegs«, erklärte sie. »Sei schön brav, bis ich wieder da bin.«

»Versprochen.«

Nach mehreren Zuneigungsbekundungen legte sie schließlich auf. Stille senkte sich wieder übers Haus.

Ich fragte mich, ob Mom Tante Jo je von ihrem Leben als Engel erzählt hatte. Vermutlich nicht. Ich hatte Cassie auch nichts von all den merkwürdigen Dingen erzählt, die in letzter Zeit in meinem Leben passierten. Manche Dinge ließen sich einfach nicht erklären.

Ich ging in die Küche und suchte im Kühlschrank nach etwas Essbarem, das keine Fertigmahlzeit war. Das gelbe Licht und das Brummen des Kühlschranks gaben mir das beruhigende Gefühl, nicht so allein zu sein. Auf dem obersten Regal entdeckte ich einen Teller Kekse, die noch von Tante Jos letzter Backorgie übrig waren. Ich stellte ihn auf die Arbeitsfläche, schaltete die Deckenleuchte an, zog mir einen Hocker heran und schnappte mir eine Zeitschrift aus dem wachsenden Stapel Post.

Ich nahm mir einen Keks und wollte gerade hineinbeißen, als draußen etwas schepperte. Als ich aufsah, blieb mir fast das Herz stehen.

Da war ein Gesicht am Fenster. Erschreckend blaue Augen. Porzellanhaut. Glattes, langes Haar. Und obwohl ich sie erst zweimal gesehen hatte, hätte ich sie überall wiedererkannt.

Raven.

Panik stieg in mir hoch. Was wollte sie hier? Ich wusste nur wenig über sie, aber Ashers besorgte Reaktion darauf, dass sie in River Springs aufgetaucht war, machte mich nervös. Ich glitt von meinem Hocker, unsicher, was ich als Nächstes tun sollte. Als ich mich umdrehte, sah es so aus, als wäre mir diese Entscheidung bereits abgenommen worden.

Raven stand mitten in der Küche, ihre gleißend weißen Flügel ragten über ihrer zierlichen Gestalt auf. Erstaunlich, dass ein so kleines Wesen so riesige und bedrohliche Flügel entfalten konnte. Sie glitzerten grell wie riesige Klingen und einen Moment lang hatte ich das entsetzliche Bild vor Augen, dass sie mir mit einer geschmeidigen Bewegung die Kehle aufschlitzen und meine Adern durchtrennen könnte.

Ich wich zurück.

»Sehr gut, Skye, zieh dich zurück«, sagte sie. Als ich die eiskalte Gelassenheit in ihrer Stimme hörte, stellten sich mir die Nackenhaare auf. »Du hast keine Ahnung, wie gefährlich ich bin.«

»Was willst du?« Obwohl ich mich anstrengte, meine Angst zu verbergen, konnte sie sie offenbar spüren.

Ihr Haar leuchtete plötzlich hell auf.

»Arme kleine Skye. Zwei Seiten zur Auswahl. Zwei verschiedene Mächte, die um deine Aufmerksamkeit buhlen. Was wirst du tun?«

»Ich … ich weiß nicht. Bis vor Kurzem wusste ich von alledem nichts.«

Raven umkreiste mich und behielt mich im Auge wie eine Katze die Maus, auf die sie sich gleich stürzen wird. »Natürlich nicht. Wie hättest du auch darüber Bescheid wissen können? *Das Menschenkind, dessen Zukunft der Orden nicht sehen und die Rebellion nicht für sich beanspruchen kann.* Lautet sie nicht so, die alte Prophezeiung, die überhaupt erst dafür gesorgt hat, dass der Rebell und der Wächter auf dich aufpassen? Der Grund, warum diese Mission überhaupt ins Leben gerufen wurde? Wie hättest du davon wissen können, wenn nicht einmal der Orden es weiß?«

»Wie? Ich dachte, der Orden sieht alles?«

»Komisch, nicht wahr? Das Mädchen, das als Einzige die Macht hat, alles zu zerstören – und sie können nicht einmal voraussehen, wie ihre eigene Mission enden wird.«

»Wovon redest du? Asher und Devin haben mir nichts in der Art erzählt.«

»Oh, die Jungs wissen davon auch nichts. Sie sind nur unbedeutende Spielfiguren in diesem Spiel. Und sind es nicht sowieso immer die Mädels, die die Strippen ziehen? Schon bald wirst du stärker sein als sie, und dann wirst du ihnen nichts mehr bedeuten. Sie werden dich im Stich lassen, sobald sie sich davon überzeugt haben, dass du besser bist als sie. Und das bist du!« Sie trat einen kleinen Schritt auf mich zu.

»Warum erzählst du mir das alles? Was willst du?« Mir gelang es irgendwie, meine Angst zu unterdrücken. Meine Stimme klang klar und selbstsicher.

Plötzlich stand Raven hinter mir. Die scharfe Kante ihres Flügels bohrte sich mir in den Hals.

»Lass Devin in Ruhe«, sagte sie. »Lass ihn zum Orden zurückkehren. Er gehört mir. Die Begabten haben es so vorausgesehen, und so soll es sein.«

»Es ist nicht so, als hätte ich ihn gebeten, zu mir zu kommen«, gab ich ironisch zurück und bemühte mich ruhig zu bleiben, damit mir ihr Flügel nicht ins Fleisch schnitt. »Ich habe niemanden um das alles hier gebeten.«

»Aber *du* bist der Grund, warum er sich verändert.«

Ich entwand mich ihr und starrte sie an.

»Das hast du nicht gewusst, oder? Aber es ist so. Verstehst du denn nicht, was du Devin antust?« Ihre Stimme wurde sanfter. »Wie du ihn in Versuchung bringst? Er mag dich. Aber er sollte *überhaupt nichts* für dich empfinden. Du bist ein Auftrag. Du darfst für ihn nicht mehr werden. Er wird versagen, wenn das passiert. Und wenn er versagt …« Ihre Stimme brach ab, aber schon im nächsten Moment forderte sie. »Es muss ein Ende nehmen.«

»Was?« Ich dachte an Devin – so ruhig, friedlich, verwirrend. »Das soll wohl ein Scherz sein.«

»Die Voraussagen verschieben sich«, fuhr sie fort. »Die Sicht verändert sich. Und sie wissen nur, dass es etwas mit dir zu tun hat, Skye.«

»Ich weiß nicht, wie ich es aufhalten soll. Und ich werde es nicht aufhalten können …«

»Dann mach allen das Leben leichter. Der Orden wartet auf dich. Er wird dich finden. Es wird auf der Erde keinen Ort geben, an dem du dich vor ihm verstecken kannst.«

Als ich schwieg, zischte sie: »Ich werde dich nicht aus den Augen lassen, Skye.« Dann schlug sie wild mit den Flügeln. Es gab ein ohrenbetäubendes Geräusch. Ich schloss die Augen in der Hoffnung, dass der Lärm nachließ.

Als ich sie wieder aufschlug, war Raven verschwunden.

Aufgewühlt von den Ereignissen lag ich hellwach im Bett und konnte nicht schlafen. Raven hatte mir vorgeworfen, ich würde Devin verändern, doch mein Haar roch nach Asher – würzig, erdig. Bei der Erinnerung an unseren Kuss, seine Hände um mein Gesicht, seine Finger in meinem Haar, beschleunigte sich mein Herzschlag automatisch.

»Ich will dich«, hatte er gemurmelt, während seine Lippen die meinen streiften, *»schon so lange.«*

Eine starke Hitze stieg in Wellen von meiner Haut auf und ich warf mich unruhig von einer Seite auf die andere. Ich konnte einfach keine bequeme Schlafstellung finden, drehte mich auf den Bauch und vergrub das Gesicht in meinem Kissen.

Wenn ich tat, was Raven von mir verlangte, und dem Orden beitrat, würde ich Asher nie wiedersehen.

Als ich endlich einschlief, hallten mir immer noch Ravens Worte durch den Kopf. *Sie sind nur unbedeutende Spielfiguren in diesem Spiel.* Das Letzte, woran ich bewusst dachte, war der verletzte Ausdruck in Devins Gesicht, als Asher mich in seine Arme genommen hatte und wir ihn auf dem Dach der Schule zurückgelassen hatten, damit er den Schaden am Wasserturm rückgängig machte.

Am nächsten Morgen blies eine kräftige Brise durch meine Vorhänge und fegte eine Feder über die Dielen. Sie musste heruntergefallen sein, als Asher am Vorabend in meinem Zimmer gewesen war. Ich schaute zu, wie der Wind sie hierhin und dorthin blies, nach oben wehte und wieder leicht auf dem Boden aufkommen ließ. Dunkel wie die Nacht, wie Ashers Augen.

Kapitel 26

Als ich am Dienstagmorgen auf den Parkplatz fuhr, sah ich, wie Cassies grüner Volvo ein paar Stellplätze weiter mit einem Ruck zum Stehen kam. Ich stieg aus und ging hinüber, während Cassie die Fahrertür zuknallte und frustriert gegen die Reifen trat.

»Cass!«, rief ich ihr winkend zu, als ich näher kam. »Ist alles in Ordnung?«

Sie warf mir einen kühlen Blick zu, lehnte meine Hilfe jedoch nicht ab, als ich mich vorbeugte, um den Reifen zu begutachten.

»Es ist nicht der Reifen«, erklärte sie. »Mit dem Motor stimmt irgendwas nicht. Er macht schon seit ein paar Tagen Ärger.« Sie sah weg. »Nicht, dass du das mitbekommen hättest.«

Ich fühlte mich sofort schuldig, weil wir in letzter Zeit nicht viel miteinander geredet hatten, aber ich war jetzt zu müde und gedanklich mit anderen Dingen beschäftigt, um einen Streit mit ihr anzufangen. Und seit wann gab es eine Regel, die besagte, dass wir jede Minute unserer Zeit miteinander verbringen mussten?

Sie schloss den Wagen ab und wir gingen zusammen zur ersten Stunde. Dabei unterhielten wir uns weiter, obwohl die ganze Zeit eine gewisse unausgesprochene Spannung zwischen uns herrschte. Die Tatsache, dass sie sauer auf mich war, nervte mich. *Immer* musste sich die ganze Welt um sie drehen, und sobald sich etwas Besonderes in meinem Leben ereignete, kam sie nicht damit klar, dass ihr nicht meine ganze Aufmerksamkeit galt.

»Es ist so frustrierend«, sagte Cassie, als wir an unseren Tischen

Platz nahmen. »Mein Auto war Anfang des Jahres gerade erst in der Inspektion. Mein Dad sorgt immer dafür, dass ich regelmäßig hingehe, weil ich es sonst vergesse. Ich weiß gar nicht, was jetzt schon wieder mit dem Motor nicht stimmen könnte. Er geht einfach ständig ohne Grund aus.«

»Ich weiß nicht, Cass«, sagte ich. Ich bemerkte, dass Devin uns beobachtete und Asher meinen Blick auffing, bevor er wegsah. »Kannst du ihn nicht vorsichtshalber noch mal in die Werkstatt bringen?«

»Ist nicht drin. Ich hab momentan überhaupt keine Kohle. Ach, ich hasse es.«

»Mach dir keine Sorgen«, beruhigte ich sie, fest entschlossen, mich von meiner allerbesten Beste-Freundin-Seite zu zeigen, damit Cassie nicht mehr sauer auf mich war. »Wir finden schon eine Lösung.«

Die erste Stunde schien gar nicht enden zu wollen. Asher saß hinter mir und seine Nähe verursachte bei mir eine Gänsehaut und ließ mein Herz höher schlagen. Devin saß regungslos neben ihm und ich versuchte krampfhaft dahinterzukommen, was hier wirklich vor sich ging. Konnte ich ihnen trauen? In Gedanken spielte ich meine Begegnung mit Raven am Vorabend immer wieder durch.

Du bist der Grund, warum er sich verändert.

Ich verstand das einfach nicht.

Nach dem Unterricht fing mich Asher auf dem Gang ab. »Hi«, sagte er. Wir standen einander gegenüber.

»Was ist?«, fragte ich und lächelte zu ihm auf.

»Wie geht's dir?«

»Gut«, erwiderte ich, obwohl es mir schwerfiel, die richtigen Worte zu finden. »Gestern Abend war …«

»Ja.« Er sah aus, als suche er nach den richtigen Worten

oder überlege er, mich noch einmal zu küssen. Ein Kribbeln durchfuhr mich, jede Faser meines Körpers war hellwach und glücklich. »Es war sehr leidenschaftlich. Ein bisschen zu leidenschaftlich, ehrlich gesagt.«

»Wie bitte?« Ich wich vor ihm zurück, als hätte er mich geschlagen.

»Ich denke einfach, dass wir vorsichtig sein sollten. Vielleicht sollten wir es einfach ein bisschen langsamer angehen lassen. Ich möchte nicht, dass einer von uns das eigentliche Ziel aus den Augen verliert. Es ist so wichtig, Skye. Es ist bedeutender, als wir beide ahnen.«

»Darum geht's hier gar nicht«, gab ich zurück, während meine Hände zu zittern anfingen. »Du hast nur Angst.«

»Das stimmt nicht, Skye. Ich …«

»Nein, du hast recht«, schnitt ich ihm das Wort ab, bevor er weiterreden konnte. »Diese ganze Sache war ein Riesenfehler. Wir hätten uns überhaupt nicht küssen dürfen.« Ich spürte, wie mir Tränen in die Augen schossen, und versuchte sie zurückzuhalten.

Was auch immer ich für ihn empfunden hatte, schrumpfte in diesem Moment zu einem kalten, harten Stein in mir zusammen. Wütend und enttäuscht marschierte ich davon. Als ich um die Ecke zur Treppe bog, fing ich Devins Blick auf, der aus der Ferne die ganze Szene beobachtet hatte.

Nach der Schule wartete Devin vor meinem Spind auf mich.

»Hi«, sagte ich, als ich näher kam. »Wo ist deine andere Hälfte?«

»Unpässlich.« Er musterte mich. »Du hast heute ziemlich gestresst gewirkt. Hast du Lust, spazieren zu gehen?«

»Mit dir?«

»Ja, natürlich mit mir.«

»Ähm, okay«, erwiderte ich zögernd und fragte mich, ob ich

geradewegs in eine Falle lief. Ravens Drohung hallte mir zwar noch in den Ohren, aber sie hatte keine Kontrolle über mich. Man hatte Devin hierhergeschickt, damit er mich beschützte und mir half, herauszufinden, welche merkwürdigen Kräfte ich möglicherweise entwickelte. Ich konnte mich nicht einfach von ihm fernhalten. Außerdem war es nett, dass er bemerkt hatte, wie schlecht es mir ging. Ich brauchte einen Freund, der verstand, was ich durchmachte, und im Moment fühlte ich mich von Cassie, Dan, Ian und meinem normalen Leben abgeschnitten.

Da es ein schöner Nachmittag war, ließen wir meinen Wagen am Anfang eines Wanderweges stehen, den Tante Jo immer mit Touristen nahm. Es war einer meiner Lieblingswege – gut instand gehalten, aber nicht so überlaufen. Devin hörte aufmerksam zu, als ich ihm erzählte, wie viel Angst mir das alles einjagte.

»Ich kapier's nicht«, sagte ich und trat gegen einen Ast, der unter dem Gewicht des Schnees abgebrochen und heruntergefallen war. »Es funktioniert einfach nicht.« Ich wusste, dass ich bockig war. »Vielleicht bin ich gar nicht so besonders, wie du denkst – vielleicht bin ich doch nur ein normaler Mensch.«

»Glaubst du das wirklich?«, fragte Devin. »Ich nicht.«

»Ja. Nein. Vermutlich nicht.« Ich biss mir auf die Lippe. »Es läuft einfach im Moment nichts so, wie es laufen sollte.« Ich hielt inne und blickte ihn verstohlen aus den Augenwinkeln an. »Und ich weiß nicht, warum.«

»Asher ist sehr impulsiv.«

Ich sah auf, weil mich seine Worte überraschten.

»Er sagt und tut Dinge, ohne nachzudenken. Das ist … dumm.«

Versuchte Devin etwa, mir einen Rat zu geben? Ausgerechnet Asher betreffend? Ich war so perplex, dass ich unwillkürlich lachen musste.

»Was ist so lustig?« Er blickte verwirrt, doch dann verzog sich die feste, unerschütterliche Linie seines Munds zu einem schüchternen Lächeln. »Lachst du über mich?«

»Entschuldige.« Ich schnappte nach Luft. »Entschuldige bitte! Es ist nur, weil du gerade versuchst, mir einen Rat zu geben …«

»Hey«, gab er zurück. »Ich gebe gute Ratschläge. Der war doch gut, oder?«

»Na ja, er war okay. Aber du hast mir nicht wirklich gesagt, was ich jetzt tun soll.«

»Was meinst du?«

»Du hast die Sache nur kommentiert. Du hast keinen konkreten Vorschlag gemacht.«

Devin blickte nachdenklich. »Wie kann ich jemandem sagen, was er tun soll?«, fragte er.

Ich sah ihn fassungslos an. Er war wirklich von einem anderen Stern.

»Du sagst einfach: ›Skye, reiß dich zusammen‹, oder: ›Skye, hör auf, dich in Idioten zu verknallen.‹ Es wird zwar nichts nützen, aber vielleicht habe ich dann etwas fürs nächste Mal gelernt.«

»Das kann ich nicht«, sagte Devin und ein trauriger Unterton schlich sich in seine Stimme.

»Warum nicht?«

»Ich kann Leuten nicht vorschreiben, was sie tun sollen. Ich kann niemandem Befehle erteilen.« Mir wurde allmählich klar, was er meinte. »Das steht nur den Begabten zu, nicht mir.«

»Oh«, erwiderte ich. »Tut mir leid.«

»Es ist nicht deine Schuld«, erwiderte er steif.

Ich seufzte. Wie konnte ich ihn wieder zum Lachen bringen? Ich sah ihn von der Seite an und dachte einen Moment nach.

»Im Gegensatz zu Asher würdest du also nie etwas Impulsives tun«, stellte ich fest.

»Absolut nicht. Ich folge meinen Befehlen. Ich weiche niemals von ihnen ab.«

»Und was tust du, wenn etwas Unerwartetes passiert?«

»Die Begabten können unser Schicksal voraussehen, sodass wir immer wissen, was passieren wird.«
»Daaaann … weißt du also, dass ich das hier jetzt tun werde?« Ich nahm etwas Schnee, formte ihn schnell zu einer Kugel und schleuderte sie in seine Richtung. Sie traf seine Jacke und hinterließ einen Wirbel von Schneeflocken.
Devin starrte mich an, als hätte ich ihn mit einem Feuerball beworfen. »Warum hast du das gemacht?«
Jetzt war ich an der Reihe, zu starren. »Du hast dir noch nie eine Schneeballschlacht mit jemandem geliefert?«
»Warum sollte ich?«
»Äh, weil's Spaß macht?« Ich klaubte noch mehr Schnee zusammen und bewarf ihn damit.
Diesmal wich er ihm aus.
»Jetzt hast du's kapiert!« Ich griff noch einmal an. »Los! Bewirf mich mit Schnee. Oder kannst du das nicht, wenn man es dir nicht befohlen hat?«, zog ich ihn auf.
»Wir dürfen uns durchaus verteidigen«, sagte er und ein Grinsen breitete sich auf seinem Gesicht aus.
»Ach, ja? Zeig's mir!«
Als er sich hinunterbeugte, ging ich hinter einem Baum in Deckung, was ihn, so wie er die Stirn runzelte, als er aufsah, offenbar verwirrte. »Warum hast du dich versteckt?«
»Weil wir uns im Krieg befinden und meine Strategie darin besteht, mich zu verstecken.«
Er ließ den Schnee fallen, den er zuammengepappt hatte, und streckte die Hände in die Höhe, sodass der Schnee von den Zweigen über meinem Kopf auf mich herunterfiel. Mit einem Schrei kam ich aus der Deckung.
»Das ist unfair!«
Er lachte tief und herzlich und hörte nicht einmal dann auf, als mein nächster Schneeball ihn direkt ins Gesicht traf. Doch plötzlich wirbelte jede Menge Schnee wie ein weißer Strudel um

mich herum. Devin hatte schnell gelernt. Deshalb neigte ich mich nach vorne und stürmte auf ihn los.
Das hatten die Begabten offensichtlich nicht vorausgesehen. Denn ich prallte mit ihm zusammen und wir purzelten beide in den Schnee. Er hörte sofort auf zu lachen.
Während ich auf ihm lag, wurde ich mir der ungeheuren Stille um uns herum bewusst.
Devin hatte seine Arme um mich geschlungen und drückte mich an sich. Unsere Gesichter waren nur Zentimeter voneinander entfernt. Seine Augen waren unglaublich blau, wie Wasser hinter einer Schicht Eis. Ich hätte mich am liebsten in sie hineinfallen lassen, um den Frieden und die Ruhe zu finden, die sie versprachen. Und um die Schularbeiten, den Herzschmerz und all die Unsicherheiten hinter mir zu lassen.
»Wie ist deine Welt?«, fragte ich.
»Wunderschön«, sagte er und schob mir eine Haarsträhne hinters Ohr. »Da wir unser Schicksal kennen, müssen wir uns um die Zukunft keine Sorgen machen. Wir halten uns alle an die Regeln, sodass niemand verletzt wird und es keine unerwarteten Folgen gibt. Wir befinden uns in einem Zustand der ewigen Glückseligkeit. Nichts ist ungeplant oder unvorhergesehen.«
»Und du bist dort glücklich?«
»Ich liebe es dort. Bei uns gibt es keine Eifersüchteleien oder Missgunst. Wenn ich hier durch die Schule laufe, prasseln von allen Seiten Wut und Neid auf mich ein. Ich höre, wie Leute hässliche Dinge übereinander sagen. Hier sind die Leute gemein und grausam. Egoistisch. Beim Orden sind wir alle von Schönheit und Leichtigkeit durchdrungen.«
»Ihr seid also in einer Art Zen-Zustand«, erwiderte ich mit einem Lächeln.
»So was in der Art. Ja.«
Er streckte vorsichtig die Hand aus und umfasste meine Wange. Seine Handfläche war warm, seine Finger sanft. Er hielt seinen

Daumen an meinen Mundwinkel, als wolle er damit über meine Lippen streichen. Das Blau seiner Augen wurde noch intensiver. »Meine Beschreibungen werden der Welt, in der ich lebe, nicht annähernd gerecht. Ich würde sie so gern mit dir teilen. Es gibt so vieles, was ich gerne mit dir teilen würde …«

Plötzlich blinzelte er, als wache er aus einer Trance auf. Der intensive Moment zwischen uns ließ nach. Er schüttelte den Kopf. »Dann hast du also gewonnen.«

»Natürlich«, erwiderte ich und zwang mich, das Zittern in meiner Stimme zu überspielen.

Mein Körper bebte. Ich dachte, ich wäre drauf und dran gewesen, mich in Asher zu verlieben, doch jetzt hier mit Devin war ich mir nicht mehr sicher, was ich empfand. Die beiden waren so verschieden. Wie Licht und Dunkelheit. Frieden und Chaos. Wenn ich die Wahl hätte, wüsste ich nicht, wofür ich mich entscheiden sollte. Würden meine Kräfte diese Entscheidung am Ende für mich treffen?

Ich riss mich zusammen und lächelte. »Ich wusste, ich würde dich fertigmachen.«

Damit rollte ich von ihm herunter, rappelte mich auf und vermied jeglichen Augenkontakt, während ich überlegte, ob er wohl meine Gedanken hatte lesen können. Das wäre unglaublich peinlich gewesen.

Die Sonne stand bereits tief am Himmel. Es dauerte nicht mehr lang, bis sie unterging.

»Hey, hast du Lust, etwas auszuprobieren?«, sagte er zögernd und ich fragte mich, ob er vielleicht mit denselben Gefühlen zu kämpfen hatte, die mich gerade überwältigten.

Ich drehte mich langsam um. »Klar. Okay.«

»Hier drüben.«

Er nahm meine Hand, als wäre es die natürlichste Sache der Welt, und wir steuerten auf einen Baum zu. Vor einem Büschel wilder Gebirgsblumen blieben wir stehen. Devin beugte sich

vor. Zuerst stand ich einfach nur da, aber er sah mich an und bedeutete mir, mich ebenfalls vorzubeugen.
Er zeigte auf eine kleine Winterlavendelblume. Die Ränder ihrer Blütenblätter waren braun und welk, ihr Stiel schwarz und verkümmert.
»Sie ist verwelkt«, sagte ich.
Devin nickte. Seine Hände strahlten ein verschwommenes, zartes Licht aus. Als er sie um die Blume legte, wurde das Licht einen Moment lang heller. Und als er beide Hände wieder wegnahm, leuchtete die Blume in einem kräftigen Violett und ihr Stiel war wieder kräftig und grün.
»Ich wollte warten, bis wir alleine sind, um dir das zu zeigen«, erklärte er.
»Kann ich … das auch?« Ich bemerkte ein Zittern in meiner Stimme.
»Das ist einer der Wege, den deine Kräfte nehmen können.«
»Kann ich es versuchen?«
Devin nickte. Er nahm meine Hände und legte sie um eine weitere verwelkte Blume. In seinen ausgestreckten Handflächen schien immer noch ein Rest von Licht.
Während ich die Blume mit meiner rechten Hand umschlossen hielt, bedeckte ich sie mit meiner linken. Ich war nicht sicher, ob ich irgendetwas spüren sollte, aber zwischen meinen Händen tat sich nichts. Ich wartete und konnte hören, wie Devin neben mir die Luft anhielt.
»Öffne sie«, flüsterte er mir schließlich zu.
Vorsichtig öffnete ich meine Hände und legte die winzige Blume frei. Sie sah immer noch genauso aus wie vorher.

Schweigend gingen wir zurück und Devin begleitete mich noch zu meinem Wagen.
»Wie kommst du nach Hause?«, fragte ich. »Wo *wohnst* du?«
»Ich habe eine kleine Mietwohnung auf der Evergreen Street.«

Ich sah ihn an und aus irgendeinem Grund machte mich der Gedanke an Devin in einer kleinen, leeren Wohnung traurig.
»Ich fahre dich hin«, bot ich ihm an. »Komm, steig ein.«
»Bist du sicher, dass es nicht zu weit ab von deinem Weg liegt?«
»Das ist schon in Ordnung.«
Devin grinste und wir stiegen ins Auto.
»Heute hat es … wirklich Spaß gemacht«, erklärte er und lächelte verlegen, während er sich anschnallte. »Ich habe schon lange nicht mehr so gelacht. Das war schön.«
»Ich auch nicht«, erwiderte ich. »Ja, das war wirklich schön.«

Mein Wagen legte sich in eine enge Kurve und glitt in der Abenddämmerung die gewundene Bergstraße entlang. Die Sonne war mittlerweile untergegangen und der Himmel hatte ein dunkles Blau angenommen, als wir River Springs erreichten. Devin saß schweigend auf dem Beifahrersitz und ließ mich ab und zu wissen, wann ich abbiegen musste und wie weit es noch bis zu seiner Wohnung war. Ich kannte mich in diesem Teil der Stadt nicht besonders gut aus, aber nach kurzer Fahrt erreichten wir die Wohnanlage, die aus mehreren Reihen graubrauner Backsteinhäuser bestand. Ich fuhr in die Auffahrt und stellte den Motor ab.
»Wie hast du die Wohnung eigentlich gefunden?«
»In dieser Stadt gibt es nicht viele Mietwohnungen«, erklärte er. »Ich hatte die Wahl zwischen hier oder dahinten auf dem offenen Feld zu schlafen.« Er versuchte einen Witz zu reißen, aber er war nicht besonders lustig.
»Devin?«, sagte ich. »Noch mal Danke für heute. Das hat mir sehr geholfen.«
Devin lächelte wieder. »Bitte, Skye. Das freut mich.« Damit stieg er aus, ging die Auffahrt hoch, schloss seine Wohnungstür auf und verschwand ins Innere. Ein paar Sekunden später sah ich, wie in einem der oberen Fenster Licht anging.

Als er weg war, packte mich plötzlich ein Gefühl ungeheurer Einsamkeit. Meine Freunde konnte ich nicht anrufen – sie würden es nicht verstehen. Ich dachte einen Moment daran, Asher anzurufen, aber ich wusste nicht einmal, ob er überhaupt ein Telefon besaß oder ob er mit mir reden wollte. Todunglücklich saß ich in meinem Wagen und überlegte. Ich wollte nicht zurück in unser leeres Haus. Und vor allem wollte ich nicht allein sein. Schließlich gab ich mir einen Ruck, stieg aus, marschierte die Betonauffahrt hoch und klingelte. Ein paar Sekunden später kam Devin an die Tür.

»Skye?«, fragte er verwirrt.

»Kann ich heute Nacht hierbleiben?« Ich erklärte ihm nicht, warum. Wenn ich es tat, würde ich anfangen zu weinen, und ich wollte nicht, dass Devin mich so sah. Ich brauchte einfach einen Freund, und in diesem Augenblick war er der Einzige, der verstand, was ich durchmachte.

Ohne ein Wort zog er die Tür weiter auf und ließ mich hinein.

Kapitel 27

Das Licht der Morgendämmerung drang durch die Jalousien. Ich hatte tief und fest geschlafen und war in der Nacht kein einziges Mal aufgewacht. So ausgeruht hatte ich mich nicht mehr gefühlt, seit ich siebzehn geworden war. Ich bemerkte Devins Arm, der um meine Hüfte geschlungen war, und spürte seinen Körper, der an mich geschmiegt war und sich sanft im Rhythmus seines Atems bewegte.

Ein, zwei Minuten lang wagte ich es nicht, mich zu bewegen. Ich versuchte, mich zu entspannen und an dieses Gefühl zu gewöhnen. Daran, gehalten zu werden. Das war alles, was ich wollte – alles, was ich in diesem Moment brauchte. Und doch stimmte irgendetwas nicht.

Vorsichtig drehte ich mich zu ihm um. Es war seltsam, ihn im Schlaf zu beobachten, wenn er hilflos dalag. Er sah so ruhig aus. Irgendwie gab mir das das Gefühl, ihm näher zu sein. Ich stupste ihn sanft an und sah zu, wie er verschlafen die Augen aufschlug.

»Hi«, sagte ich.

»Hi ...« Er blinzelte und als er mich schließlich erkannte, nahm er sofort seinen Arm weg. »Was machst du hier?«

»Ich habe hier geschlafen, schon vergessen? Nur, als wir eingeschlafen sind, habe ich hier gelegen und du gaaanz da drüben.« Ich deutete mit dem Kopf auf die andere Seite des Betts.

»Oh.« Er lachte, immer noch verwirrt, immer noch nicht ganz wach. »'tschuldige.«

»Kein Problem.« Ich schloss für einen Moment die Augen und

als ich sie wieder aufschlug, sah er mich an. Unsere Gesichter waren nur Zentimeter voneinander entfernt.

Plötzlich hallten mir Ravens Worte wieder scharf in den Ohren. *Ich werde dich keine Sekunde aus den Augen lassen, Skye.*

Unversehens packte mich die Angst. Wusste sie, dass ich hier war? Abrupt fuhr ich hoch.

»Was bedeutet dir … Raven eigentlich?«, fragte ich unvermittelt.

Devin stützte sich auf. »Was weißt du über Raven?«

Ich beschloss, ihm die Kurzfassung zu erzählen. »Sie hat sich mir vorgestellt.«

Er vergrub das Gesicht in den Händen und schüttelte fassungslos den Kopf. »Raven, was tust du nur?«

Ich setzte mich im Schneidersitz vor ihn hin und wandte mich ihm direkt zu. »Sie ist deine Freundin, nicht wahr?«

»Nein.« Er hob den Blick. »Es lässt sich nur schwer erklären. Sie ist … für mich bestimmt.«

»Dann liebst du sie also?«

»Nein. Ich …« Er strich sich mit den Fingern durchs Haar. »Ich weiß nicht, was ich für sie empfinde. Wir sind dazu bestimmt, zusammen zu sein, aber die Dinge sind … in letzter Zeit kompliziert geworden.«

»Meinetwegen?«

»Zum Teil.«

Mein Herz pochte heftig. Ich wäre am liebsten den ganzen Tag hiergeblieben, gleichzeitig hatte ich nur noch das Bedürfnis, wegzulaufen.

Schließlich entschied ich mich fürs Weglaufen.

»Ich muss los«, sagte ich und sprang aus dem Bett. Devin versuchte nicht, mich davon abzubringen.

Ich zog meine Stiefel an und schnappte meine Jacke von einem Stuhl neben der Tür. Bevor ich die Treppe hinunterrannte, drehte ich mich noch einmal zu ihm um. Mit freiem Oberkörper, die Laken um sich drapiert, beobachtete er mich, ohne auch nur die geringste Gefühlsregung zu zeigen. Mein Magen zog sich unwillkürlich zusammen.

»Tschüs«, krächzte ich, da mir die Worte irgendwo im Hals stecken blieben, und lief die Treppe hinunter.

Kapitel 28

Da sich mir bei dem Gedanken, die ganze erste Stunde mit Asher und Devin nur eine Reihe hinter mir zu verbringen, alles verkrampfte, streifte ich eine Zeit lang verstohlen durch die Gänge. Wenn mich jemand vom Lehrpersonal dabei erwischte, würde man wahrscheinlich denken, dass ich mit einer Grippe auf dem Weg zur Schulkrankenschwester war. Vermutlich sah ich auch genauso aus. Mir war schlecht und schwindlig, weil meine Gedanken zwischen zu vielen Dingen hin und her schwirrten. Außerdem fühlten sich meine Beine an, als könnten sie jeden Augenblick unter mir einknicken.

Schließlich verkroch ich mich in ein wenig benutztes Klo neben den Musikprobenräumen im Untergeschoss. Manchmal hingen Cassie und ich dort ab, wenn sie eine Bandprobe und ich Skitraining hatte. Jemand, der *viel* Zeit in diesen Probenräumen verbrachte, hatte einen alten Sessel neben die Waschbecken gezerrt. Das Ding hatte zwar schon bessere Tage gesehen – sein senfgelber Samtbezug war abgewetzt und die Polsterung quoll an mehreren Stellen heraus –, aber ich liebte diesen Sessel. Hier saß ich oft, während sich Cassie gegen das Waschbecken lehnte, um sich zu schminken. Ich öffnete die Klotür, warf meine Tasche auf den Boden und ließ mich in das gute Stück fallen. Und im selben Moment, so als öffne die Vertrautheit des Sessels alle Schleusen, fing ich an zu weinen.

Fast hätte ich es gar nicht bemerkt, dass plötzlich die Tür aufging und eine vertraute Stimme sagte: »Süße, ich glaube, es gibt da eine Menge zu erklären.«

Ich schüttelte heftig den Kopf.
Cassie ging neben mir in die Hocke. »Ich tue das nur für meine allerbesten und treuesten Freunde«, erklärte sie und stützte das Kinn auf die Armlehne, »aber ich glaube, heute ist Schuleschwänzen angesagt.«
Ich sah auf und bekam durch meine Tränen hindurch den Anflug eines dankbaren Lächelns hin. »Endlich gibt mal jemand was *Vernünftiges* von sich.«

Cassie wohnte mit ihren Eltern und ihren deutlich jüngeren Brüdern in einem kleinen taubenblauen Haus mit weißer Borte. Überall in der Auffahrt lagen Hinweise darauf verstreut, dass hier eine Familie mit Kindern lebte. Als wir aus dem Auto stiegen, kickte Cassie mit der Spitze ihres grauen Wildlederstiefels einen gelben Plastikmüllwagen aus dem Weg. Ich steuerte unwillkürlich auf die Haustür zu, aber sie fing mich ab.
»Hey«, sagte sie. »Weißt du noch, was dich früher immer aufgeheitert hat?« Sie marschierte zum seitlich angrenzenden Garten und öffnete den Riegel des uralten Holzzauns.
Ich lächelte, als ich die Schaukeln sah. »Reifenschaukel!«, rief ich und nahm sie sogleich in Besitz. Cassie setzte sich auf die Kleinkindschaukel und wir stießen uns mit den Füßen vom frostigen Boden ab, um Schwung zu bekommen.
»Du bist zwischen den beiden hin- und hergerissen«, sagte Cassie. »Stimmt's? Ich kenne meine beste Freundin. Und ich weiß, dass du mir etwas verschweigst.« Sie kicherte. »Ellie erzählt nur Blödsinn, oder?«
Ich lachte. »Ja, so ungefähr.«
Einerseits hatte sie völlig recht. Ich war hin- und hergerissen, denn ich musste zwischen zwei Dingen wählen: Devin oder Asher. Der Orden oder die Rebellion. Selbsterhaltung oder Herzschmerz. Kontrolle – oder endlich einmal Loslassen. Und bis jetzt war ich genauso unentschieden wie meine Kräfte.

»Sehr scharfsinnig, Holmes.«
Cassie lächelte. »Na ja, ich besitze jahrelange Erfahrung. Und was willst du jetzt tun?«
»Eine Münze werfen?«
»Ernsthaft, Skye.« Sie musterte mich eingehend. »Du weißt mehr oder weniger schon, was du willst, oder?«
Ich dachte einen Augenblick lang nach. Wusste ich das? Cassie schien sich so sicher. Wie konnte es da sein, dass ich es nicht war?
»Ich weiß nicht.«
Cassie stieß sich vom Boden ab und flog in einem anmutigen Bogen nach vorne. »Na ja, wie ich meine beste Freundin kenne, wirst du bestimmt die richtige Entscheidung treffen. Da bin ich mir ganz sicher.«
»Ja«, erwiderte ich. »Das hoffe ich.«
Wir schaukelten eine Weile und beachteten die Kälte nicht weiter.
»Cassie?«
»Mmm?«
Ich hielt meine Schaukel an, indem ich die Fersen fest in den Boden rammte. »Es tut mir leid, dass ich in letzter Zeit nicht richtig für dich da war.«
Cassie hielt ebenfalls an. »Mmm, ich weiß nicht, ob ich es dir so einfach machen soll«, gab sie zurück. »Wie wär's, wenn du erst mal ein bisschen zu Kreuze kriechst?«
»Halt die Klappe.«
»Okay.«
Wir schaukelten weiter.
»Skye?«
»Ja.«
»Ich verzeihe dir.«
»Danke.«
Sie lächelte mich von der Seite an, so wie sie immer lächelte,

wenn sie einen genialen Einfall hatte. »Kannst du dich noch daran erinnern, wie wir uns in der dritten Klasse total gezofft haben, wer als Erste die Blümchenleggings anziehen darf, die wir beide hatten, und ich dir vorgeworfen habe, dass du mich nachmachst, und du mir die Hälfte von unserer Freundschaftskette zurückgegeben hast?«

»Na klar«, erwiderte ich. »Und dann haben wir die Leggins doch beide am selben Tag getragen, und alle haben uns die Olsen-Zwillinge genannt. Und dann haben wir den Nachahmerclub gegründet und mussten für den Rest des Jahres einmal in der Woche das Gleiche anziehen.«

»Ja. Na ja, ich habe die Halsketten behalten. Ich habe gewusst, dass du deine irgendwann zurückhaben willst.«

»Ist das dein Ernst?«

»Absolut. Komm mit.«

In ihrem Zimmer öffnete sie ihr Schmuckkästchen und hielt zwei Kettchen hoch, an denen jeweils die Hälfte von einem winzigen Herzen aus Gold baumelte. Auf einem stand *Beste* und auf dem anderen *Freundin.*

»Ich glaube, die kannst du jetzt wieder gebrauchen«, sagte Cassie. »Du bist meine beste Freundin. Verschwinde nicht einfach wieder so in der Versenkung, okay? Du hast mir gefehlt!«

Ich schluckte und versuchte meine Gewissensbisse zu unterdrücken. Was auch immer in den letzten Wochen passiert war, ich wusste, dass es von jetzt an nur noch wahnwitziger werden würde, während sich meine Kräfte – ganz gleich, was für Kräfte es waren – richtig ausbildeten. Und ich wusste, dass ich Cassie auf keinen Fall in diesen Teil meines Lebens einweihen konnte. Nicht wirklich. Auch wenn ich es mir noch so sehr wünschte.

Ich legte mir die Halskette um und fuhr mit dem Daumen über die Bruchstelle. Wenn ich auf irgendjemanden hörte, wenn ich irgendjemandem auf dieser Welt vertraute, dann Cassie.

Wir fügten die beiden Hälften zusammen, wobei die zackigen Ränder wieder genauso ineinandergriffen wie früher, und es kam mir merkwürdig vor, dass das winzige Herz nicht gewachsen oder sich über die Jahre, in denen wir es vernachlässigt hatten, verändert hatte, so wie *wir* es getan hatten.

Und plötzlich wusste ich, dass Cassie die Wahrheit sagte. Ich würde die richtige Entscheidung treffen.

Kapitel 29

Als ich nach Hause kam, erwartete mich gähnende Leere. Ich löschte die Nachricht auf dem Anrufbeantworter, in der die Schule Tante Jo mitteilte, dass ich nicht zum Unterricht erschienen war. Ich hatte deswegen zwar ein schlechtes Gewissen, würde aber ab morgen alles wiedergutmachen. Natürlich konnte ich mich nicht auf meine Hausaufgaben konzentrieren. Daher beschloss ich, hinaus aufs Feld zu gehen und zu sehen, ob ich mithilfe meiner Kräfte nicht irgendetwas Spektakuläres hervorbringen könnte. Zur Abwechslung einmal mit Absicht.

Ich arbeitete bereits daran, als Devin in Begleitung von Asher, der ihm langsam folgte, auftauchte. Als sich unsere Blicke begegneten, zog sich mein Magen zusammen. Asher sah genauso schlecht aus wie ich. Vielleicht noch schlimmer.

Falls Devin es bemerkt hatte, schwieg er dazu. Eigentlich sah er auch nicht viel besser aus. »Oh, gut«, sagte er. »Du probierst es alleine. Das ist klasse.«

Möglicherweise bildete ich es mir nur ein, aber er wirkte angespannter als sonst. Der gelöste Devin von gestern war jedenfalls verschwunden. Ich fragte mich, ob er an letzte Nacht dachte. Ich bemühte mich, es nicht zu tun – vor allem jetzt, da Asher hier war –, konnte jedoch die Erinnerung daran, wie er sich aufgesetzt und mich vom Bett aus dabei beobachtet hatte, wie ich übereilt Schuhe und Jacke angezogen hatte, nicht abschütteln.

Wir verbrachten den Rest des Nachmittags auf dem Feld und konzentrierten uns darauf, meine Kräfte zum Vorschein zu bringen. Devin und Asher probierten alle möglichen Dinge aus, doch zum größten Teil zeigten sie mir einfach, wozu sie in der Lage waren, und versuchten dann, mich dazu zu bringen, es ihnen nachzutun. Aber als der Abend hereinbrach und es mir immer noch nicht gelungen war, es einem der beiden gleichzutun, drückte das allmählich die Stimmung.

Das Wetter war von kalt und klamm zu einer Mischung aus Graupelschauern und Regen umgeschlagen und meine Hände wurden von der Kälte ganz taub, als Devin mir unerbittlich beizubringen versuchte, einen Eiszapfen, der auf den Boden gefallen war, wieder an einem Ast zu befestigen.

»Du strengst dich nicht genügend an!«, brüllte er in den aufbrausenden Wind. »Benutz deinen *Verstand*, Skye! Konzentriere deine Energie auf einen Punkt!«

Asher stand hinter mir und sprengte Eiszapfen von mehreren Ästen neben Devins Kopf. »Mach *die* wieder dran«, hörte ich ihn murmeln.

»Ich *versuch* es ja!«, schrie ich zurück. Ich hatte versucht, Ashers Hilfestellung, bei der man gedanklich einen Schalter umlegte, zu nutzen, aber vergebens. Nichts passierte – überhaupt nichts. Obwohl Cassies Zuspruch meine Entschlossenheit gestärkt hatte, hatte er mir auch vor Augen geführt, wie sehr ich mein früheres Leben vermisste. In diesem Augenblick hätte ich alles dafür gegeben, um es mir in meinem Zimmer gemütlich zu machen und einen Film zu schauen oder im *Bean* abzuhängen und mit den Jungs Billard zu spielen.

Mein nasses Haar klebte mir an Gesicht und Hals, während ich es unermüdlich immer wieder versuchte. Meine Augen glühten. Ich musste nicht allzu lange überlegen, welche Farbe sie wohl angenommen hatten.

»Hey, ist schon in Ordnung«, sagte Asher. Er kam herüber, streckte mir behutsam die Hände entgegen und ließ mühelos eine Flamme zwischen ihnen erscheinen.

»Es bringt sie nicht weiter, wenn du alles für sie tust«, bemerkte Devin und ich konnte nicht ganz ausmachen, was da in seiner Stimme mitschwang. Neid vielleicht – aber Wächter empfanden keinen Neid. Hatte er mir das nicht selbst gesagt?

»Ich glaube, wir können uns darauf einigen, dass deine Herangehensweise kläglich gescheitert ist«, erwiderte Asher kalt.

»Müsst ihr zwei euch eigentlich ständig streiten?«, fragte ich. Das Feuer in Ashers Händen verschwand und die Kälte kroch mir wieder in die Knochen. »Es hat keinen Sinn. Ich mache für heute Schluss«, erklärte ich knapp.

Devin verzog sich eingeschnappt und mir fiel auf, dass er meinem Blick auswich, als er mit seinen gewaltigen Flügeln durch die Bäume davonflog. Mehrere blütenweiße Federn flatterten spiralförmig zu Boden, wo sie kurz darauf im Matsch landeten. Asher und ich standen uns noch einen Moment auf dem leeren Feld gegenüber.

»Skye…«, setzte er an.

Ich blickte ihn fest an. Es gab so vieles, was ich ihm sagen wollte. Aber stattdessen machte ich abrupt auf dem Absatz meiner Schneestiefel kehrt und marschierte zurück zum Haus. Als ich in die Küche kam, streifte ich meine Stiefel von den Füßen und ging auf Socken nach oben. Der nasskalte Saum meiner Jeans hinterließ kleine, feuchte Halbmonde auf dem Teppich. Vor der Badezimmertür warf ich meine Klamotten auf einen Haufen und wenig später stand ich schlotternd unter der Dusche, bis mir siedend heiß bewusst wurde, dass ich sie noch gar nicht aufgedreht hatte.

Der Dampf füllte meine Lungen, während das heiße Wasser meinen Zorn und meinen Kummer wegwusch. Allmählich konnte ich auch wieder meine Körperteile spüren. Doch die letzten Stunden waren einfach zu viel für mich gewesen. Ein lautes, heftiges Schluchzen schüttelte mich plötzlich. Meine Beine gaben unter mir nach und ich rutschte auf den Boden der

Dusche, wo ich weiterweinte, die Knie an die Brust drückte und dabei zusah, wie das schaumige Wasser auf seinem Weg zum Abfluss um mich herumwirbelte.

Ich wusste nicht mehr, was ich wollte. Strengte ich mich wirklich genügend an, meine Kräfte zu entfalten und zu kontrollieren? Ich kam mir vor wie eine tickende Zeitbombe, die kurz vorm Explodieren stand. Und es war keine große Hilfe, dass die Einzigen, die mich verstanden und die wussten, was ich durchmachte, keine Menschen waren.

Als ich mich wieder beruhigt hatte, trat ich aus der Dusche, wickelte mich in ein Handtuch und wischte mit der Hand den beschlagenen Spiegel über dem Waschbecken frei. Ein Mädchen mit nassen schwarzen Haaren, einem verquollenen Gesicht und silbernen Augen starrte mir entgegen. Nicht grau. Silbern.

Ich zog meinen Flanellpyjama an und ging ins Bett. Mehr als alles andere wünschte ich mir in diesem Moment, meine Mutter wäre an meiner Seite gewesen.

Am nächsten Morgen bemerkte ich, dass sich Tante Jo an meiner Zimmertür herumdrückte, mit einem Fuß über die Schwelle trat und sich dann wieder auf den Flur zurückzog, unschlüssig, ob sie hereinkommen sollte oder nicht. Ich hatte keine Ahnung, wann sie nach Hause gekommen war, aber es musste irgendwann gestern Abend gewesen sein, nachdem ich bereits eingeschlafen war. Ich lugte unter meiner Bettdecke hervor und beobachtete sie argwöhnisch.

»Skye?«, rief sie schließlich. »Bist du wach?«

Ich murmelte etwas Unverständliches.

»Das heißt dann wohl Ja. Skye, ich muss heute Nachmittag wieder zu den Collegiate Peaks aufbrechen und werde zehn Tage weg sein. Was hältst du davon, wenn ich uns Frühstück mache?«, fragte sie fröhlich, als könnten Pfannkuchen mit Sirup alle Probleme der Welt lösen.

Zehn Minuten später schlurfte ich in Trainingshosen, Schneestiefeln, etwa vier verschiedenen, übereinandergeschichteten langärmeligen T-Shirts und einem riesigen Strickschal, den ich mir dreimal um den Hals gewickelt hatte, in die Küche. Ich hatte mich noch nicht entschieden, ob es sich lohnte, heute in die Schule zu gehen.

Tante Jo warf mir einen skeptischen Blick zu und runzelte die Stirn. »Oh je«, sagte sie. »Sprichst du nach der Schule für einen Horrorfilm vor?«

»Ich sage nichts ohne meine Anwalt«, murmelte ich, während ich mich an den Küchentisch pflanzte und einen kleinen Stapel Pfannkuchen in Sirup ertränkte.

Sie setzte sich mir gegenüber. »Meine langen Arbeitstage und ständige Abwesenheit gehen dir auf den Geist, stimmt's?«

»Nein.«

»Probleme mit Jungs?«

Ich seufzte. »Mehr oder weniger. Da sind zwei … Aber ich will nicht über sie reden.«

»Kenne ich sie?«

Ich schüttelte den Kopf. »Sie sind neu an der Schule.«

»Die zwei, die du schon mal erwähnt hast?«

Ich nickte.

Tante Jo zog fragend eine Augenbraue hoch, verfolgte die Sache aber nicht weiter.

»Sag mal, hat dir Mom jemals von … ihrer Familie erzählt?«

»Nur, dass sie keine hatte. Sie war eine Waise. Das habe ich dir doch schon gesagt.«

Tante Jo war auch Waise. Das war einer der Gründe, warum Mom und sie sich sofort angefreundet hatten, als sie sich kennenlernten. Eine Gemeinsamkeit.

»Hast du das Bedürfnis, zu deinen Wurzeln zurückzukehren?«, fragte sie.

Hatte ich dieses Bedürfnis? Ich hatte nie darüber nachgedacht, dass ich auf beiden Seiten ein Großelternpaar haben könnte: eines vom Orden und eines von der Rebellion. Und ich fragte mich, ob sie mich unterstützten. Warum hatten sie nicht Kontakt zu mir aufgenommen, jetzt, da Asher und Devin es getan hatten? Sie mussten doch über mich Bescheid wissen.

»Ich weiß nicht. Ich … denke in letzter Zeit einfach über viele Dinge nach.«

»Ich wünschte, ich hätte ein paar Antworten für dich, Liebes.«

Ich fragte mich, wie sie sich wohl fühlen würde, wenn sie einige meiner Fragen kannte. Ich goss noch mehr Sirup über die Pfannkuchen. »Ich glaube, viele Antworten sind genau hier zu finden.« Ich stopfte mir ein weiteres Stück Pfannkuchen in den Mund.

Sie lachte. »Die kurieren so ziemlich alles.«

»Auf jeden Fall«, erwiderte ich.

Nachdem ich fertig gegessen und Tante Jo fest umarmt hatte, ging ich aus der Tür. In meinem Leben war mir niemand wichtiger als sie. Solange ich Tante Jo hatte, würde ich alles durchstehen.

Kapitel 30

Am Freitagmorgen holte ich gerade ein paar Bücher aus meinem Spind, als ein zusammengefalteter Zettel vor mir auf den Boden fiel. Ich beugte mich hinunter, um ihn aufzuheben, und ging automatisch davon aus, dass er von Asher oder Devin sein musste. Aber als ich vorne meinen Namen in einer vertrauten, geschwungenen Handschrift sah, wusste ich sofort, dass er von Cassie war. Cassie schickte mir nie einfach eine SMS wie alle meine anderen Freunde. Sie hielt nichts von diesem Kommunikationsmittel. Ganz im Gegensatz zu Telefonanrufen und handgeschriebenen Nachrichten. Man konnte über Cassie sagen, was man wollte, aber sie hatte einfach Stil bei allem, was sie tat. Auf dem Zettel stand:

Cassie und die Mysterious Ellipses laden dich herzlich zu ihrem ersten GIG ein!
Heute Abend! 20:30 Uhr
Love the Bean
75 Main Street
River Springs, Colorado
Um Antwort wird gebeten. Leg den Zettel bis Punkt 15:00 Uhr zurück in meinen Spind, damit wir Ian die Anzahl der Gäste mitteilen können.
Nimmt mit Freude an: ______________
Sagt mit Bedauern ab: ______________

Ich lachte, schrieb meinen Namen neben *Nimmt mit Freude an* und steckte die Einladung in die Vordertasche meines Rucksacks. Als ich den Gang hinunterging, um auf dem Weg zu meiner nächsten Unterrichtsstunde an Cassies Spind vorbeizuschauen, sah ich Asher an der Spindtür lehnen. Mein Herz machte einen Satz. Er war der Letzte, den ich in diesem Moment sehen wollte. Ich wirbelte herum und nahm den langen Weg zum Unterricht, den Antwortzettel immer noch in meinem Rucksack.

In der Mittagspause kam ich nach Cassie in die Kantine. Sie saß mit ihrer Gitarre bereits an unserem Tisch und kritzelte etwas in ihr Musikheft. Als ich mich ihr gegenübersetzte, wedelte ich mit meinem Antwortzettel in ihrem Gesicht herum. »Ich will dich gar nicht lange stören«, trällerte ich, »aber ich habe gute Nachrichten für dich …«

»Oh, super!«, kreischte sie. »Juchu! So viele Leute kommen. Ich hoffe nur, im *Bean* ist auch genug Platz für alle! Was ziehst du an? Versprich mir, dass du dich in Schale schmeißt. Ich bin *so* aufgeregt!«

Ich legte die Einladung vor ihr auf den Tisch und packte mein Sandwich aus. Dabei versuchte ich die Erinnerung daran, wie Asher mein Lieblingsmittagessen erraten hatte, aus meinen Gedanken zu verbannen. »Ich weiß noch nicht, was ich anziehen soll«, sagte ich. »Eigentlich hasse ich es, mich aufzubrezeln.«

»Oh mein Gott, wenn du mich heute Abend hängen lässt, bringe ich dich um. Du kommst doch auf jeden Fall, ja? Ja?«

»Natürlich! Ja, ich komme auf jeden Fall.«

»Gut. Ich muss dich nämlich etwas fragen.«

»Was?«

Sie hielt inne und ließ die Spannung ins Unermessliche steigen. »Was hältst du davon, ein Risiko einzugehen?«

»Wie bitte?«, wiederholte ich. »Was für ein Risiko?«

»Ich überlege mir, heute Abend etwas Ungewöhnliches zu tun. Und ich habe ein bisschen Angst davor.«
Sie spielte mit einer langen Locke, die sich aus ihrem Seitenzopf gelöst hatte. »Ich habe so etwas noch nie gemacht. Es ist also ziemlich gewagt.«
»Gewagter, als vor hundert Leuten auf der Bühne zu singen?«
»Soll das ein Scherz sein? Ich bin Performerin. Davor habe ich kein bisschen Angst. Aber wenn ich das Besagte tue, wäre es *der totale Hammer.*«
»Also ich finde, du solltest es tun«, sagte ich, bevor mir klar war, was ich da sagte. »Sagst du mir wenigstens, was es ist?«
»Das wirst du heute Abend sehen«, erwiderte sie mit einem Zwinkern. Als Dan und Ian sich Sekunden später an unseren Tisch setzten, während sie die gesundheitlichen Vorteile von Sprühkäse im Vergleich zu Scheibenkäse diskutierten, bemerkte ich, dass sie rot wurde, und unser Gespräch war vorbei.

Ich holte gerade die Bücher für die letzten Unterrichtsstunden aus meinem Spind, als Devin hinter mir auftauchte. »Leg sie wieder zurück«, sagte er mit einem Lächeln, nahm mir die Bücher ab und stopfte sie zurück in den Spind. »Wir gehen.«
»Ach, *wirklich?*«, erwiderte ich. »Und wohin gehen wir?«
»Wir schwänzen die Schule für den Rest des Tages.«
Die Schulglocke läutete zur nächsten Stunde und der Gang leerte sich. Ich blickte mich um, ob irgendjemand in der Nähe war, den unser Gespräch interessieren könnte.
»Na, klasse«, sagte ich. »Mach dir wegen meiner Ausbildung keine Sorgen. Ich finde bestimmt irgendwo einen Job als Küchenhilfe.«
»Skye«, erwiderte er gereizt. Der Ausdruck in seinem Gesicht verriet, dass er nicht zum Spaßen aufgelegt war. »Glaub nicht, wir hätten nicht gemerkt, dass du uns wieder aus dem Weg gehst. Aber es wird Zeit, sich wieder an die Arbeit zu machen.«

»Okay«, sagte ich langsam und schloss die Spindtür. Am Vortag hatten wir nicht üben können, weil ich nach dem Unterricht in der Schule geblieben war, um den Aufsatz für Ms Manning zu schreiben. Als wir den Gang hinuntergingen, fiel mir auf, dass nur meine Schritte hinter uns hallten.
Draußen wartete Asher neben meinem Auto. Er hatte eine Sonnenbrille auf und ich konnte spüren, wie meine Knie weich wurden, als wir über den Parkplatz marschierten. Ich setzte mich hinters Steuer, Devin nahm neben mir Platz und Asher sprang hinten rein. Dann drehte ich den Zündschlüssel herum und der Motor sprang laut an.

Wir waren oben in den Bergen. Für die Jahreszeit war es sehr warm, besonders wenn man bedachte, wie kalt es seit Neujahr gewesen war. Der Regen vom Vortag hatte dafür gesorgt, dass der Schnee entlang des Wegs stellenweise schmolz und hier und da braunes, welkes Gras offenlegte. Es kam mir fast so vor, als komme mit jedem Schritt mehr und mehr Erde zum Vorschein, und ich fragte mich, inwieweit das Wetter und inwieweit meine kosmische Energie den Schnee zum Schmelzen brachte.
Schließlich erreichten wir eine Lichtung. Der Boden war mit einer dicken Schneeschicht bedeckt und tropfende Eiszapfen baumelten gefährlich von den Ästen der Nadelbäume. Devin blieb stehen und drehte sich zu mir und Asher um.
»Skye«, sagte er ernst. »Ich weiß, dass du eine harte Woche hinter dir hast, aber ich möchte gern, dass du heute deinen Durchbruch schaffst. Ich möchte, dass du mich beeindruckst. *Zeig mir, wozu du fähig bist.*«
»Komm«, schaltete sich Asher ein, breitete seine riesigen Flügel aus und schüttelte eine dünne Schicht Schnee ab. »Genug geredet. Du weißt, was du tun musst, Skye. Denk daran, was ich dir gesagt habe. Mach die Augen zu. Finde den Schalter und leg ihn um.«

»Warum ist euch das eigentlich so wichtig? Falls es mir nicht gelingen sollte, meine Kräfte zu kontrollieren, fordert dann jemand: ›Kopf ab!‹?«
Sie traten nervös von einem Bein aufs andere und wirkten verlegen.
Ich stemmte die Hände in die Hüften. »Jetzt mal im Ernst! Wird das dann passieren?«
»Nein«, versicherte mir Devin. »Es ist einfach nur wichtig, dass sich deine Kräfte herausbilden. Die Art der Kräfte wird über dein weiteres Schicksal entscheiden.«
»Du meinst, meine Kräfte werden entscheiden, mit wem ich dem Sonnenuntergang entgegenfliege? Was ist, wenn ich keinem von euch folgen will?«
»Du hast nur dann die Wahl, wenn du sowohl Kräfte des Lichts als auch Kräfte der Dunkelheit besitzt«, erklärte Devin, wobei seine Stimme ein wenig von ihrer kühlen Distanziertheit verlor.
Ich wies mit der Hand in Ashers Richtung. »Die Rebellion hatte ursprünglich Kräfte des Lichts und ihre Angehörigen haben sich entschieden, den Sprung in die Dunkelheit zu wagen. Warum kann ich dann nicht einfach den Pfad meiner Wahl einschlagen, auch wenn ich nur eine Kraft besitze?«
»Das kannst du«, erwiderte Asher. »Aber wenn du dich für die entgegengesetzte Seite entscheidest, verlierst du diese Kraft.«
»Aber ich habe die Wahl.«
»Ja«, bekräftigte er.
»Nein«, wandte Devin gleichzeitig ein.
Er blickte uns beide finster an. »Wenn du die Kraft der Begabten aufweist, gehörst du zum Orden.«
»Das spielt jetzt keine Rolle«, gab Asher zurück. »Die Ältesten sind weise. Sie wissen Dinge. Dinge, die sie weder Devin noch mir gesagt haben. Unser Auftrag besteht darin, dir dabei zu helfen, deine Kräfte zu finden. Versuch also bitte, deine Kräfte heraufzubeschwören, Skye.«

Ich schloss gehorsam die Augen. Doch ich hatte keine Ahnung, wonach genau ich eigentlich suchte.
Als ich sie wieder aufschlug, blickten mich Asher und Devin fest an.
»Habe ich irgendetwas bewirkt?«
Mir kam es so vor, als könne ich tatsächlich im Wald um uns herum Grillen zirpen hören. Mitten im Winter.
»Nein«, sagte Devin mit einem Seufzer und legte die Stirn in Falten. »Versuch es noch einmal.«
Ich warf ihm einen wütenden Blick zu, während ich meinen Frust kaum noch unterdrücken konnte. Wenn es mir gelänge, *diese* Energie zu bündeln, könnte ich Devin loswerden und meine Probleme würden sich in nichts auflösen. Wenn ich einfach den Schalter umlegen und mit einer schnellen Bewegung …
Genau in diesem Moment rollte ein Felsbrocken, der über uns am Rand eines Felsvorsprungs lag, über die Kante und stürzte auf Devin zu. Es ging alles so schnell, dass ich das Gefühl hatte, die Zeit würde in sich zusammenfallen und alles *gleichzeitig* geschehen.
Unwillkürlich schnellte meine Hand nach vorne und irgendetwas schoss aus meiner Handfläche.
Asher schrie auf und schlug mit den Flügeln.
Devin war plötzlich nicht mehr da, wo er gestanden hatte.
Und der Felsbrocken blieb mitten in der Luft stehen. Einfach so. Blieb mitten in der Luft stehen und *flog dann in die entgegengesetzte Richtung zurück*, zurück an seinen Platz auf dem Felsvorsprung, wo er reglos liegen blieb, als ob nichts passiert wäre.
Asher und Devin standen da und starrten mich mit offenem Mund an.
»Was hast du getan?«, wollte Devin wissen. »Wie hast du das gemacht?«
»Nicht schlecht«, meinte Asher grinsend. »Vielleicht könntest du

das nächste Mal einfach vergessen, den Felsbrocken wieder in die andere Richtung zu schicken, und uns von Devin befreien.«
»Versuch's noch mal«, verlangte Devin, ohne Asher weiter zu beachten. »Ganz gleich, was du gerade getan hast, ich möchte, dass du es noch einmal machst.«
Ich versuchte, den Moment wieder aufleben zu lassen, doch es gelang mir nicht – mir ging die ganze Zeit der beängstigende Gedanke durch den Kopf, dass ich es möglicherweise nicht verhindern könnte, zuzulassen, dass der Stein doch Devin zermalmte.
»Streng dich mehr an!«, brüllte Devin und mehrere kleine Eiszapfen fielen von den Ästen, als seine Stimme über die Lichtung hallte. »Du musst dich *mehr* anstrengen!«
»Das tue ich doch!«, schrie ich zurück. »Was willst du denn noch von mir? Ich tue, *was ich kann!*«
»Das glaube ich dir nicht«, erwiderte Devin wutentbrannt. »Du hast etwas in dir …« Er hielt inne, und plötzlich wurde mir bewusst, wie viel Mühe es ihn kostete, sich zu beherrschen. Er schien sich kaum unter Kontrolle zu haben. Asher beobachtete uns von der anderen Seite der Lichtung. »Ich weiß, dass es in dir steckt, Skye. Warum weißt du es nicht auch?« Devins Augen funkelten, was mich daran erinnerte, wie anders er war, wenn wir nur zu zweit waren. Die Nacht, in der ich am anderen Ende des Betts eingeschlafen und in seinen Armen aufgewacht war. »Du musst«, er machte zwischen jedem Wort eine Pause, »es *weiter* versuchen. Sonst weiß ich nicht …«
»Sind wir jetzt fertig?« Asher kam herübergeschlendert. Der Blick, den er Devin zuwarf, hätte die Antarktis in Brand setzen können.
Devin drehte sich wieder zu mir und ich konnte ihm ansehen, dass er mir etwas vorenthielt, dass es da noch etwas anderes gab, das er mir verschwieg. War er gezwungen, bestimmte Entscheidungen zu treffen, die nichts damit zu tun hatten, was

er wirklich wollte? Zum ersten Mal verstand ich richtig, welchen Groll er wohl gegen Asher hegte.
Warum hatte sich Devin nie der Rebellion angeschlossen? War es eine Frage von Pflichtgefühl und Selbstaufopferung? Wenn er um des Kriegs zwischen dem Orden und der Rebellion willen seine eigenen Wünsche so leicht aufgeben konnte, was würde er dann sonst noch alles für die Begabten tun?
»Komm.« Asher legte mir den Arm um die Schulter und zog mich von dem unerbittlichen blonden Engel weg. »Du hast für heute getan, was du konntest.«
»Nein!« Devins Tonfall war beinahe flehend. »Nein, geh nicht, Skye. Bitte!«
Mein Magen zog sich zusammen. Ich wollte Devin nicht enttäuschen, aber ich hatte es satt, unter so großem Druck zu stehen.
»Lass sie zufrieden«, sagte Asher barsch. »Ich lasse nicht zu, dass du sie weiter bedrängst. Du weißt genauso gut wie ich, dass, was auch immer geschehen soll, geschehen wird. Ganz gleich, welche Kräfte Skye in sich trägt, sie werden sich offenbaren, wenn die Zeit gekommen ist.«
»Du weißt nicht, was du tust, Rebell«, zischte Devin und Asher zuckte bei dem unerwartet hasserfüllten Ton in Devins Stimme zusammen.
»Ich bin nicht sicher, ob du es weißt«, gab er leise zurück.
»Es reicht mir jetzt mit euch beiden!«, brüllte ich aufgebracht. Meine Stimme hallte von den Felsen wider. »Hört auf, euch zu streiten! Beide. Ich halte das nicht mehr aus! Ich bin ein eigenständiger Mensch und kann selbst auf mich aufpassen!«
Zum ersten Mal seit unserer Ankunft war es auf der Lichtung völlig still.
»Ich gehe jetzt«, erklärte ich entschlossen und es erschreckte mich fast, wie laut und selbstsicher meine Stimme klang.
Ich warf beiden noch einen letzten Blick zu, drehte mich um

und lief zurück zu dem Pfad, der den Berg hinunterführte. Schon bald würde ich eine Entscheidung treffen müssen. Zwischen Devin auf der einen und Asher auf der anderen Seite. Und wie immer, wenn ich hin- und hergerissen war, würde ich verzweifelt nach der richtigen Lösung suchen.

An diesem Abend beschloss ich, Cassies Rat zu folgen und mich in Schale zu werfen. Ich durchstöberte meinen Kleiderschrank nach dem Kleid, das ich bei unserer letzten Shoppingtour auf ihr Zureden hin gekauft hatte, und versuchte mich daran zu erinnern, wo Tante Jo ihre guten Stiefel aufbewahrte. Zehn Minuten später stand ich wieder vor dem Spiegel; dieses Mal trug ich das schulterfreie schwarze Sweaterkleid, schwarze Strumpfhosen und braune Motorradstiefel. Ich hatte etwas Make-up aufgelegt und trug die Haare offen. Ein aufregendes Gefühl durchfuhr mich. Ich sah *gut* aus. Ungewohnt, aber gut. Doch wen wollte ich damit beeindrucken?

Als ich schließlich in die Stadt fuhr, waren die Straßen mit Autos gesäumt. Ich parkte ein paar Blocks vom Café entfernt, stellte den Motor ab und wartete noch einen Augenblick in dem eiskalten Wagen. Würden Asher und Devin auch dort sein? Heute Abend wollte ich einfach nur eine Verschnaufpause von alldem. Eine Gelegenheit, mit meinen Freunden abzuhängen, ohne dass Devin mir wegen meiner sogenannten Kräfte im Nacken saß oder ich wegen Asher Liebeskummer hatte. Schließlich atmete ich tief durch, um mich für den Abend zu wappnen, stieg aus dem Auto und ging die Straße hinunter.

Im *Love the Bean* hatte jemand die Lichterketten wieder aufgehängt. Es war nicht schwer zu erraten, wer. Ein sanftes, zauberhaftes Licht lag über allem.

Cassie stapfte in schwarzen Nietenstiefeletten, einem für das Wetter völlig unpassenden, paillettenbesetzten Minikleid und einem Reif aus winzig kleinen violetten Blumen, der auf ihrem wild aufgetürmten roten Haar thronte, auf der Bühne herum. Als sie mich sah, streckte sie beide Daumen nach oben und wackelte mit den Augenbrauen, womit sie anzudeuten schien, dass sie bereit war, das große Risiko einzugehen, von dem sie in der Mittagspause gesprochen hatte. Ich winkte und warf ihr eine Kusshand zu, gespannt, was sie heute noch anstellen würde. Hinter ihr spielten sich die restlichen Bandmitglieder ein, regelten ihre Verstärker und stimmten ihre Instrumente. Dan stand in der ersten Reihe und winkte mich heran.

»Hey, du bist da«, sagte er und umarmte mich. Mir fiel auf, wie er den Blick kurz hinter mich schnellen ließ.

»Keine Sorge. Sie sind nicht hier«, stellte ich klar.

Dan sah mich einfach nur an und ich wusste nicht, was ich sagen sollte.

»Hab dich in letzter Zeit kaum gesehen.«

»Ich weiß.«

»Ich meine, außer manchmal beim Mittagessen.«

»Ja …«

Er zog die Augenbrauen hoch. »Was echt super ist, weil ich unglaublich gern mit dir zusammen Pommes esse, aber weißt du noch, wie wir früher immer etwas *unternommen* haben? Und uns unterhalten haben?«

»Dan, ich weiß. Ich bin …«

»Ist alles in Ordnung, Skye? Gibt's irgendwelche Probleme, die ich für dich aus der Welt schaffen könnte?«

Ich biss mir auf die Lippe. Mir wurde schmerzlich bewusst, dass wir langsam erwachsen wurden, auch wenn ich mir noch so sehr wünschte, es wäre nicht so. Es gab Dinge, die selbst die besten Freunde nicht einfach dadurch wieder in Ordnung bringen konnten, dass sie für einen da waren. »Danke«, sagte ich, boxte ihn auf den Arm und lächelte ihn an. »Es ist alles in Ordnung.«

»Wenn du es sagst«, erwiderte er und blickte ein wenig enttäuscht. »Ich hatte insgeheim auf eine Prügelei oder so was in der Art gehofft. Ist schon länger her, dass ich jemanden so richtig vermöbelt habe.«
»Damals in der Grundschule?«, fragte ich.
»Genau. Mannomann, Tommy Evans wusste nicht mehr, wo vorn und hinten ist.«
»Tut mir leid, dass ich dir bei deinem großen Vorhaben in die Quere komme.«
»Hör mal, Skye«, sagte er und schlang die Arme um mich. »Du bist für mich wie eine Schwester. Ich möchte nur sichergehen, dass du vorsichtig bist. Und wenn ich irgend so 'nem Neuling in den Arsch treten muss…«
»Dan, das musst du nicht…«
»Ich mein ja nur. Mir gefällt einfach nicht, wie sie dich ansehen. Als wärst du'n Preispokal.«
»Dan, wenn ich jemanden brauche, um mir unter die Arme zu greifen, bist du der Erste, den ich anrufe, okay?«
Er lächelte und entspannte sich. »Ich nehme dich beim Wort.«
»Versprochen«, erwiderte ich.
Ein Mikro quietschte laut auf und wir drehten uns zur Bühne. Cassie stimmte ihre Gitarre und sah mit einem Lächeln auf uns hinunter. Dann nahm sie das Mikro mit beiden Händen. Ihr rotes Haar verschwamm in dem weichen Licht des von Lichterketten erleuchteten Raums. Dan lächelte, als sie anfing zu singen.
Sie war einfach fantastisch. Die *Mysterious Ellipses* jammten hinter ihr und die Menge fuhr voll darauf ab. Nach einer Weile sagte sie: »Dieser Song ist für meine Freunde.« Sie wirkte entschlossen, als bereite sie sich mental auf etwas Bedeutendes vor. Hinter ihr legten Trey und Jonah ihre Instrumente weg und sahen zu, wie sie jetzt ihre Akustikgitarre nahm und ganz allein im Mittelpunkt stand.

Der Klang ihrer Gitarre erfüllte kurz darauf den Raum und Cassies Stimme erschallte glockenhell. Plötzlich hatte ich den Eindruck, dass sie nicht mehr für ihre Freunde sang, sondern für einen Freund im Besonderen.

Dan stand neben mir und bewegte den Kopf zur Musik. Er sah Cassie an, als habe er sie vorher noch nie wirklich gesehen. Als würde er endlich verstehen. Er riss die Augen auf und ich bemerkte, wie sich seine Mundwinkel langsam nach oben bogen.

Die Art, wie Cassie ihn in diesem Augenblick von der Bühne aus ansah, machte mich traurig. Sie war die ganze Zeit in Dan verliebt gewesen und es war mir nicht einmal aufgefallen. Ich war eine schreckliche Freundin.

Ian kam herübergeschlendert und boxte Dan auf den Arm. »Hey, sie ist unglaublich, Alter.«

Dan lächelte. »Das kannst du laut sagen.«

»Sie sollte eine CD aufnehmen.«

»Daran hat sie bestimmt auch schon gedacht.« Dan strahlte übers ganze Gesicht.

Ian zeigte auf die Kaffeetheke. »Wollt ihr irgendwas trinken? Geht auf mich.«

»Ian, warum haben sie dich eigentlich noch nicht gefeuert?«

»Keine Ahnung, Skye, manche Leute lieben mich eben.« Es klang wie ein absichtlicher Seitenhieb und ich hatte plötzlich ein schlechtes Gewissen. Cassie und Dan waren nicht die Einzigen, die ich in letzter Zeit vernachlässigt hatte.

»Ich nehme einen Chai Latte«, erwiderte ich.

Trey schlug die Drumsticks über seinem Kopf zusammen, während er laut zählte: »Eins, zwei, drei, vier«, und einen weiteren, schnelleren Song anstimmte. Dan und ich fingen an zu tanzen, während wir Cassie zuwinkten, die den nächsten Song mit einem strahlenden Lächeln schmetterte.

Aus den Augenwinkeln sah ich, wie Asher hereinkam, eine

dünne Schicht Schnee abschüttelte und sich umblickte. Ich tat so, als hätte ich ihn nicht bemerkt, schüttelte wild den Kopf und ließ mein Haar durch die Gegend fliegen. Dan lachte. Als ich wieder zu Asher hinsah, beobachtete er uns und wirkte mürrisch. Ian kam mit unseren Getränken zurück, und während ich an meinem Latte nippte, drehte ich mich noch einmal vorsichtig um. Doch Asher war verschwunden.

Cassie legte mit einem neuen Song los, der etwas langsamer und sanfter war als der letzte. Dan und Ian verfolgten den Auftritt der Band gebannt und achteten nicht weiter auf mich.

»Hast du Lust, zu tanzen?«

Ich wirbelte so schnell herum, dass mein Latte beinahe über den Becherrand schwappte. Devin stand vor mir, unsicher und hoffnungsvoll zugleich.

»Äh …«

»Entschuldige, dass ich dich so überfalle. Aber ich dachte, ein Tanz sagt mehr als Worte.«

»Klar. Okay.« Ich stellte meinen Becher auf einen niedrigen Tisch und nahm seine Hand.

Devin drückte mich an sich, seine Hände auf meiner Taille, während ich meine auf seine Schultern legte. Um uns herum tanzten noch einige andere Paare. Für gewöhnlich tanzte ich keinen Blues im *Bean* und das Ganze fühlte sich zunächst irgendwie steif an. Doch als sich unsere Wangen berührten, erinnerte ich mich daran, was für ein schönes Gefühl es gewesen war, neben ihm im Bett aufzuwachen und in seinen Armen zu liegen.

»Nicht schlecht, Devin«, sagte ich grinsend.

»Jahrelange Übung«, erwiderte er.

Ich konnte sein Gesicht nicht sehen. Jahrzehnte? Jahrhunderte? Jahrtausende? Ich war mir nicht sicher, ob ich wissen wollte, wie alt er in Wirklichkeit war.

Er hielt inne und verlangsamte unseren Schritt mitten in einer

Drehung, sodass wir uns kaum bewegten. »Ich weiß, dass ich mich unmöglich aufgeführt habe. Ich bin nicht so… Ich bekomme die Dinge nicht so mühelos hin wie Asher. Aber…« Er trat einen Schritt von mir weg und sein Blick war voller Leidenschaft. »Du bist mir wirklich wichtig, Skye. Ich möchte nicht, dass du eine falsche Entscheidung triffst.«
»Eine, die mich auf die dunkle Seite führen könnte?«, neckte ich ihn.
Aber Devin lachte nicht. »Du sollst einfach nur wissen, dass du mir wichtig bist und ich alles für dich tun würde.« Er hielt den Blick fest auf mich gerichtet und es sprach neben Aufrichtigkeit noch jede Menge mehr aus ihm.
Als die Musik schneller wurde, ließ er mich plötzlich los und ging weg. Wie Asher blickte er nicht zurück.
In der Pause sprang Cassie von der Bühne und kam auf uns zu. Ihr Haar hatte sich gelöst und ihre Wangen waren gerötet. »Hey, Leute!«, quietschte sie vor Freude. »Wie fandet ihr's?«
»Ihr seid richtig *gut!*«, erwiderte Ian.
Sie verbeugte sich leicht. »Hat's euch echt gefallen?«
Dan war plötzlich still, als wäre er nicht sicher, was er sagen sollte. Er schob sich nur andauernd sein herunterhängendes Haar aus dem Gesicht, strich es glatt und schob es sich dann erneut aus dem Gesicht. Deshalb klinkte ich mich ein. »Ja! Wahnsinn. Das müssen wir unbedingt feiern.«
Cassie setzte ein strahlendes Lächeln auf. »Ich weiß. Ich hab gehofft, du würdest das sagen. Und jetzt, da deine Tante Jo weg ist, dachte ich…« Sie blickte zu Dan und dann wieder zu mir.
»Oh nein«, erwiderte ich. »Kommt nicht infrage! Sie würde mich umbringen.«
»Komm schon, Skye! Wir haben seit deinem Geburtstag keine Party mehr gefeiert. Und du hast sturmfreie Bude! Hast du nicht selbst gesagt, es wäre zu still in eurem Haus?«

Warum zögerte ich? Seit meinem Geburtstag war ich gestresst und besorgt gewesen. Und Tante Jo war die ganze Zeit über weg, was praktisch eine Aufforderung war, eine Party zu geben. Wusste sie nicht, dass das passieren würde, wenn sie wochenlang nicht zu Hause war?

»Okay«, sagte ich. »Schmeißen wir 'ne Party.«

»Im Ernst? Juchu!«, kreischte Cassie. Sie rannte zurück zur Bühne, sprang aufs Podest und schnappte sich das Mikro. »Hey!«, rief sie in die Menge und hob einen Arm, um die Aufmerksamkeit aller auf sich zu ziehen. »Nach der Show steigt eine Party bei Skye!«

Ich wandte mich an Dan. »Das war entweder die beste oder die schlechteste Idee aller Zeiten.«

Kapitel 31

Wie sich herausstellte, war unser Haus der perfekte Ort für eine Party. Die großen Fenster ließen das Mondlicht hereinfallen, was für eine romantische Atmosphäre sorgte, und da die einzelnen Räume nicht durch Wände getrennt waren, kam die Party nie ins Stocken. Ich merkte mir gedanklich vor, alle im Sommer noch einmal einzuladen, wenn wir nach draußen auf die große Terrasse gehen konnten, und ignorierte zugleich die nörgelnde Stimme in meinem Kopf, die sich nicht sicher war, wo – oder was – ich im Sommer sein würde.

Maggie Meltzers älterer Bruder brachte ein kleines Fass Bier vorbei und wir stellten es in der Küche unter das Fenster, wo erst kürzlich Ravens Gesicht aufgetaucht war. Mir gefiel es ganz und gar nicht, dass überall, wo ich hinsah, mein altes Leben mit Hinweisen auf mein neues gespickt war. Ganz gleich, wie sehr ich mich bemühte sie beiseitezuschieben.

Ich stand neben dem Fass, trank Bier aus einem roten Plastikbecher und unterhielt mich mit einem der Mädels aus der Skimannschaft. Auch wenn mein Verhältnis zu Ellie seit der Skifreizeit ein wenig angespannt war, konnte ich sie mittlerweile wieder halbwegs ertragen. Natürlich zog sich mir bei der Vorstellung, wie ich sie und Asher neben der Eismaschine überrascht hatte, immer noch der Magen zusammen. Aber das tat er auch bei dem Gedanken, dass Asher, sobald das hier vorbei war, zum Rebellenlager zurückkehren und mich für immer verlassen würde. Plötzlich kam Cassie auf mich zugestürmt und zog mich in eine Ecke der Küche.

»Okay«, sagte sie. »Bist du einverstanden?«

»Mm-hmm.« Ich lächelte.

»Ich hab die ganze Zeit über nichts gesagt, weil, na ja, weil wir alle so gut befreundet sind. Ich wollte das Gleichgewicht nicht stören.«

»Cassie, du musst dir deswegen nicht den Kopf zerbrechen. Wirklich nicht.«

»Dann hast du nichts dagegen? Ich meine, wenn er meine Gefühle erwidert?«

»Machst du Witze? Ich habe absolut nichts dagegen! Und glaub mir, er erwidert deine Gefühle. Du hättest sein Gesicht sehen sollen, als er kapiert hat, dass du für ihn singst.«

Cassie strahlte und ich war mir sicher, dass ich das Richtige gesagt hatte. Wenn Cassie und Dan ein Paar wurden, würde das die Dynamik unserer Clique natürlich verändern, aber ich musste schließlich auch ständig an Asher denken und wie sehr ich mir wünschte, dass *uns* nichts im Weg stand. Es wurde allmählich Zeit, sich daran zu gewöhnen, dass sich die Dinge nun mal veränderten.

Ich musste Cassie unbedingt von meinen Eltern erzählen – ihr die Wahrheit sagen, warum Asher und Devin plötzlich in unserer Schule aufgetaucht waren und welche Rolle ich bei dem Ganzen spielte. In der Küche war es laut, aber wenn wir die Köpfe zusammensteckten, konnte sie mich verstehen.

»Cass«, setzte ich an und meine Stimme zitterte ein wenig, so wie sie es immer tat, wenn ich nervös wurde. »Ich muss dir etwas sagen.«

Sie musterte mich eindringlich. »Ich wusste, dass du mir etwas verschweigst.«

»Es ist schwer … ähm … darüber zu reden. Aber ich möchte, dass du es weißt. Du bist meine beste Freundin und ich habe dir so viele Dinge verheimlicht … Es tut mir schrecklich leid. Ich wollte es dir schon die ganze Zeit sagen.«

»Ganz ruhig, Skye. Schh, das ist schon okay.« Sie legte mir die Hand auf den Rücken. »Ich bin nicht sauer auf dich. Du kannst mir alles sagen und ich verspreche dir, dass ich es niemandem weitererzählen werde.«

»Okay.« Ich atmete tief durch. »Erinnerst du dich noch an die Geschichte, die Asher am Lagerfeuer erzählt hat?«

Cassie riss vor Aufregung die Augen auf. »Ja? Geht's um Asher? Seid ihr zwei …«

»Nein«, unterbrach ich sie schnell. »Na ja, mehr oder weniger. Ich meine, an der Geschichte ist noch mehr dran. Wie sich herausgestellt hat …« Plötzlich hatte ich das Gefühl, beobachtet zu werden, und blickte so beiläufig wie möglich hinter mich. Devin stand auf der anderen Seite der marmornen Kochinsel. Er sah uns nicht an, aber der Ausdruck in seinem Gesicht verriet mir, dass er jedes Wort gehört hatte. Ich musste mir schnell etwas einfallen lassen und so tun, als hätte ich etwas völlig Harmloses erzählen wollen. Cassie blickte ein wenig verwirrt, während sie darauf wartete, dass ich endlich weitererzählte.

»Wie sich herausgestellt hat«, fuhr ich fort, »hat er Ellie nie wirklich gemocht. Wir haben uns geküsst. Er hatte schon die ganze Zeit eine Schwäche für mich.«

Immerhin war das die Wahrheit. Nur mit einer ziemlich großen Auslassung. Es tat mir zwar leid, dass Devin das hören musste, aber es war immer noch besser, als wenn er mitbekam, wie ich Cassie all seine Geheimnisse ausplauderte.

Cassie hatte die Augen weit aufgerissen. »Oh, Skye!«, rief sie aus und schlang die Arme um mich. »Das ist ja fantastisch! Du musst mir *alles* ganz genau erzählen!«

»Das mach ich, bestimmt. Aber du solltest dich jetzt besser auf die Suche nach Dan machen. Ihr zwei habt bestimmt eine Menge zu besprechen.« Ich warf ihr einen vielsagenden Blick zu. »Außerdem sollte ich mal schauen, wie die Party läuft. Schließlich bin ich die Gastgeberin.«

»Okay!« Sie steuerte aufs Wohnzimmer zu. »Nein, das ist ja so romantisch!«, quietschte sie noch einmal und klatschte begeistert in die Hände, bevor sie abrauschte.
Mein Herz schlug immer noch wild von diesem Beinahepatzer, als ich mich umdrehte und Asher plötzlich vor mir stand. Devin dagegen war nirgends mehr zu sehen. Seine Fähigkeit, einfach so zu verschwinden, war fast schon ein wenig unheimlich.
»Was ist so romantisch?«, fragte Asher, während er den Kopf schräg legte und mich musterte, als könne er meine Gedanken lesen. Er sah umwerfend gut aus in seinem schokoladenfarbenen Pulli und den Jeans. Ich hätte am liebsten mein Gesicht an seiner Brust vergraben und seinen Atem auf meiner Wange gespürt.
»Das hat natürlich nichts mit dir zu tun«, erwiderte ich und drehte mich um.
»So hat es aber nicht geklungen«, wandte er ein, beugte sich vor und flüsterte mir leise ins Ohr. »Es hat eigentlich genau wie das Gegenteil geklungen. Hast du mit Cassie über mich gesprochen?«
»Nein!«, platzte ich heraus und wirbelte wieder herum. »Was machst du überhaupt hier? Ich kann mich nicht daran erinnern, dich eingeladen zu haben.«
»Du nicht. Aber wie du vielleicht weißt, hat deine Freundin Cassie alle eingeladen, die auf dem Konzert waren. Mich eingeschlossen. Sei also nicht unhöflich. Möchtest du mir nicht etwas zu trinken anbieten?«
»Nein«, erwiderte ich. »Warum bist du hier?«
Asher blickte überrascht, wenn nicht sogar ein wenig verletzt, behielt den unverfänglichen Tonfall aber bei.
»Ich wollte dich sehen.«
»Aber …«
»Falls du es schon wieder vergessen haben solltest«, raunte er mir zu, während er mich fest am Ellbogen packte, »ich habe

hier einen Auftrag zu erledigen. Und der besteht darin, auf dich aufzupassen.«
»Das ist dir in den letzten paar Tagen aber nicht sonderlich gut gelungen.«
»Hey, kannst du mal fünf Minuten damit aufhören, dich so aufzuführen, oder ist das zu viel verlangt?«
»Ich bin kompliziert, schon vergessen?«, konterte ich. »Ich habe eine *gespaltene* Persönlichkeit.«
»Oh mein Gott!«, rief er aus und strich sich frustriert durchs Haar. »Du bist unmöglich! Also gut. Hör zu, ich habe schon eine ganze Weile nichts von der Rebellion gehört. Und es macht mich nervös, dass Raven immer noch hier herumschleicht. Jemand muss sie hergeschickt haben. Sie würde auf keinen Fall auf eigene Faust hierherkommen. Sie befolgt Befehle. Das liegt in ihrer Natur, sie ist eine Wächterin.«
Mein Herz schlug plötzlich schneller. Asher hatte mir gegenüber noch nie zugegeben, nervös zu sein.
»Und?« Ich schob trotzig das Kinn vor.
»Da muss noch irgendwas anderes dahinterstecken. Ich wünschte nur, ich wüsste, was.«
Wir standen uns ein, zwei Sekunden lang gegenüber.
»Hey, du siehst total klasse aus«, sagte er plötzlich.
»Echt?« Da mir mein neues Lieblingsoutfit sehr gut gefiel, hatte ich total vergessen, so zu tun, als wäre es mir egal, was er dachte.
Er beugte sich vor, als wolle er mich küssen, richtete sich aber noch in letzter Sekunde auf.
»Entschuldige. Ich werde dir einfach aus dem Weg gehen. Aber ich bleibe hier.« Er trat einen Schritt zurück. »Jetzt schleiche ich hier zur Abwechslung mal ein wenig herum. Okay?«
»Bitte«, sagte ich und gab einen Stoßseufzer von mir. »Tu, was du nicht lassen kannst.«

Eric Walsh, der manchmal an den Discoabenden für Minderjährige im einzigen Club der Stadt als DJ arbeitete, schloss seinen iPod an die Lautsprecherboxen im Wohnzimmer an, und wie durch ein Wunder ging auch das Bier aus dem Fass nicht aus. Später am Abend konnte ich weder Cassie noch Dan finden. Und Ian war in ein Gespräch mit Elizabeth Seifert vertieft. Ich freute mich für ihn. Er verdiente jemanden, der ihn wirklich schätzte. Ich schnappte mir meine Jacke und steuerte auf die Schiebetür zu, die auf die Terrasse führte. Aber ich ging nicht hinaus. Asher lehnte am Geländer. Seine Silhouette hob sich vom Mondlicht ab. Er sah mich nicht hinter den Glastüren stehen, sondern blickte zu den Sternen auf und betrachtete den Himmel. Anstatt mich wie an meinem Geburtstag zu ihm zu gesellen, zog ich meine Jacke aus und ging zurück in die Küche, um mir noch ein Bier zu holen. Diesmal würde ich mich nicht vor meiner eigenen Party verstecken.

Kapitel 32

Rote Plastikbecher rollten über den Boden. Statt aufzuräumen, saßen Cassie und ich auf der Arbeitsfläche in der Küche und futterten die Essensreste. Es war so gegen zwei Uhr morgens und die letzten Nachzügler waren gerade gegangen.

»Ich muss auch nach Hause«, verkündete Cassie und hüpfte von der Arbeitsplatte. »Was hältst du von Brunch morgen? Was Fettiges in 'nem Schmuddelcafé?«

»Bist du sicher, dass du schon wieder nüchtern bist und fahren kannst?«, fragte ich auf dem Weg zur Haustür.

»Ich habe seit zwei Stunden nichts mehr getrunken. Ich war anderweitig beschäftigt«, fügte sie mit einem verschmitzten Lächeln hinzu.

»Du lässt mich wirklich bis morgen auf die ganze Geschichte mit Dan warten?« Ich folgte ihr nach draußen zu ihrem Auto.

»Mm-hmmm!« Sie summte vergnügt vor sich hin, als sie einstieg.

»Na schön!« Ich klopfte auf das Autodach und trat einen Schritt zurück. »Ruf mich wegen des Brunchs an.«

Cassie drehte den Zündschlüssel herum, aber nichts passierte. Sie versuchte es noch einmal, doch unter der Motorhaube drang nur ein nicht besonders vertrauenerweckendes Brummen hervor.

»Oh-oh!« Cassie stieg wieder aus. »Das Leben ist manchmal echt ungerecht.«

Ich seufzte erleichtert. »Okay! Jetzt sei ein schlaues Mädchen, Cassie, und komm wieder rein. Du kannst hier schlafen, und

morgen fahr ich dich zur nächsten Tankstelle, um einen Abschleppwagen zu holen, okay?«
»Vorm Abschleppen gibt's aber fetttriefende Spiegeleier, ja?«
»Natürlich«, erwiderte ich. »Genau wie in alten Zeiten.«
»Das hätten wir nach deinem Geburtstag auch machen sollen«, sagte sie, als wir zurück zum Haus gingen. »Dämlicher Boiler.«
Oben in meinem Zimmer angelangt, breiteten wir Kissen und Decken auf dem Boden aus, so wie wir es früher immer gemacht hatten, und legten uns schlafen.
»Skye?«
»Mmm?«
»Dan und ich haben uns geküsst.«
»Hab ich's doch gewusst!«, rief ich aus.
»Ich bin total glücklich«, sagte Cassie schläfrig. »Versprich mir, dass sich deswegen aber nichts ändert.«
Ich schwieg eine Weile in der Hoffnung, dass Cassie es als eine rhetorische Frage betrachtete. Schließlich hörte ich ihr leises Schnarchen und blies die Luft aus, die ich angehalten hatte. Ich war nicht traurig. Eigentlich war genau das Gegenteil der Fall. Ich wusste jetzt einfach, dass sich die Dinge unglaublich schnell verändern konnten. Und dass man nicht immer darauf vorbereitet war.

Wir wachten gegen Mittag auf. Ein kalter Wind blies durchs Zimmer.
»Was zum Teufel ist hier los?«, stöhnte Cassie unter einem Haufen Kissen.
»Ich glaube, mein Zimmer ist in der Nacht zur Arktis geworden.« Ich zog mir die Decke fester um den Kopf. »Jetzt mal im Ernst, das ist ja nicht zum Aushalten!«
Ich lugte unter der Decke hervor. Das Fenster stand sperrangelweit offen.

»Mach es zu! Mach es zu!«, kreischte Cassie. »Oh mein Gott, warum hast du es nur geöffnet?«
Das hatte ich nicht. Aber ich wusste, wer es getan hatte.
»Ich bin heute Nacht aufgestanden, um Luft reinzulassen, und hab's dann wohl vergessen. Tut mir leid.«
Ich kroch unter der Decke hervor, machte das Fenster zu und vergrub mich wieder in unser Deckenlager.
»Bei der kalten Luft kriege ich sofort Hunger auf Omelette«, verkündete Cassie hoffnungsvoll. »Mit Röstis!«
Wenig später fuhren wir in Trainingshosen und Kapuzenshirts zum *Big Mouth Schnellrestaurant* zum Brunchen. Im Auto kramte Cassie ihr Handy hervor und rief ihre Mom an.
»Ja, ich habe nach dem Gig bei Skye geschlafen. Tut mir leid, dass ich gestern Abend nicht mehr angerufen habe. Ja, es ist super gelaufen! Ja, wir fahren in die Stadt, um zu frühstücken. Nein, mein Auto springt nicht an und ich muss es abschleppen lassen. Ich weiß nicht, Mom. Hoffentlich wird es nicht so teuer. Woher soll ich das wissen? Ich musste mein Auto noch nie abschleppen lassen! Okay, schön. Wenn du meinst. Ich ruf dich später noch mal an. Tschüs!« Sie drückte heftig die Beenden-Taste. »Meine Güte, Eltern sind die reinste Plage.« Plötzlich huschte ihr ein entsetzter Ausdruck übers Gesicht. »Oh mein Gott, Skye. Bitte entschuldige. Das habe ich nicht so gemeint!«
»Kein Problem«, sagte ich leichthin. »Deine Eltern sind wirklich nervig.« Es versetzte mir dennoch einen leichten Stich, dass ich niemanden hatte, den ich anrufen und dem ich Bescheid sagen konnte, dass es mir gut ging oder dass ich in die Stadt zum *Big Mouth* und zur Tankstelle fuhr. Nicht zum ersten Mal, seit sie weg war, hoffte ich, dass Tante Jo bald zurückkommen würde.
Nach dem Brunch fuhr ich mit Cassie zur Tankstelle, damit sie einen Abschleppwagen zu mir nach Hause bestellen konnte. Als sie zu dem Tankwart hinter der Theke marschierte, ging ich nach draußen.

»Skye?«
Ich wirbelte herum. Devin stand direkt vor mir.
»Oh mein Gott, hast du mich erschreckt!«
»'tschuldige«, sagte er und in diesem Moment sah er wie der Devin aus, mit dem ich letztens so viel Spaß gehabt hatte. An dem Abend, als ich in seiner Wohnung übernachtet hatte. Es schien eine Ewigkeit her zu sein. »Was machst du hier?«
Ich deutete mit dem Kopf auf den Laden. »Cassies Auto steht bei mir zu Hause und will nicht anspringen. Wir brauchen einen Abschleppwagen.«
Plötzlich hörten wir Cassie brüllen: »*Wie viel?*«
Ich lachte.
»Weißt du«, sagte Devin, »Autos haben mich schon immer fasziniert, obwohl ich keines brauche, um mich fortzubewegen. Jedenfalls sind sie so eine Art Hobby von mir. Ich habe über die Jahre ziemlich viel an ihnen herumgebastelt und kenne mich mit Motoren mittlerweile recht gut aus. Ich könnte rüberkommen und einen Blick drauf werfen.«
»Echt?«, fragte ich ungläubig. »Das würdest du wirklich tun? Das wäre eine super Hilfe! Cassie ist momentan ziemlich pleite und ihre Eltern sind sehr streng, wenn's um Geld geht.«
»Es wäre mir ein Vergnügen. Was hältst du davon, wenn ich jetzt gleich vorbeischaue und mir das Ganze mal anschaue? Unternehmt ihr zwei doch noch irgendwas Nettes heute Nachmittag. Und wenn ihr zurückkommt, ist mit dem Wagen wieder alles in Ordnung.«
»Wow, Devin, das ist wirklich nett von dir. Danke.« Ich lächelte. Er lächelte zurück, es war dasselbe Lächeln, das an unserem gemeinsamen Abend so liebenswert gewesen war.
»Ist nicht der Rede wert.«
»Okay, dann bis später!«, sagte ich und lief zu Cassie in den Laden. Ich fand es zwar merkwürdig, dass er kein Wort darüber hatte fallen lassen, dass ich letztens meine Kräfte angewandt

hatte, beschloss aber, mir nicht allzu sehr den Kopf darüber zu zerbrechen. Stattdessen fuhren Cassie und ich kurz darauf gut gelaunt zum Einkaufszentrum.

Es waren die besten vierundzwanzig Stunden, die ich seit Langem erlebt hatte: der Gig im *Bean*, die Party, Cassies Übernachtung, der Brunch und dann ein ganzer Nachmittag im Einkaufszentrum. Cassie überredete mich, ein winterweißes Sweaterkleid zu kaufen, das sich an den richtigen Stellen eng anschmiegte, und riet mir, es wie am Abend zuvor mit Strumpfhosen und Stiefeln zu tragen. Ich konnte es nicht erwarten, Ashers Gesicht zu sehen, wenn er mich in der Schule darin sah. Vielleicht war die Tatsache, dass ich an ihn dachte, der Grund, warum Asher auftauchte, als Cassie mit nicht weniger als einem Dutzend Outfits in der Umkleidekabine verschwand. Ich streifte gerade durch den Laden und suchte noch nach etwas anderem, das mir gefallen könnte, als er plötzlich vor mir stand.
»Schau nicht so überrascht«, sagte er. »Du hast mir die Erlaubnis gegeben, in deiner Nähe herumzuschleichen.«
»Auf der Party! Nicht, wenn ich shoppen gehe!«
»Ich glaube nicht, dass du das so genau festgelegt hast.«
»Was machst du hier?«, fragte ich ungeduldig.
»Herumschleichen.« Asher grinste.
»Jetzt mal im Ernst.«
Er hob eine Schulter und seufzte. »Ich dachte, wir könnten vielleicht etwas zusammen unternehmen, etwas, das nichts mit deinen Kräften zu tun hat. Wir könnten zum Beispiel ins *Bean* gehen. Ein paar Runden Billard spielen.«
»Redest du etwa von einem Date?«
»Ja, warum nicht?«
»Asher, ich mag diese Spielchen nicht.«
»Es sind keine Spielchen, Skye. Ich weiß, ich sollte dir aus dem Weg gehen, aber ich kann an nichts anderes denken, als mit dir

zusammen zu sein. Ich weiß, den Ältesten wird das nicht gefallen …«
»Aber sie sollten darauf gefasst sein, oder? Schließlich bist du ein Rebell.«
Er schenkte mir ein strahlendes Lächeln. »Sie sind vielleicht darauf gefasst, aber gefallen wird es ihnen dennoch nicht. Aber das kümmert mich nicht. Nicht mehr. Ich möchte mit dir zusammen sein. Wir könnten auch Ski fahren. Oder einfach im Freien sitzen. Egal, was. Lass uns einfach irgendwas zusammen machen.«
Es klang ungemein verlockend, aber …
»Ich kann jetzt nicht. Ich bin mit Cassie unterwegs. Wenigstens, bis Devin mit der Reparatur ihres Autos fertig ist.«
»Devin repariert ihr Auto?«, hakte er nach und sein Lächeln verschwand augenblicklich.
»Ja, der Motor springt nicht an. Sie hat kein Geld für die Reparatur und Devin hat angeboten, es in Ordnung zu bringen.«
Asher legte die Stirn in Falten. »Warum sollte er das tun?«
»Weil er ein netter Kerl ist?«
Er schüttelte den Kopf. »Nein. So funktioniert das nicht, Skye. Er hat keinen freien Willen. Er kann nur tun, was ihm der Orden aufträgt.«
Das stimmt nicht!, wollte ich herausschreien. Schließlich hatte er mich in seinem Bett schlafen lassen. Das war er gewesen, der mich bei sich haben wollte, und nicht der Orden.
»Du kannst ihm nicht trauen, Skye. Wenn er ihr Auto sabotiert …«
»Er sabotiert es nicht. Er repariert es.«
»Nicht, wenn es der Orden ihm nicht befohlen hat. Und warum sollte er das tun?«
»Vielleicht möchten die Begabten ja, dass ich ihm wohl gesinnt bin, damit ich mich für sie entscheide? Ich weiß es nicht. Jedenfalls tut er uns einen Gefallen.«

»Du kapierst es einfach nicht. Irgendwas stimmt da nicht. Ich muss herausfinden, was da vor sich geht.«
»Ich glaube, du reagierst völlig übertrieben. Du versuchst doch nur, ihn als Bösewicht hinzustellen.«
»Ich hoffe für dich, du hast recht.«
Er warf mir noch einen letzten Blick zu und marschierte davon. Mir wurde schwer ums Herz. Warum konnte es zur Abwechslung nicht einmal normal zwischen uns laufen?
»Okay«, sagte Cassie, die hinter mir auftauchte. »Da ich die Autoreparatur nicht mehr bezahlen muss, leiste ich mir zwei neue Tops und gebe ein Eis aus.«
Wir setzten uns in der Markthalle an einen kleinen Tisch und ich hatte fast das Gefühl, als wären wir wieder in den Tagen, bevor die Engel aufgetaucht waren, als alles noch so viel einfacher gewesen war.

Als wir mit unseren Einkaufstüten zurück zum Wagen gingen, passierte es zum ersten Mal.
Dunkle Wolken zogen ganz plötzlich am Himmel auf und tauchten den Parkplatz in dämmriges Licht, obwohl es gerade erst früher Nachmittag war. Ich schwankte auf einmal, kippte vornüber und stürzte mit einem Knall auf den Asphalt.
»Skye?«, hörte ich Cassie wie aus weiter Ferne rufen. »Skye!«
Mir wurde schwarz vor Augen. Der Wind heulte auf und der Boden unter mir schien sich zu bewegen, als wäre er flüssig. Und dann hörte alles auf.
Ich war nicht mehr auf dem Parkplatz. Ich lag immer noch am Boden, aber bei Weitem nicht dort, wo ich noch vor ein paar Sekunden gelegen hatte. Die Wolken hatten einen kaltblauen Himmel freigegeben. Ich lag auf dem Rücken und starrte zu üppigen grünen Blättern an den Bäumen um mich herum auf. Ich befand mich nicht mehr in Colorado. Das fiel mir als Erstes auf.

Als Zweites bemerkte ich eine Stimme, die von irgendwo über mir meinen Namen rief. »Cassie?«, versuchte ich zu sagen, aber es war so, wie wenn man im Traum zu reden versucht und keinen Ton herausbekommt. Aber wie ich bald bemerkte, war es gar nicht Cassies Stimme. Nein. Es war Ashers.

»Skye?«, rief er. »Skye? Bleib bei mir …«

»Asher?«, versuchte ich zu sagen, doch ich bekam erneut keinen Ton heraus. »Asher? Ich will ja. Ich will bei dir bleiben. Bitte, hilf mir!« Doch kein Laut kam über meine Lippen. »Hilf mir!«

Sein Gesicht verschwamm vor meinen Augen und ich bemerkte Schnitte und Blutergüsse, die ich vorher nicht gesehen hatte.

»Bist du okay?«, versuchte ich ihn zu fragen.

»Wir werden Hilfe finden. Jetzt, da wir hier sind, wird alles gut. Sie werden uns helfen. Sie wollten, dass du lebst.«

Ein ungeheures Gleißen blendete im selben Moment alles um mich herum aus.

»Asher!«, brüllte ich. »Geh nicht!« Aber ich wusste, dass er mich nicht hören konnte.

In der nächsten Sekunde lag ich wieder auf dem Asphalt des Parkplatzes und beugte mich nach vorne, als müsse ich mich gleich übergeben.

»Skye!« Cassie kniete neben mir. »Bist du okay? Du bist einfach mitten auf dem Parkplatz in Ohnmacht gefallen! Hast du noch einen Kater? Brauchst du noch was zu essen?«

»Nein«, erwiderte ich und versuchte aufzustehen. Cassie reichte mir ihren Arm und ich stützte mich darauf. »Mir geht's gut.«

Aber war es wirklich so? Was hatte ich gerade gesehen? Was war mit mir passiert?

»Komm«, sagte sie besänftigend. »Gehen wir nach Hause.«

Kapitel 33

Während Cassie fuhr, lehnte ich mich im Ledersitz zurück und schloss die Augen. Die letzten vierundzwanzig Stunden waren zu schön gewesen, um wahr zu sein, und hatten es mir einfach gemacht, zu vergessen, was wirklich mit mir geschah. War die Vision eine meiner Kräfte gewesen, die versuchte zum Vorschein zu kommen? Das Problem war nur, dass ich keine Ahnung hatte, um was für eine Kraft es sich dabei handelte.

Als wir bei mir zu Hause ankamen, sahen wir Cassies Auto in der Auffahrt stehen, aber von Devin keine Spur.

»Glaubst du, er hat das Auto repariert?«, fragte sie.

Entweder das, oder Asher hatte ihn verscheucht.

»Probier's aus. Dann wirst du schon sehen.«

Sie stieg in ihren Wagen und drehte den Zündschlüssel herum. Das Auto sprang sofort mit einem schnurrenden Geräusch an. Jubelnd fuhr Cassie ein kleines Stück aus der Auffahrt und streckte den Kopf durch das offene Fenster.

»Devin ist ein *Engel*. Das ist unglaublich! Der Motor lief noch nie so ruhig.«

»Wer hätte gedacht, dass er so was draufhat?« Ich musste zugeben, dass ich beeindruckt war. Manchmal überraschte er mich wirklich. Asher hatte ihn als Bösewicht hingestellt, aber Devin hatte ein gutes Herz. Ich schwor mir, mich am Montag in der Schule bei ihm zu bedanken.

»Bist du sicher, dass du allein klarkommst?«, fragte Cassie zum Abschied. »Soll ich nicht lieber mit reinkommen?«

»Nein, ehrlich, danke«, erwiderte ich. »Ich brauche nur Wasser und ein bisschen Schlaf. Ich bin wahrscheinlich einfach nur dehydriert.«

»Na schön, aber ruf an, wenn du irgendwas brauchst, ja?«

Ich nickte. »Mach ich.«

Insgheim wusste ich, dass es mir nicht so gut ging, wie ich vorgab. Irgendetwas Beängstigendes passierte mit mir.

Als Cassie wegfuhr, ging ich ins Haus. Ich fühlte mich einsamer denn je. Ein Luftzug blies von der Schiebetür herüber und ich schnappte mir eine dicke Wolldecke, die im Wohnzimmer auf einem Sessel lag, wickelte mich fest hinein und trat hinaus auf die Terrasse. Die Sonne war hinter den Bergen untergegangen und der Himmel färbte sich allmählich dunkel. Es war die Zeit zwischen Tag und Nacht.

Ich erkannte die Gestalt auf dem Adirondack-Stuhl sofort, als ich nach draußen trat. Asher drehte mir den Rücken zu und sah hinauf zu den ersten Sternen. Betrachtete sie so, wie er es am Vorabend getan hatte.

Plötzlich wusste ich ganz genau, was ich wollte. Ich ging zu ihm hinüber, setzte mich auf seinen Schoß und wickelte die Decke um uns beide. Er wirkte überrascht, strich mir aber mit einer Hand übers Haar und ließ mich den Kopf unter sein Kinn legen.

»Hast du Devin verscheucht und Cassies Auto repariert?«

»Nein. Er war schon weg, als ich hier angekommen bin, aber ich habe den Motor überprüft. Wie's aussieht, hat er ihn tatsächlich repariert.«

»Warum erstaunt dich das? Er hat mich schließlich geheilt. Warum sollte er dann nicht auch das Auto reparieren?«

»Das ist einfach nicht die Art des Ordens.«

Wir saßen eine Weile schweigend da, während ich Ashers Nähe genoss.

»Asher?«

»Ja?«

»Ich habe Angst.«

»Ich weiß. Es wäre dumm von dir, keine Angst zu haben.«
»Aber was *wird* aus mir?«
Seine Arme umschlangen mich fester. Beschützten mich vor dem, was er als Nächstes sagen würde.
»Deine Kräfte sind bisher sprunghaft und unkontrolliert. Und keiner von uns weiß, wie sie sich entwickeln werden, wenn sie sich überhaupt weiterentwickeln. Wobei ich glaube, dass sie das tun werden.« Er beugte sich vor und flüsterte mir ins Ohr: »Ich glaube, dass du stark bist, Skye.« Ich erzitterte. »Das alles hier sollte dich vorbereiten. Und wenn ich irgendetwas tun kann, um dich auf das vorzubereiten, was dir noch bevorsteht, werde ich es tun. Versprochen. Der Orden ist skrupellos. Du bist ihnen egal. Sie interessieren sich nur für die Kraft, die sie möglicherweise durch dich erlangen – oder uns vorenthalten. Und dafür, weiterhin das Schicksal nach Belieben manipulieren zu können.« Er verlagerte sein Gewicht, sodass er mir in die Augen sehen konnte, und einen Moment lang empfand ich ein so starkes Verlangen, dass ich dachte, ich würde keine Luft mehr bekommen. »Und ich glaube, dass sich beide Seiten darüber einig sind, dass du anders sein wirst als alles, was wir bisher gekannt haben. Und dass wir nur einen Bruchteil von dem gesehen haben, was uns noch bevorsteht.«
Ich hätte ihm gerne erzählt, was gerade auf dem Parkplatz des Einkaufszentrums passiert war. Aber irgendetwas daran machte mir zu viel Angst. Ich war noch nicht bereit, es laut auszusprechen.
»Deshalb habe ich mir gedacht …«, sagte er, während er mit einer Strähne meines Haars spielte.
»Schon wieder?«, neckte ich ihn.
»Willst du's hören oder nicht?«
»Versetz mich in Erstaunen.«
Ich konnte ihm ansehen, dass er ein Lachen unterdrückte.
»Na ja«, fing Asher langsam an. »Warst du jemals einer Sache

zum Greifen nahe, die du schon immer wolltest und von der du nie gedacht hättest, dass du sie haben könntest, die dir aber zu viel Angst eingejagt hat, als dass du die Hand ausgestreckt und sie dir einfach ... genommen hättest?«

»Ja«, erwiderte ich mit klopfendem Herzen.

»Der Kerngedanke der Rebellion ist, dass wir alle nach unseren eigenen Regeln leben können. Das ist der Grund, warum wir uns losgesagt haben«, erklärte er. »Ja?«

»Wenn ich in meinen Geschichtsstunden irgendetwas gelernt habe«, erwiderte ich, wobei ich mich anstrengte, das Zittern in meiner Stimme zu unterdrücken, »dann ja. Dann hast du wohl recht.«

»Ich weiß, dass Devin keine Wahl hat«, fuhr Asher fort, »und ich sehe, wie sehr ihn das schmerzt. Und ich weiß, dass du zwischen allen Stühlen sitzt und kein wirkliches Mitspracherecht in dieser Sache hast. Deine Kräfte werden sich zeigen, wenn es wirklich darauf ankommt. Aber *ich* habe die Wahl, Skye. Ich habe die Macht, mich für das zu entscheiden, was ich wirklich will. Und es gibt nichts, was ich je mehr gewollt habe.«

Er schluckte. Ich konnte die Bewegung unter meiner Wange spüren.

Wir schwiegen ein paar Minuten lang. Ich lehnte den Kopf an seine Brust und lauschte seinem Atem.

»Du hast keinen Herzschlag«, stellte ich fest.

»Stört dich das?«, fragte er.

»Nein.« Ich dachte einen Moment darüber nach. »Nicht, solange du fühlen kannst und dir bestimmte Dinge wichtig sind.«

»Es ist ein Irrglaube, dass man ein Herz braucht, um zu lieben«, flüsterte mir Asher ins Haar.

Ich betrachtete das kleine Grübchen auf der linken Seite seines Kinns. Dann küsste ich ihn und er wickelte die dicke Wolldecke fester um uns herum.

Kapitel 34

Normalerweise schlief ich sonntags aus, aber irgendetwas hatte mich an diesem Morgen geweckt. Ich war schon auf dem Weg ins Bad, um mich wie immer für die Schule fertig zu machen, als mir bewusst wurde, dass ich nicht von meinem Wecker aufgewacht war. Langsam ging ich wieder zurück ins Bett.
Das Sonnenlicht drang durch die Vorhänge und schien mir ins Gesicht, sodass es mir schwerfiel, wieder einzuschlafen. Ich starrte zur Decke. Die Leuchtsterne, die ich als Kind dorthin geklebt hatte, wirkten im Tageslicht viel nüchterner als in der Nacht. Jetzt sahen sie aus wie einfache Aufkleber.
Plötzlich hatte ich das Gefühl, dass ich nicht mehr dieselbe Person war wie die, die sie vor Jahren dorthin geklebt hatte. Innerhalb weniger Wochen hatte ich mich extrem verändert. Während ich mich umdrehte, fragte ich mich, ob Asher vielleicht recht hatte und das, was da möglicherweise in mir schlummerte, schon immer in irgendeiner Form da gewesen war. Offensichtlich hatte ich es nun zum Leben erweckt. Jetzt musste ich nur noch lernen, es zu kontrollieren, musste herausfinden, ob es Kräfte des Lichts oder der Dunkelheit waren. Ich hoffte nur, dass mir das gelingen würde.
Nach einer Weile stand ich auf und schlenderte hinunter zur Küche, um Kaffee zu kochen. Dabei fielen mir plötzlich all die kleinen Dinge auf, die ich immer geliebt, aber auch stets für selbstverständlich gehalten und in vollen Zügen genossen hatte: der Geruch der Holztreppe; die glatte Oberfläche des Geländers, wenn ich mit den Fingern darüberstrich; das vom Licht

geschaffene geometrische Muster, wenn die Sonne durch die großen Fenster im Wohnzimmer schien; das Gefühl der Fliesen unter meinen nackten Füßen; das Knirschen des gemahlenen Kaffees, wenn ich ihn aus dem Beutel löffelte; der erdige Geruch, wenn der heiße Dampf in Schwaden aus der Kanne aufstieg; und das Geräusch des durch den Filter tropfenden Wassers, das wie das Saugen durch einen Strohhalm klang. Die Stille, wenn ich den Kaffee in eine Tasse goss. Das leise Klirren des Löffels auf Keramik, wenn ich die Milch umrührte.

Ich nahm meine Tasse mit nach oben in mein Zimmer, setzte mich in den großen, weich gepolsterten Sessel neben dem Erkerfenster und zog die Beine unter mich.

Das Licht der Sonne schien in diesem Moment in einem bestimmten Winkel durchs Fenster, fiel auf etwas Metallisches auf meinem Bücherregal und blendete mich. Ich stand auf und ging hinüber.

Es war Cassies und Dans Geburtstagsgeschenk, das immer noch ungeöffnet dort stand. Ich nahm es herunter. *Herzlichen Glückwunsch zum Geburtstag, Skye!*, stand in Glitzerschrift darauf.

Ich nahm einen Brieföffner aus dem Stiftebecher auf meinem Schreibtisch und schnitt behutsam das Klebeband durch, das die Alufolie zusammenhielt. Dabei musste ich unwillkürlich lächeln, weil ich mir vorstellte, wie Dan dieses Ding einpackte, ohne zu wissen, wie er es anstellen sollte.

Unter der Folie kam ein iPod-Stecker für mein Auto zum Vorschein. Ich war ganz gerührt, denn es war ein sehr persönliches Geschenk – schließlich war ich die Einzige in unserem Freundeskreis, die immer noch Radio hörte. Und mit einem Mal wurde ich ganz traurig, weil ich ahnte, dass mein Leben nie wieder so unbeschwert sein würde wie früher.

Von dem Kaffee einigermaßen wach, ging ich wieder nach unten in die Küche, um mir Frühstück zu machen und das Haus

ein wenig auf Vordermann zu bringen. Wie lange war es her, dass Tante Jo zu der Tour aufgebrochen war? Ich hatte jegliches Zeitgefühl verloren.
Nachdem ich es endlich geschafft hatte, alle leeren Becher einzusammeln und die Küche und den Eingang zu wischen, machte ich eine Pause und aß eine Schüssel Müsli. Ich las gerade die Rückseite der Schachtel, als das Telefon klingelte.

Ich war noch nie alleine zum River Springs County Hospital gefahren. Tatsächlich war ich das letzte Mal dort gewesen, als ich sechs war, und damals hatte ich mich in einem Krankenwagen befunden. Die Erinnerung daran setzte schlagartig ein, als ich jetzt denselben Weg fuhr.
»Beruhige dich, Skye. Komm, schön ruhig atmen, Mädchen.« Ich lag auf einer Krankentrage und konnte mich nicht bewegen. Ich weinte, aber meine Tränen liefen ständig in den Zwischenraum zwischen meinen Wangen und diesem Plastikding, das meinen Mund bedeckte und mir beim Atmen half. Ich atmete sehr schnell und versuchte immer wieder, nach meinen Eltern zu fragen, aber meine Worte blieben in dem Plastikding hängen. Die Krankenschwester neben mir hielt meine Hand und erklärte mir, dass ich mich beruhigen müsse. Ich müsse aufhören zu weinen. »Beruhige dich, Skye. Ganz ruhig.« Ich fragte mich, woher sie meinen Namen kannte.
»Skye!« Dan wartete am Eingang auf mich und sprang auf, als er mich durch die automatischen Schiebetüren rennen sah. Er wirkte am Boden zerstört, seine Augen waren blutunterlaufen und von Tränen gerötet. »Ich bin so froh, dass du hier bist. In Krankenhäusern wird's mir immer ganz anders.«
»Ist sie okay?«, fragte ich heiser und spürte, wie mir Tränen in die Augen traten.
»Sie ist bewusstlos. Die Ärzte glauben, dass sie durchkommen wird, aber sie ist noch nicht aufgewacht.«

Wir gingen zum Empfangsschalter, wo ich mich anmeldete.
»Ich kann Krankenhäuser auch nicht ausstehen«, sagte ich zitternd.
Überall standen Transportliegen herum. »Wo ist meine Mom?«, fragte ich panisch, sobald ich begriffen hatte, dass ich das Plastikding einfach nur von meinem Mund herunternehmen musste, um gehört zu werden. »Wo ist mein Dad?« Ich weinte und weinte. Ich wusste nur, was mir die Krankenschwester während der Fahrt gesagt hatte. Sie waren in dem Wagen, der direkt vor uns hergefahren war. Die Schwester streckte die Hand nach mir aus und hielt mir das Plastikding über den Mund. Ich versuchte normal zu atmen, wie sie mir gesagt hatte, aber es war schwer. »Wo sind sie?«, wollte ich schreien. Aber niemand konnte mich hören. Meine Worte blieben einfach unter dem Plastikding stecken.
Cassie lag auf Zimmer 512. Auf dem Gang waren überall Leute in Rollstühlen. Leute, die an Sauerstoffflaschen angeschlossen waren. Leute, in deren Armen Infusionen steckten. Und überall standen Transportliegen herum. Meine Atmung ging flach und schnell. Ich wusste, dass ich schwitzte, und fing an schwarze Flecken vor meinen Augen zu sehen. Hastig drückte ich die Tür auf. In genau so einem Zimmer hatte ich auch gelegen. Vor fast genau elf Jahren.
Cassies Mutter Evelyn sah aus, als wäre sie um hundert Jahre gealtert. Ich drückte sie fest an mich.
Während ich sie losließ, erklärte sie mir, dass Cassies Dad mit ihren Brüdern Charlie und Matty in die Cafeteria gegangen war, um Wackelpudding zu besorgen.
Als ich auf das Bett zuging, zuckte ich zusammen und strengte mich an, es mir nicht anmerken zu lassen. Cassie hatte ein blaues Auge und Verbände um die Arme. Über einem Bein lag eine dünne weiße Decke, während das andere in einem Gips in einer Schiene von der Decke hing. Sie schlief.

»Cassie«, flüsterte ich. »Was ist passiert?«
Evelyn legte mir tröstend eine Hand auf die Schulter.
»Die Bremsen ihres Autos haben versagt«, flüsterte sie. »Sie ist ins Schleudern geraten und gegen einen Laternenpfahl geknallt. Diese verdammte Tankstelle hat ihr Auto wirklich ganz toll repariert!«
»Es war nicht die Tankstelle«, sagte ich, als mir langsam etwas dämmerte. »Ich bin gleich wieder zurück.«

Ich wusste, dass die beiden irgendwo im Krankenhaus sein mussten. Wenn ich hier war, konnten sie nicht weit sein. Ich rannte durch die Gänge und fuhr mit dem Aufzug in jedes Stockwerk, auf der Suche nach einer Spur von Federn, nach dunklem oder blondem Haar. Irgendetwas.
Devin war ein Wächter. Devin besaß die Gabe, zu heilen. Er konnte Cassie gesund machen. Er konnte dafür sorgen, dass es ihr wieder besser ging. Zur Not würde ich ihn dazu zwingen.
Ich fand sie am Eingang, wo sie sich in der Nähe des Empfangsschalters herumdrückten. Asher sah besorgt aus. Devins Miene war schwieriger zu deuten. Kannte er Cassies Schicksal bereits? Nein, das wollte ich nicht glauben. Ich würde nicht zulassen, dass sie starb.
Als Asher mich sah, lief er zu mir und ließ zu, dass ich mich an seine Brust warf. »Ist sie okay?«, fragte er. »Ist sie schwer verletzt?«
»Sie liegt im Koma«, erwiderte ich. »Oder schläft oder ist bewusstlos. Ich weiß es nicht. Sie ist noch nicht aufgewacht. Devin! Du musst sie heilen! Du musst sie wieder gesund machen, okay? Komm!«
Devin blickte verwirrt. »Was?«
»Sie liegt auf Zimmer 512. Komm schon! Warum bist du so langsam? Gehen wir!«
Ein merkwürdiger Blick huschte über Devins Gesicht. »Ich

kann nicht«, sagte er verlegen. »Ich kann sie nicht heilen. Man hat es mir nicht befohlen.«
»Befohlen?«, wiederholte ich.
Man hat es mir nicht befohlen.
Der Orden.
»Ja«, erwiderte Devin vorsichtig, als könne ich ihm wehtun. »Ich kann sie nicht heilen, wenn die Begabten es mir nicht befehlen.«
Seine Worte machten mir bewusst, dass er im Grunde doch nur eine Marionette war. Ich könnte mich nie auf die Seite des Ordens schlagen. Niemals. Nicht, wenn es bedeutete, meinen freien Willen aufzugeben. In diesem Augenblick entschloss ich mich, ein Rebell zu werden, ganz gleich, ob meine Kräfte dem entsprachen oder nicht.
»Du kannst nichts tun?«, fragte ich eindringlich. »Du hast schließlich auch ihr Auto wieder zum Laufen gebracht. Hatten dir die Begabten das befohlen?«
»Die Wege der Begabten sind manchmal unergründlich, Skye«, erklärte er mit Nachdruck. »Es ist nicht immer gleich ersichtlich, welche Absichten sie verfolgen. Wir müssen ihnen vertrauen. Es wird sich alles bald klären.«
»Aber was ist, wenn Cassie nicht aufwacht?«, fragte ich entsetzt. »Was ist, wenn sie …?« Ich konnte den Satz nicht zu Ende bringen. Was war, wenn sie genau wie meine Eltern starb? Was war, wenn Cassie mich auch verließ?
»Dann ist das alles Teil ihres Plans«, vollendete Devin den Satz für mich.
Ich brachte kein Wort heraus.
»Ich hab's dir doch gesagt, Skye.« Asher fing an sich aufzuregen. »Ich habe dir doch gesagt, dass das Vorgehen des Ordens entsetzlich ist. Ihnen bedeutet niemand irgendetwas.«
»Im Gegenteil. Wir setzen uns für das Wohl der Welt ein«, schoss Devin zurück. »Wir halten das Leben im Gleichgewicht.«

»Euch ist das Leben der Menschen doch völlig egal!«, schrie ich. »Bestimmt ist euch sogar meines egal.«
»Nein, Skye. Ich würde alles für dich tun.«
»Das stimmt nicht. Nicht, wenn du nur das tust, wozu dir der Orden die Erlaubnis gibt.«
»Skye, wie kannst du so etwas sagen? Ich …« Ein seltsamer Ausdruck wich der selbstgefälligen Miene, die er bis jetzt zur Schau getragen hatte. Selbst Asher hielt inne, um ihn anzusehen. »Ich muss gehen«, sagte Devin plötzlich. »Es tut mir leid, dass ich deine Freundin nicht heilen kann. Ich hoffe, du findest einen anderen Weg, ihr zu helfen.« Dann drehte er sich um und marschierte durch die automatischen Eingangstüren davon.
Asher drehte sich zu mir. »Tut mir leid, Skye. Ich habe keine Ahnung, was das jetzt sollte«, sagte er hilflos.
Warum war Devin einfach so verschwunden? Plötzlich fügten sich die einzelnen Puzzlestücke zu einem Ganzen zusammen. Devin musste den direkten Befehlen der Begabten gehorchen, damit das Schicksal seinen Lauf nahm, wie der Orden es vorgesehen hatte. Das bedeutete, dass ihm jemand den Befehl erteilt hatte, Cassies Auto zu reparieren. Aber warum sollte er das tun? Es sei denn … Es sei denn, der Orden wollte gar nicht, dass jemand Cassies Auto reparierte. Es sei denn, er wollte, dass jemand die Bremsen durchschnitt. Es sei denn, er wollte Cassie schaden.
»Asher, glaubst du, es ist möglich, dass Devin die Bremsen an Cassies Auto durchtrennt hat?«
»Ich weiß es nicht. Ich habe sie nicht überprüft. Ich habe mir nur den Motor angesehen.«
»Aber würde der Orden Cassie schaden wollen?«
»Ich weiß es nicht, Skye«, wiederholte er. »Momentan würde ich nichts ausschließen. Ich werde versuchen, die Wahrheit aus ihm herauszubekommen und mich mit meinem Lager zu beraten. Bleib hier, Skye, okay? Hier bist du in Sicherheit. Der

Orden ändert gerade die Regeln und wir müssen unverzüglich darauf reagieren.«

»Du lässt mich hier alleine?«, keuchte ich. »Asher?«

Er sah auf mich herunter und fuhr mit dem Daumen über die Sommersprossen auf meiner Nase. »Ich bin bald wieder zurück. Keine Sorge.« Und schon war er weg.

Ich zerbrach mir den Kopf, was in den letzten Tagen wohl passiert war, das den Orden dazu veranlasst haben könnte, Cassie schaden zu wollen. Ich rollte die Ereignisse noch einmal von hinten auf. Wir waren im Einkaufszentrum gewesen, während Devin Cassies Auto reparierte. Wir hatten ihn an der Tankstelle getroffen. Cassie und ich waren ins *Big Mouth Schnellrestaurant* brunchen gegangen. Wir waren am Morgen nach der Party aufgewacht und das Fenster war offen gewesen. Die Party! Ich hatte mit Cassie über die Lagerfeuergeschichte geredet!

Plötzlich erstarrte ich. Devin war dort gewesen, als ich Cassie fast alles erzählt hatte. Er hatte gehört, wie ich beinahe alle meine dunkelsten Geheimnisse – und seine – ausgeplaudert hatte. Er wusste, dass Cassie die Einzige war, der ich je davon erzählen würde. Und wenn es für ihn wichtig war, dass ich lebte, aber alle Geheimnisse bewahrt blieben, war der sicherste Weg, mich davon abzuhalten, ihr alles zu erzählen, sie umzubringen.

Wäre der Devin, den ich kennengelernt hatte, wirklich dazu fähig? Oder versuchte Asher, mich gegen Devin aufzubringen, indem er mich misstrauisch machte? Er hatte die Wahl. Er konnte tun, was er wollte. Und die beiden hatten zweifelsohne die ganze Zeit im Wettstreit miteinander gestanden. Vor allem, wenn es um mich ging.

Ich war wieder an dem Punkt angelangt, wo ich nicht wusste, ob ich einem der beiden trauen konnte.

Kapitel 35

Ich ging zurück in Cassies Zimmer. Dan saß an ihrem Bett und hielt ihre Hand. Ihre Mutter holte sich gerade einen Kaffee. Ich ging auf die andere Seite des Betts und ergriff Cassies Finger.

»Ich hätte ihr schon viel früher sagen sollen, wie sehr ich sie mag. Ich glaube, ich habe sie schon immer geliebt«, sagte Dan.

»Sie wird wieder auf die Beine kommen«, erwiderte ich.

»Woher willst du das wissen?«

»Ich …« Ich fragte mich, ob ich mit dem Orden eine Art Deal aushandeln konnte. Nach dem Motto: Lasst zu, dass Devin sie heilt, und ich schließe mich euch an – bereitwillig und voller Begeisterung. Vielleicht konnte ich sie aber auch selbst heilen, wenn ich mich stark genug konzentrierte.

Ich schloss die Augen und suchte nach dem Quell der Kraft, von dem Devin mir erzählt hatte, und versuchte gleichzeitig den Schalter zu finden, den sich Asher bildlich vorgestellt hatte, als er die Elemente heraufbeschwor. Das war wichtig. Unglaublich wichtig. Meine Emotionen waren auf ihrem Höhepunkt. Es musste mir einfach gelingen! Ich durfte Cassie nicht verlieren. Ich hatte schon meine Mom und meinen Dad verloren. Für sie hatte ich nichts tun können. Aber Cassie durfte ich nicht verlieren!

Bei dem Gedanken an ein Leben ohne sie traf mich der Kummer mit voller Wucht. Und mit dem Kummer kam die Wut. Warum sollte ich mich dem Orden anschließen, wenn einer ihrer Angehörigen jemandem nicht half, nur weil man ihm nicht die Erlaubnis dazu gegeben hatte? Warum gab es nicht so etwas wie eine allgemeine Erlaubnis? Wenn ihr jemanden trefft, der Hilfe braucht, so helft ihm. Warum knauserten sie nur so mit ihren Gaben?

Ich konnte und wollte das nicht von Devin glauben. Er war jetzt bestimmt beim Orden und flehte ihn um Erlaubnis an. Für mich. Er würde das für mich tun. Da war ich mir sicher.

Unvermittelt erinnerte ich mich daran, wie besorgt Asher in der Schneehöhle gewesen war, als er feststellte, dass ich verletzt war. Er hatte gesagt, dass er mir nicht helfen könne. Damals hatte ich mir nichts dabei gedacht, aber jetzt wusste ich, dass er bedauerte, nicht dieselben Kräfte zu besitzen wie Devin. Ja, das Feuer hatte uns gewärmt, bis wir gerettet wurden, aber es konnte nicht heilen. Heilen war die größere Kraft. Die rebellischen Engel aus längst vergangenen Zeiten hatten einen hohen Preis für ihren Wunsch bezahlt, das Paradies zu verlassen.

Und paradiesische Verhältnisse waren das, was der Orden anzubieten hatte. Zumindest laut Devin. Er wollte unbedingt dorthin zurück. Und er wollte mich dorthin mitnehmen.

Konnte ich mit ihm gehen, wenn Cassie starb?

Wenn Cassie starb … wenn Cassie starb … wenn Cassie starb …

Die Worte hallten mir unablässig durch den Kopf und mein Kummer drohte mich förmlich zu verschlingen …

Plötzlich ertönte ein lauter Knall in der Ecke des Zimmers. Ich riss die Augen auf. Die Maschine, die Cassies Leben überwachte, qualmte und die Anzeigen spielten verrückt.

»Mist!«, schrie Dan und griff nach dem Summer, um eine Krankenschwester zu rufen.

Entsetzt ließ ich Cassie los und trat vom Bett zurück. Ich konnte ihr nicht helfen. Ich konnte womöglich niemandem helfen. Ich konnte lediglich Dinge zerstören. Den Boiler, das Thermostat, die Busheizung, die so heiß geworden war, dass ich mir die Finger verbrannte. Jetzt die Maschine, die Cassies Vital-

funktionen überwachte. Was war, wenn ich diese negative Energie durch Cassie geschickt und sie getötet hatte?
Im nächsten Augenblick kamen zwei Krankenschwestern hereingestürzt. »Ihr müsst jetzt gehen«, befahl die eine.
»Wird sie wieder gesund werden?«, fragte ich.
Die Schwester hantierte an der Maschine herum und machte Cassie los, während die andere ihr ein Stethoskop auf die Brust drückte und ihren Herzschlag überprüfte. Dan stand einfach nur reglos da und sah fast so verloren aus, wie ich mich gerade fühlte.
»Sie wird doch wieder gesund, oder?«, wiederholte ich. »Ihr Herz schlägt noch, oder?«
»Ihr müsst jetzt wirklich gehen«, sagte die Krankenschwester noch einmal und kümmerte sich weiter um die Maschine.
Als Dan und ich uns nicht vom Fleck rührten, packte sie uns an den Armen und schob uns hinaus auf den Gang.
»Was zum Teufel ist da drin passiert?«, fragte Dan, als sie die Tür hinter sich schloss.
»Ich weiß es nicht«, log ich.
Wir setzten uns auf ein paar Stühle im Gang. Schließlich kamen die Krankenschwestern wieder heraus. Sie bestätigten, dass sich Cassies Zustand nicht verändert hatte, die Kontrollmaschine aber völlig hinüber war. Sie hatten das kaputte Gerät herausausgerollt und ein neues hineingebracht.
Ich versuchte mir einzureden, dass die Maschine alt und defekt gewesen war. Aber wem machte ich hier eigentlich etwas vor? Ich hatte sie zerstört. Weil ich meine Kräfte nicht kontrollieren konnte.
Als alles wieder ordentlich hergerichtet war, winkten uns die Schwestern zurück ins Zimmer. Dan schob gerade die Tür auf, als er sah, dass ich im Gang stehen blieb. »Kommst du nicht mit rein?«
Ich konnte es nicht riskieren, Cassie versehentlich zu scha-

den. »Nein, ich glaube, ich gehe nach Hause. Ich bin total erschöpft.«
Es war eine dumme Ausrede. Aber nichts, was ich hätte sagen können, hätte vernünftig erklärt, warum ich jetzt ging.
»Wenn sie aufwacht, ruf mich an.«
Dans verwirrter Blick sagte mir, dass er nie im Leben damit gerechnet hätte, dass ich mich einfach so verzog. »Ja, klar, okay«, erwiderte er. Als ließe ich nicht nur Cassie, sondern auch ihn im Stich.
Ich wäre so gerne bei ihm geblieben. Aber ich konnte es nicht. Ich gehörte nicht mehr hierher. Das Problem war, dass ich nicht wusste, wohin ich überhaupt gehörte.
Ich rückte die Tasche an meiner Schulter zurecht, steuerte auf den Aufzug zu und änderte dann doch kurzfristig meine Meinung. So wie meine Gefühle in mir tobten, hatte ich keine Ahnung, was passieren würde, wenn ich den Knopf zum ersten Stock drückte. Ich könnte den Aufzug außer Betrieb setzen oder dafür sorgen, dass er in die Tiefe stürzte. Deshalb steuerte ich auf die Treppe zu und eilte nach unten, Stockwerk für Stockwerk, dankbar, dass die Wandlampen nicht explodierten, als ich unter ihnen vorbeilief.
Draußen auf dem Parkplatz wurden die Autos von Halogenstrahlern erleuchtet. Seit ich im Krankenhaus angekommen war, hatte ich jegliches Zeitgefühl verloren und stellte jetzt überrascht fest, dass es bereits dunkel wurde.
Während ich mich meinem Auto näherte, kramte ich den Schlüssel aus meiner Handtasche und drückte den Entriegelungsknopf.
»Devin verliert seine Entschlossenheit.« Beim Klang von Ravens Stimme packte mich eiskalte Angst. Ich blickte zur Seite. Sie stand plötzlich neben mir, aber ich hatte keine Ahnung, woher sie gekommen war.
»Ich wusste, dass er diesem Auftrag nicht gewachsen ist«, fuhr

sie fort. »Ich habe ihm gesagt, er solle sich von ihm entbinden lassen, aber er wollte nicht auf mich hören. Er hat irgendwas von Stolz und Integrität gefaselt, blablabla.« Sie nahm die Hände hinter dem Rücken hervor. Darin hielt sie einen verdrehten Metallgegenstand. »Oh, schau nicht so verwirrt, kleine, unschuldige Skye. Du weißt genau, was das ist. Es sind die Autobremsen deiner Freundin. Und weißt du, woher ich die habe?« Raven lächelte spöttisch. »Du hast Angst, Devin könnte sie mir gegeben haben, stimmt's?«

»Du Miststück«, erwiderte ich mit schnarrender Stimme.

»Skye, ich passe nur auf dich auf! Wenn *der Orden* dir nicht sagt, was hier wirklich vor sich geht, werde ich es tun. Und wer weiß? Vielleicht beschwören wir dabei deine schwer zu fassenden Kräfte herauf.« Sie kam auf mich zu und ich drückte mich an die Seite des Wagens.

»Die Sache läuft so, Prinzessin. Ich weiß, du möchtest gerne glauben, dass Cassies Unfall der erste Vorfall ist, bei dem sich der Orden, sagen wir, in dein Leben *eingemischt* hat. Der Orden mischt sich irgendwann in das Leben aller ein. Aber vor allem in deines, denn du bist etwas *Besonderes*.« Sie spuckte das Wort geradezu aus.

»Halten wir doch eine kleine Geschichtsstunde ab. Also, wo sollen wir anfangen? Deine Lieblingsfarbe ist von jeher Blau, stimmt's, Skye? Weil du die Melodie von *Das Blaue Lied* aus der *Sesamstraße* so gerne magst. Wie süß. Dann hast du von der Farbe Himmelblau gehört und dachtest, dass man dich danach benannt hätte. Mann, das ist so schwülstig, dass ich schreien könnte. In einem anderen Haus, in einer anderen Straße, zu weit weg, als dass du ihn schon getroffen haben könntest, findet ein kleiner Junge denselben Liedtext auch ganz toll, und das sogar so sehr, dass er seine Eltern bittet, ihm nur noch blaue Kleidung zu kaufen. An deinem ersten Schultag marschierst du in dein Klassenzimmer. Ein paar Plätze sind noch frei: neben einem kleinen blonden Mädchen mit pinkfarbenen Bändern im Haar, einem Mädchen in einem gelben Kleid und einem Jungen, der ein himmelblaues Sweatshirt trägt. Und neben wen setzt sich die kleine Skye?«

»Woher weißt du das?«, flüsterte ich.

»Er heißt Daniel Rosenberg und er ist dein bester Freund, bis du ein paar Tage später morgens den Bus verpasst…«

»Wer hat dir das alles erzählt?« Meine Hände zitterten.

»Unterbrich mich nicht, Skye. Hat dir deine Tante Jo nicht beigebracht, dass das unhöflich ist? Wo war ich stehen geblieben? Ach, genau, du verpasst den Schulbus ein paar Tage später, und während du die Straße hinunterläufst, findest du ein Heft, auf dem der Name Cassie Saunders steht. Und als du Cassie findest und ihr das Heft zurückgibst, bemerkst du, dass sie Erdnussbutter an den Fingern hat. Ihr stellt fest, dass ihr beide gern Schokoladenpudding mit Erdnussbutter esst. Das ist das Fundament einer elfjährigen Freundschaft.«

»Woher weißt du…?« Wir aßen das manchmal immer noch.

»Skye, die Begabten sehen alles. Sie lenken die Ereignisse. Sie wissen Bescheid. Und soll ich auch noch den Grund erwähnen, warum du Geburtstage so schrecklich findest? Vor allem deinen eigenen?«

»Nein«, flüsterte ich.

»Könnte es sein, dass deine Eltern an deinem sechsten Geburtstag gestorben sind, Skye? Bei einem – oh, welch Zufall – Autounfall?«

»Was fällt dir ein, so darüber zu reden!«, schrie ich. »Dieser Tag hat mein ganzes Leben verändert. Dieser Tag hat alles für immer verändert. Es war meine Schuld! Meine Schuld! Ich habe überlebt und sie nicht! Ich habe ihnen das angetan! Du hast kein Recht…«

Und dann stürzte auf einmal alles auf mich ein. *Welch Zufall?* Was hatte Devin gesagt – *die Wege des Ordens sind unergründ-*

lich? Sie hatten Cassies Unfall verursacht. War es möglich, dass sie auch …

»Der Orden hat meine Eltern getötet«, sagte ich benommen. »Sie haben den Autounfall verursacht. Genau wie bei Cassie.«

»Bravo!« Raven klatschte Beifall. »Dafür bekommst du ein Fleißsternchen.«

»Sie wollten auch meinen Tod, oder? Sie haben irgendetwas in mir gesehen. Und sie wollten verhindern, dass meine Kräfte zutage treten.«

»Oh, sie hatten recht, was dich betrifft«, gurrte Raven. »Du bist ja so schlau.«

»Aber ich bin nicht gestorben.«

»Nein, das bist du *nicht*.«

»Wieso?«

Zum ersten Mal wirkte Raven ein wenig nervös. »Das weiß niemand. Die Begabten haben gesehen, dass du gemeinsam mit deinen Eltern sterben würdest. Aber dann … ist es anders gekommen. Es war das erste und einzige Mal, dass je so etwas passiert ist. Darum wollten sie dich ja so genau bewachen. Um zu sehen, was sich daraus entwickeln würde. Bis …«

»Bis was?«

»Bis sie auf einmal nicht mehr in deine Zukunft sehen konnten.«

»Das weiß ich bereits.«

»Schön für dich. Aber hast du auch *gewusst*«, sagte sie spöttisch, »dass sie die Zukunft der Menschen um dich herum auch nicht mehr voraussehen können? Du verwischst das Schicksal anderer.«

Ich atmete scharf ein. »Wirklich?«

»Du hast zweifellos Devins Schicksal verändert«, erwiderte Raven und starrte mich in Grund und Boden. »Die Begabten können es nicht mehr voraussehen. Und das erst, seit er sich in deiner Nähe aufhält.«

Ich schluckte schwer.
»Außerdem hat er mir gehört«, knurrte sie. »Und du hast ihn mir weggenommen.«
»Ich habe ihn dir nicht weggenommen!«, wandte ich ein. »Und er gehört mir auch nicht!«
»Du würdest dich wundern«, erwiderte sie, »wie sehr.«
Stille legte sich zwischen uns.
»Ich verstehe nicht ganz«, flüsterte ich.
»Devin ist ein Wächter wie ich. Wir handeln nicht nach Lust und Laune. Die Entscheidungen, die wir treffen, kommen nicht von uns.« Sie hielt inne und ich hatte das Gefühl, ich hörte einen traurigen Unterton in ihrer Stimme, als sie sagte: »Alles wird für uns bestimmt. Und ganz gleich, welche Gefühle in Devin wach werden, sie werden ihn zerstören. Ich kenne ihn gut genug, um das zu wissen.« Ihr Blick wurde wieder hart.
»Gefühle?« Mein Herz klopfte mir bis zum Hals. Wovon redete sie?
»Ja. Du bringst ihn dazu, Dinge zu tun, die er nicht tun soll. Der Orden hat ihm befohlen, die Bremsen zu manipulieren, doch er hat es nicht getan. Zum Glück habe ich es überprüft. Wenn die Begabten herausfinden, dass er einen direkten Befehl missachtet hat … Ich möchte nicht einmal darüber nachdenken, was sie ihm dann antun. Nichts Erfreuliches. Das steht schon mal fest.«
»Wenn sie sein Schicksal nicht mehr voraussehen können, woher wissen sie dann, dass das, was er für mich empfindet, nicht das ist, was er empfinden sollte?«
»Weil sie es bis zu einem bestimmten Zeitpunkt sehen konnten. Sie haben die Gabe der Sicht erst kurz vor deinem siebzehnten Geburtstag verloren. Es hat etwas mit deinen Augen zu tun.«
Leuchtendes Silber. Kleine Silberglöckchen. Wenn sie bimmeln, wissen wir Bescheid.

»Darum beobachten sie dich so genau. Weil du ihnen sehr, sehr gefährlich werden kannst, Skye Parker.«
»Warum haben sie bis zu meinem sechsten Geburtstag gewartet, um zu versuchen, mich umzubringen?«
»Oh, Skye, törichte kleine Skye. Sie haben schon davor viele Male versucht, dich umzubringen. Dieses Mal gab es nur den größten ... Kollateralschaden. Die Sicht der Begabten ist perfekt, aber manchmal gibt es Wächter, die alles vermasseln.« Sie hielt die Bremsen des Autos hoch.
»Und sie haben es seitdem nicht mehr versucht?«
»Na ja, nach diesem Tag war ihnen klar, dass du noch viel besonderer bist, als sie dachten. Sie wollten sehen, was passiert.«
»Warum tust du das?«, fragte ich.
»Weil es jemand tun muss. Und sie es mir befohlen haben«, erwiderte sie.
»Ich dachte, Devin wäre der Wächter, den sie geschickt haben, um mich zu bewachen.«
»Und *ich* dachte, du hättest jetzt endlich den Durchblick, Skye! Sie haben Devin aus einem völlig anderen Grund hierhergeschickt. Denk mal nach. Von wem hast du alle diese Informationen bekommen – von mir oder von ihm?«
Konnte sie recht haben? Mein Herz raste. *Was war, wenn man Devin gar nicht hierhergeschickt hatte, um mich zu beschützen?*
»Er sollte dich ködern ... und dafür sorgen, dass du ihn so sehr willst, dass du dich bereitwillig auf unsere Seite schlagen würdest.«
Hatte er mich die ganze Zeit zum Narren gehalten? Aber wenn es so war, warum hatte er dann den Befehl missachtet, Cassies Bremsen zu sabotieren?
»Wie auch immer«, sagte sie. »Hoffentlich ist mit deiner Tante Jo alles in Ordnung. Wie schade, dass sich ihre Bergführerin

bei diesem schrecklichen Sturz das Bein gebrochen hat. Woran lag es noch mal? An einem fehlerhaften Karabinerhaken? Und jetzt ist deine Tante Jo draußen im Wald und hat keine Möglichkeit, dich zu erreichen? Ich hoffe wirklich, dass ihr nichts zustößt …«

Eine unbändige Wut, wie ich sie in dieser Form noch nie zuvor erlebt hatte, ballte sich in meiner Magengrube zusammen.

»Wenn du ihr auch nur ein Haar krümmst, bringe ich dich um«, sagte ich mit erhobener Stimme. »Ihr könnt sie mir nicht einfach wegnehmen! Nicht, nachdem ihr mir schon meine Eltern und Cassie weggenommen habt!«

Im selben Augenblick fing der Boden unter uns an zu beben und mehrere Autoalarmanlagen gingen los. Raven riss ungläubig die Augen auf.

»Es ist also wahr«, entfuhr es ihr ehrfürchtig.

»Lass mich in Ruhe!«, schrie ich. »Lass uns alle in Ruhe!«

Dann fiel die Parkplatzbeleuchtung aus. Und im nächsten Moment befand ich mich an einem anderen Ort.

Kapitel 36

Ich befand mich inmitten einer ausgedehnten weißen Landschaft und war mir nicht sicher, ob ich drinnen oder draußen war. Es war nicht kalt. Aber auch nicht warm. Kein Wind regte sich. Durch einen weißen Nebel hindurch nahmen verschiedene Dinge allmählich Gestalt an. Die Krümmung eines Bogens hier, die schräge Kante einer Stufe da. Schemen bewegten sich langsam. Aber ich konnte nicht mehr als verschwommene Gestalten ausmachen. Ich konnte nicht einmal erkennen, ob es sich um Menschen handelte.

Der Nebel wirbelte um mich herum. Tauchte alles in Weiß. Und genauso plötzlich, wie ich an diesem Ort erschienen war, kehrte ich auch wieder auf den Parkplatz zurück.

Ich umklammerte die Klinke der Autotür, um nicht das Gleichgewicht zu verlieren, und stand Raven gegenüber.

»Oh mein Gott!«, sagte sie. »Das ändert alles!« Und dann war sie plötzlich verschwunden.

Panik stieg in mir auf. *Tante Jo!* Was war, wenn Raven in diesem Moment zu ihr unterwegs war? Was war, wenn der Orden sie als Nächstes ins Visier nahm? Tante Jo war in Gefahr! Ich musste sie unbedingt finden, wo auch immer sie jetzt war.

Ich kramte in meiner Handtasche, holte mein Handy heraus und drückte ihre Nummer. Der Anruf wurde direkt auf ihre Mailbox geleitet.

»Verdammt!«

Sie hatte vermutlich keinen Empfang. Ich rief das Büro an, aber niemand ging ans Telefon. Normalerweise war immer jemand im Büro. Im Notfall konnten sie mit Tante Jo per Satellitentelefon Kontakt aufnehmen. Warum war also niemand da?

Ich riss die Autotür auf, stieg ein, jagte den Motor hoch und fuhr aus dem Parkplatz, während ich gleichzeitig im Handschuhfach nach irgendwelchen Karten wühlte, die Tante Jo dort immer aufbewahrte. Wo, hatte sie gesagt, war sie? In den Collegiate Peaks? Ich war seit Jahren nicht mehr dort gewesen, aber ich wusste, dass sie westlich in Richtung Denver lagen.

Ich raste in Richtung des Highways. Doch was würde ich tun, wenn ich schließlich dort ankam? Tante Jo war draußen im Hinterland. Wie sollte ich sie da finden?

Während der Fahrt schossen mir jede Menge Erinnerungen durch den Kopf, Gesprächsfetzen, alles Mögliche, was mir Leute im Laufe der Jahre erzählt hatten.

Am Tag, als ich sechs Jahre alt wurde, fuhr mein Vater mich und meine Mutter von meiner Geburtstagsfeier auf der Kirmes in der Nachbarstadt nach Hause. Es regnete, aber alle hatten auf der Feier viel Spaß gehabt. Cassie, Dan und ich waren auf Ponys geritten und wir waren alle so schmutzig, als hätten wir uns mit den Tieren im Schlamm gewälzt. Es war mein bisher schönster Geburtstag gewesen und ich war überglücklich.

Dad verpasste die Ausfahrt auf die Schnellstraße und raste in den Wagen vor ihm. Sie fanden mich unverletzt auf dem Rücksitz, nachdem sie meine Eltern tot aus dem Autowrack geborgen hatten. Obwohl der Wagen einen Totalschaden hatte, hatte ich abgesehen von einem Schock keinen einzigen Kratzer abbekommen.

Überall standen Transportliegen herum. »Mom!«, rief ich. »Dad!« Ich wollte mit den Armen um mich schlagen, aber irgendwer hielt mich fest. Ich blutete nicht und ich hatte keinen einzigen Kratzer davongetragen. Nicht einen gebrochenen Knochen. Die Ärzte und Krankenschwestern benutzten Wörter wie »Wunder« und »unglaublich«, wollten aber auf Nummer sicher gehen. Doch ich wollte einfach nur meine Eltern sehen. Ich saß in einem Krankenbett und aß roten Wackelpudding, als sie es mir sagten. »Du bist jetzt allein, Skye.«

Vermutlich hatten sie es mir nicht genau so gesagt, aber so erinnerte ich mich daran. »Du bist jetzt allein.« Das war, bevor mich Tante Jo, die beste Freundin meiner Mutter, adoptierte. Bevor ich mit ihr in dieses Haus zog.

Während die Bäume und Straßenschilder an mir vorbeirauschten, schreckte ich plötzlich auf. *Allein.* Woran musste ich bei diesem Wort denken?

Du bist jetzt allein, Skye.

Ich wollte warten, bis wir allein sind, um dir das zu zeigen.

Devin! Natürlich! Er hatte es vor ein paar Tagen gesagt, an dem Abend, als er mir zeigen wollte, wie man eine verwelkte Blume wieder zum Leben erweckt. Raven hatte recht. Der Orden wollte mich allein erwischen. Sie hatten dafür gesorgt, dass Cassies Bremsen versagten, damit sie einen Unfall hatte – in der Hoffnung, dass sie dabei ums Leben kam und alles ausgelöscht wurde, was ich ihr möglicherweise erzählt hatte. Sie hatten Jenn Spratts Sturz arrangiert, damit Tante Jo auf verlängerte Touren gehen und mich allein zu Hause lassen musste, während mein Schicksal seinen Lauf nahm. Der Orden wollte mich isolieren, mich allein erwischen, damit sie mich leichter von meinem alten Leben wegzerren konnten – von allem, was ich einmal gekannt hatte. Und Devin war ihre Schachfigur gewesen. Bis er aufgehört hatte, ihren Befehlen zu gehorchen, und Raven die Sache in die Hand genommen hatte.

Tausend Gedanken wirbelten mir im Kopf herum, als mein Auto plötzlich auf der Straße über eine vereiste Stelle fuhr und ich völlig die Kontrolle über den Wagen verlor. Ich geriet in Panik, riss das Steuer nach rechts und verfehlte nur knapp einen riesigen Baum. Verzweifelt versuchte ich das Steuer nach links zu drehen, um einem weiteren Baum auszuweichen, der direkt auf mich zukam. Aber ich konnte den Zusammenprall nicht mehr verhindern. Es würde passieren, ganz gleich, ob ich dazu bereit war oder nicht.

Mein Auto qualmte. Alles erinnerte mich an den letzten Autounfall, in den ich verwickelt gewesen war.

Wie durch ein Wunder war ich auch dieses Mal nicht verletzt worden. Das Auto sah nicht gut aus, hatte aber keinen Totalschaden. Ich schnappte mir meine Handtasche, die auf der Beifahrerseite auf den Boden geschleudert worden war, und stieg aus. Es war eiskalt. Hier oben in den Bergen herrschte eine noch beißendere Kälte als in der Stadt, wo die Gebäude den Wind teilweise abhielten. Ich holte meinen Parka aus dem Wagen, schlüpfte hinein und zog den Reißverschluss bis ganz nach oben zu.

Tante Jo hatte dafür gesorgt, dass die Nummer des Automobilclubs in mein Handy eingespeist war, als ich mein Auto bekam. Ich kramte in meiner Handtasche nach dem Telefon. Als ich die programmierte Nummer drückte, erstarrte ich. Kein Empfang. Ich schlug mit der Handfläche gegen die Autotür.

»Hast du auch nur die geringste Ahnung, wie leicht es ist, ein Funksignal zu blockieren, damit man keinen Handyempfang hat? Kinderleicht«, spottete plötzlich eine zuckersüße Stimme vor mir. Ich sah auf und erblickte Raven, die in einer weißen Daunenjacke mit Pelzkapuze zwischen den Bäumen stand. »Geradezu süß, wie du deine Adoptivmutter beschützen willst«, sagte sie lächelnd. »Weil du deine leibliche Mutter nicht retten konntest, nehme ich an.«

»Was willst du von mir?«, schrie ich.

»Ich glaube, du weißt, was ich will«, erwiderte sie. »Ich will, dass du mit mir kommst.«

»Warum sollte ich das tun?«

»Oh, Skye, wann wirst du endlich lernen, dass es nichts nützt,

vor seinen Problemen wegzulaufen? Du kannst deinem Schicksal nicht entkommen. Es folgt dir überallhin.«
Ich schluckte. »Wohin gehen wir?«
Raven grinste. »Das wirst du sehen, wenn wir dort sind.«

Kapitel 37

Oben auf einem Berg betraten wir eine Lichtung, die dem Feld ähnelte, auf dem ich mit Asher und Devin geübt hatte. Der Boden zu unseren Füßen war hart und vereist. Der Himmel über uns erschien in einem gleißenden Blau und die wenigen Wolken lösten sich in einen feinen Nebel auf, der sich über alles legte. Es wirkte, als wären wir nicht mehr auf der Erde. Und in gewisser Hinsicht waren wir es wohl auch nicht mehr.

Vor mir ragten zwei Engel empor, die ich noch nie gesehen hatte. Der eine der beiden hatte riesige, elfenbeinfarbene Flügel, die sich hinter seinem Rücken ausstreckten, und sah stark, aber betagt aus. Falten zogen sich um seine Augen- und Mundwinkel und sein Haar war grau. Nach dem zu urteilen, was mir Asher und Devin darüber erzählt hatten, wie Engel alterten, musste er Tausende von Jahren alt sein. Die Flügel des anderen waren wie Ashers – schwarz wie die Nacht. Er wirkte ein wenig jünger als der Engel neben ihm, obwohl ihm seine weißen Schläfen ebenfalls ein würdevolles Aussehen verliehen.

Devin und Asher standen neben ihren jeweiligen Ältesten, wie ich annahm, vermieden jeglichen Augenkontakt mit mir und blickten zu Boden, die Hände hinter dem Rücken, als befolgten sie Befehle.

»Also«, sagte der Engel mit den weißen Flügeln mit leiser, samtweicher Stimme. »Sie ist gekommen.«

Devin und Asher sahen auf, jeder mit einem anderen Ausdruck im Gesicht. Asher strahlte unbändige Wut aus, Devin hingegen Angst. Gleichwohl spürte ich, dass er nicht Angst um sich

selbst, sondern um mich hatte. Und beide sahen aus, als hätten sie Schmerzen.
»Ich bin Astaroth, einer der Begabten des Ordens. Und das«, er deutete anmutig auf den Engel neben ihm, »ist Oriax. Er ist einer der Rebellenältesten.«
Astaroth hielt inne und zog eine graue Augenbraue hoch.
»Wie es den Anschein hat, haben wir ... ein Problem.«
Er ließ den Blick hinter mich schweifen. Ich fuhr herum.
Raven stand selbstgefällig hinter mir, ihre weißen Flügel ausgestreckt und die Hände hinter dem Rücken verschränkt, und sah in ihrer kleinen weißen Jacke wie ein unartiges Schulmädchen aus. Als sich unsere Blicke trafen, hatte ich das Gefühl, dass mir das Blut in den Adern gefror. *Wenn du dich nicht darum kümmerst, werde ich es tun*, hatte sie zu Devin gesagt.
Ich kam mir plötzlich vor wie in einem dieser Träume, in denen man auf die Bühne geschubst wird, um die Hauptrolle in einem Stück zu spielen, von dem man noch nie etwas gehört hat. Ich ballte die Fäuste hinter meinen Rücken und versuchte mich zu konzentrieren. Also gut, was bewirkte, dass merkwürdige Dinge in meiner unmittelbaren Umgebung passierten? Es geschah immer, wenn ich hoch emotional war oder den Elementen ausgesetzt oder mich in der Nähe von Elektrizität befand… Ich schloss die Augen und versuchte, die Energie zu bündeln, die mir zur Verfügung stand. Das Rauschen des Windes um mich herum. Ein zwitschernder Vogel. Ashers würziger Duft, der zu mir herüberwehte. Was für ein Gefühl von Wärme und Sicherheit mir Asher gab. Devin, den ich nie richtig verstehen würde.
»Deine Kräfte haben sich herausgebildet.« Oriax' Stimme hallte in meinen Ohren. »Und sie sind stärker, als wir es uns je vorgestellt hätten.«
Ich riss die Augen auf, gerade rechtzeitig, um zu sehen, wie Asher und Devin nervöse Blicke tauschten.

»Licht *und* Dunkelheit, im Kleinen *und* Großen«, fuhr Astaroth fort. »In vielerlei Hinsicht sogar vereint. Aber gefährlich, ja.« Er hob einen Stein vom Boden auf und warf ihn in die Luft. Als er ihn wieder auffing, sah er mir geradewegs in die Augen. »Eine riesige Gefahr für uns alle.«

»Für *manche*«, wandte Oriax mit Blick auf Astaroth ein, wobei die Erregung in seiner Stimme wuchs. Er drehte sich wieder mir zu. »Insbesondere deine andere Fähigkeit, der ausschlaggebende Grund, warum wir dich von unseren Boten haben bewachen lassen …«

Was? Was für ein ausschlaggebender Grund? Bewachten sie mich nicht, um zu sehen, welche Kräfte ich besaß? Ich blickte panisch zu Asher und Devin, aber sie wichen meinem Blick aus. Plötzlich wurde mir klar, dass sie mir etwas verschwiegen hatten, dass sie sich bedeckt gehalten hatten, was die genauen Vorgaben ihres Auftrags betraf. *Was war der eigentliche Grund?*

»Ja, deine … Fähigkeit, die eine Sache zu behindern, die wir über alles schätzen. Was sollen wir nun mit einem so gefährlichen Mädchen anfangen?«

»Welche Fähigkeit?«, fragte ich und drehte mich zu Raven um.

»Skye«, meldete sich Asher zu Wort.

»Ruhe!«, befahl Astaroth. »Hast du deine Rebellen etwa nicht unter Kontrolle, Oriax?«

Asher trat mit gesenktem Kopf zurück. Es war äußerst beunruhigend, ihn so unterwürfig zu sehen.

Oriax wirkte nervös. »Du weißt, was jetzt geschehen muss, Skye, nicht wahr?«

»Zuallererst«, ging Astaroth mit donnernder Stimme dazwischen, »müssen wir dich dazu anhalten, eine Wahl zu treffen. Du musst deine Kraft einer Seite, einer Seite ganz allein, übergeben.«

Raven grinste zu mir herüber. Und schlagartig überkam mich

die Gewissheit. Sie hatte ihnen gesagt, dass sie eingreifen mussten. Nach meinem Aussetzer auf dem Krankenhausparkplatz. Aber was genau war das gewesen? Und wieso bedeutete das, dass ich gefährlich war?

Einer Seite ganz allein.

Ganz allein.

Warum störte mich dieses Wort immer noch?

»Du kannst jetzt zum Orden zurückkehren, Raven«, gebot Astaroth. »Du hast deinen Auftrag hier erfüllt.«

»Aber …«

Er warf ihr einen Blick zu, der sie in Flammen hätte aufgehen lassen, wenn er die Kräfte der Erde besessen hätte. Doch zum Glück tat er es nicht.

Gehorsam verbeugte sie sich. »Ja, Herr.«

Als ich sie anmutig über die Baumspitzen fliegen sah, drängte sich mir plötzlich der Gedanke auf, dass Schönheit manchmal die abscheulichsten Wesen zierte.

»Also, Skye?«, wandte sich der Rebellenälteste wieder an mich und unterbrach meine Gedanken. »Für welche Seite entscheidest du dich? Schließt du dich denen an, die an die Willensfreiheit glauben? Oder«, er deutete auf Astaroth und Devin, »denen, für die Menschen bloße Marionetten sind?«

»Wir halten die Welt im Gleichgewicht«, sagte Astaroth. »Ohne uns würde die Rebellion die Menschheit durch Chaos vernichten. Du weißt, für welche Seite du dich entscheiden musst, Skye. *Entscheide dich.*«

Der Orden hatte versucht, die Ereignisse in meinem Leben zu manipulieren, um an diesen Punkt zu gelangen. Aber warum hatte die Rebellion nicht verhindert, dass es überhaupt zu diesem Moment gekommen war? Erinnerungen, Wortfetzen, Ausschnitte aus meinem Leben liefen wie ein Filmstreifen in meinem Kopf ab.

Du hast nicht mal einen Kratzer.

Überall Transportliegen.
Beruhige dich, Skye. Ganz ruhig. Schön ruhig atmen, Mädchen.
Der Orden war fähig gewesen, Cassies Auto zu sabotieren.
Sie lässt dein Schicksal verschwimmen.
Und die Begabten hatten auch das Auto meiner Eltern sabotiert.
»Mom!«, schrie ich. »Dad!«
Sie waren für den Tod meiner Eltern verantwortlich.
»Du bist jetzt allein, Skye.«
Und sie hatten auch meinen Tod gewollt. Aber was war jetzt? Was wollten sie jetzt von mir? Konnte ich ihnen vertrauen?
Raven ist gefährlich, Skye. Wenn sie hier ist, führt sie nichts Gutes im Schilde.
Konnte ich überhaupt *irgendeiner* Seite trauen? Wollte mich die Rebellion nicht ebenfalls aus ganz eigenen Gründen? Was hatte Raven im Krankenhaus gesagt?
Du bist *gefährlich! Sie hatten recht!*
Vielleicht war ich nur deshalb noch am Leben, weil die Rebellion eingeschritten war, um mich zu retten. Asher war auf ihrer Seite. Aber aus irgendeinem Grund wusste ich, dass es nicht das bedeutete, was ich gedacht hatte. Sie hatten mich retten wollen, weil sie meine Kräfte *nutzen* konnten. Die Fähigkeit, von der sie sprachen. Es war meine Fähigkeit, das Schicksal verschwimmen zu lassen. Das musste es sein. Aber was an dem Vorfall auf dem Krankenhausparkplatz hatte Raven dazu veranlasst, sie zu rufen und hierherzubringen? Was war das gewesen?
Mir war klar, warum der Orden mich wollte. Ich besaß eine Kraft, die er kontrollieren und unter Verschluss halten wollte. Denn wenn er es nicht tat, könnte sie Chaos in seiner Welt verursachen. Chaos, das die Rebellion bestimmt liebend gerne für sich nutzte.
Die Wahrheit traf mich so überraschend und mit einer solchen Wucht, dass ich zuerst gar nicht reagieren konnte und fassungs-

los verharrte. Asher lag überhaupt nichts daran, mich vor dem Orden zu retten. Er wollte mich vielmehr als Waffe gegen ihn benutzen. Er hatte es mir selbst gesagt, aber ich hatte es nicht richtig verstanden.

»Nein!«, rief ich, bevor ich es mir anders überlegen konnte.

»Nein?« Ein Raunen ging durch die versammelten Engel.

»Ich entscheide mich für keine der Seiten!«, verkündete ich laut. »Ihr habt meine Eltern getötet!« Ich wies mit dem Finger auf Astaroth und richtete den Blick gleichzeitig auf Devin. Er zuckte zusammen. Dann wandte ich mich an Asher. »Und du machst dir überhaupt nichts aus mir. Du hast mich nur benutzt und mich die ganze Zeit angelogen.«

Asher blickte, als hätte ich ihn ins Gesicht geschlagen, aber das war mir egal.

»Ich will mit keiner Seite etwas zu tun haben. Ich will mein Leben zurück!«

»Ich fürchte, das ist unmöglich«, sagte Astaroth. »Aber wenn du dich weigerst, eine Wahl zu treffen ... werden wir es für dich tun.«

»Pack sie!«, brüllte der Rebellenälteste und wandte sich mit wachsendem Zorn Asher zu.

»Fass mich nicht an!«, fuhr ich Asher an.

»Er hat einen Auftrag«, knurrte der Älteste. »Er muss ihn zu Ende bringen.«

Asher trat zwischen uns und legte mir die Hand auf den Arm. Doch ich riss mich von ihm los. Noch vor einem Tag wollte ich ihn nicht gehen lassen. Aber jetzt wollte ich nie wieder von ihm berührt werden.

»Und was ist mit deiner Fähigkeit, eine freie Entscheidung zu treffen, Asher? Oder trifft das nur zu, wenn es dir in den Kram passt?«, fragte ich ihn.

»Es gibt so vieles, was du nicht verstehst, Skye.«

Ich spürte, wie die Wut in mir hochstieg. »Oh, ich verstehe

schon. Viel besser, als du denkst. Ist das alles, was ich für dich bin?«, schrie ich. »Ein Auftrag? Eine Gelegenheit, kosmische Pluspunkte bei der Rebellion zu gewinnen?«

»Skye, nein!« Asher sah es kommen, bevor ich es überhaupt wahrnahm. Meine Wut. Das Grollen der Erde unter uns.

Plötzlich spürte ich, wie eine überwältigende Kraft durch meinen Körper rauschte.

»Kontrolliere es! Leg den Schalter um!«

Doch alles, was sich in mir angestaut hatte, seit das Ganze angefangen hatte, brach endlich aus mir heraus. Ich wusste, meine Augen leuchteten jetzt silbern. Und ich konnte die Elektrizität, die in mir aufwallte, im gleichen Moment spüren, in dem die Erde zu beben anfing.

Ich hätte es nicht aufhalten können, selbst wenn ich es gewollt hätte. Ein unbändiger Zorn wütete in mir und ich hatte das Gefühl, dass sich alles gleichzeitig entlud. Die Wut darüber, dass sie meine perfekte Welt zerstört hatten. Dass sie mich zwangen, meine Freunde aufzugeben, mein Zuhause. Dass ich keine leichte Wahl hatte und ich mir etwas aus Devin und Asher machte, obwohl sie mich nur wegen der Kraft wollten, die jede Seite für sich beanspruchte. Dass ich mich dem Unbekannten gegenübersah und keine Ahnung hatte, was genau passieren würde. Dass ich nicht wusste, was aus mir werden würde.

Dicke Wolken zogen drohend über den klaren blauen Himmel heran und hüllten uns in Dunkelheit. Kurz darauf prasselte Regen auf uns nieder. Und mit einem Mal wurde mir bewusst, wozu ich tatsächlich fähig war. Der Orden besaß die geistige Kontrolle. Die Rebellion hatte sich selbst beigebracht, die Elemente zu beherrschen. Und ich? Ich konnte all diese Dinge zerstören. Die Kontrolle des Ordens über das Schicksal zunichtemachen. Die Macht der Rebellion über die Elemente untergraben, ihre Macht, Kraft aus der Erde selbst und Hitze aus ihrem Kern zu schöpfen oder das Wetter zu verändern. Und was sonst? Denn aus irgendeinem Grund wusste ich, dass diese merkwürdige Mischung von Kräften noch nicht alles war. Ich war noch zu weit Gewaltigerem fähig. Zu Dingen, die meine Vorstellungskraft im Moment noch überstiegen.

Mein Leben war seit meiner Geburt von anderen bestimmt worden. Man konnte es Schicksal, Manipulation oder die Entscheidungen anderer nennen. Der Orden und die Rebellion hatten mich immer beobachtet. Sie hatten mein Leben geformt und gestaltet, damit es genau so verlief, wie sie es wollten, wie es ihnen am besten passte: meine Geburt, der Tod meiner Eltern, mein Leben unter Tante Jos Dach, meine Freundschaft mit Cassie und Dan und sogar wann und in wen ich mich verliebte.

Alles, was ich für die Wirklichkeit gehalten hatte – alles, was *mich* ausmachte –, war eine Lüge gewesen. Beide Seiten wollten mich. Der Orden hatte mich unter strenge Beobachtung gestellt, um zu verhindern, dass die Rebellion mich für sich vereinnahmte. Und die Rebellion versuchte mich zu benutzen, um den Orden bis zum bitteren Ende zu bekämpfen.

Davon hatte Raven die ganze Zeit geredet. Das war der Grund, warum es mir niemand sagen wollte. Es war alles Teil des Plans. Und beide Seiten verfolgten ihren eigenen.

Der Wind heulte auf und erhob sich zu einem Sturm. Regen peitschte auf uns nieder. Bäume knickten um und stürzten auf die Lichtung, während die Erde unter uns heftig bebte. Als ein Baum nur wenige Schritte von mir entfernt umknickte, erhob sich ein Schwarm Krähen von den Zweigen und flatterte über uns hinweg. Ihr aufgeregtes Krächzen hallte noch über uns, selbst als die Vögel schon längst davongeflogen waren.

»Skye?«, sagte Devin unsicher, während er sich mit ausgestreckten Armen, die Handflächen nach oben gedreht so wie jemand, der sich einem wilden Tier nähert, auf mich zubewegte. Er streckte die Hand nach mir aus, als ein weiterer Baum in unmit-

telbarer Nähe krachend entzweibrach. Wie in Zeitlupe drohte er in unsere Richtung zu fallen. Devin streckte entsetzt die Hand nach mir aus. »Skye!«
Ich blickte in die blauesten Augen, die ich je gesehen hatte, und versuchte dahinterzukommen, was sie mir verrieten. Ich konnte mich nicht vom Fleck rühren. Der Baum fiel immer schneller und brauste durch die Luft.
Und plötzlich leuchtete alles in einem gleißenden Licht auf. Devin, der mir zubrüllte, ich solle seine Hand nehmen. Oriax' riesige schwarze Flügel, als er sich in die Lüfte erhob, um einem heranrollenden Felsbrocken zu entgehen. Astaroths konzentrierter, unerschütterlicher Blick, als er mich neugierig betrachtete. Die Welt drehte sich auf ihrer Achse und versank schließlich in Dunkelheit.
Aber wo war Asher?
Starke Arme umschlangen mich und nahmen mir den Atem. Schwarze Federn streiften mein Haar und schlugen gegen meine Wangen, und der warme, erdige Duft, den ich so gut kannte, umhüllte mich. Ich wurde immer weiter über die Lichtung in die Höhe getragen, als der Baum schließlich zu Boden fiel, genau an die Stelle, wo ich noch Augenblicke zuvor gestanden hatte. Wir landeten nicht weit von Astaroth entfernt, der jetzt auf der anderen Seite der Lichtung neben Oriax stand.
Asher hielt mich fest umklammert. »Schh«, flüsterte er und drückte mich an sich. Die Erde hörte auf zu beben und eine unheimliche Stille legte sich wieder über die Berggipfel. Ich blickte zitternd zu ihm auf. Er strich mir die Haare aus dem Gesicht und fuhr mir mit den Fingern den Hals entlang. »Ich habe dir doch gesagt, ich lasse nicht zu, dass dir irgendetwas passiert«, sagte er. »Das war nicht gelogen.«
Ein paar Schritte entfernt beobachtete uns Devin mit einem Blick, den ich nicht deuten konnte.
Astaroth trat vor und strich sich seine im Sturm aufgewirbelten

Gewänder glatt. »Dann ist es also wahr«, sagte er ernst. »Deine Kräfte sind unkontrollierbar. Und deine Weigerung, dich einer Seite anzuschließen, macht sie gefährlich. Nicht nur für uns, sondern auch für die Menschheit.«

»Ja.« Oriax neben ihm nickte bestätigend.

Immer noch in Ashers Armen, sah ich verängstigt zu, wie Astaroth plötzlich ein Schwert hervorzog. Die Sonne, die jetzt durch Lücken in den Wolken zu uns durchdrang, traf senkrecht auf die polierte Klinge und erfüllte die Lichtung mit einem blendenden Licht. In seinem Glanz wirkte die Klinge fast überirdisch. Astaroth zeigte keinerlei Gefühlsregung. Doch mit einer einzigen Bewegung, die so schnell war, dass ich sie fast nicht wahrgenommen hätte, schwang er das Schwert hoch über seinen Kopf und stieß es dem Rebellenältesten an seiner Seite ins Herz. Angst und Verwirrung spiegelten sich in Oriax' Augen, bevor er in einem wirbelnden Wind verschwand.

Asher rang nach Luft, ließ mich los und stürmte an die Stelle, wo sein Mentor verschwunden war. Er wirbelte zu Astaroth herum. »Was habt Ihr getan?«, schrie er. »Es herrscht Waffenstillstand! Ihr habt Euer Wort gebrochen!«

Doch Astaroth zeigte keinerlei Regung. Mit überirdischer Ruhe wandte er sich Devin zu. »Du kennst deinen Befehl.«

»Nein«, flüsterte Devin und wurde leichenblass. »Ich habe meine Meinung geändert!«

»Du weißt, was passieren wird, wenn du es nicht tust.«

»Ich werde es nicht tun!«

Astaroth richtete sich zu seiner vollen Größe auf und seine ganze Erscheinung erstrahlte in einem furchterregenden Licht. »Du hast keine Wahl!«

Asher blickte panisch von einem zum anderen.

Devins Arm glitt langsam an seine Seite und plötzlich zog er ebenfalls ein Schwert. »Bring sie von hier weg!«, brüllte er Asher zu. »Jetzt!«

Noch bevor ich wusste, was vor sich ging, sprang Asher auf mich zu. Devin fiel auf die Knie und zitterte vor Schmerzen. Seine Schultern bebten unkontrolliert. Ich rannte zu ihm.
»Devin!«, schrie ich. Was war los mit ihm? Mein Verstand ließ mich im Stich; ich verstand nicht, was gerade passierte. Ich wusste nur, dass Devin auf dem Boden lag und sich vor Schmerzen krümmte. Und obwohl ich ihn verabscheute und mich von ihm verraten fühlte, konnte ich nicht einfach tatenlos zusehen, wie er starb. Er sah zu mir auf, ohne sich zu bemühen, die Anstrengung in seinen Augen zu verbergen.
»Komm ihm nicht zu nahe, Skye! Verstehst du denn nicht?«, brüllte Asher und zog mich weg.
»Lass mich los!«, schrie ich, aber Asher umklammerte mich noch fester.
»Skye … hör auf … dich zu wehren!«, brüllte Asher und hielt mich mit aller Kraft zurück. Doch ich riss mich von ihm los.
Mit einem Flügelschlag war Astaroth bei Asher und hatte ihn am Hals gepackt.
»Skye«, flüsterte Devin, sein Körper unter Schmerzen bebend. »Ich … ich kann nicht …« Plötzlich streckte er die Hand nach mir aus.
Sollte ich sie ergreifen?
»Nein, Skye!«, rief Asher hinter mir. »Es ist mir egal, ob du wütend auf mich bist, aber glaub ihm nur nicht!« Er wand sich in Astaroths Griff.
»Es reicht!«, schrie ich, und die Bäume erbebten. Donner grollte. Ich wusste nicht, ob mein Herz das alles in sich aufnehmen und doch überleben konnte, ohne zu zerspringen.
»Skye!«, rief Devin mit letzter Kraft. »Ich muss dich warnen!« Meine Glieder waren wie taub. »Mich warnen?« Ich stand reglos da. »Wovor?«, rief ich ihm über den Wind zu.
»Davor, was als Nächstes passiert«, flüsterte er. Und auf einmal war er verschwunden.

»Devin!«, schrie ich.
Im selben Augenblick tauchte er nur ein paar Zentimeter vor meinem Gesicht wieder auf.
»Du bist…«, setzte ich an, konnte den Gedanken jedoch nicht zu Ende bringen. Eine kalte Klinge, eisig und scharf, bohrte sich in meinen Bauch.
Ich verspürte keinen Schmerz. Nur dieses Gefühl, in die Tiefe zu stürzen, das mich nach dem Tod meiner Eltern jeden Morgen gepackt hatte. Die Welt vor mir geriet ins Schwanken und überschlug sich. Und mit einem Knall stürzte ich zu Boden.
Angsterfüllt blickte ich in Devins Augen. Doch ich sah nur Hilflosigkeit darin. Der Hunger, der Ehrgeiz – all das war verschwunden. Und ich erkannte: Das war es, was er tun musste. Das war der Grund, warum man ihn hierhergeschickt hatte. Nicht, um mich zu beschützen. Nicht, um mich zu prüfen. Nicht, um meine Kräfte zu kontrollieren. Um mich zu töten! Und er hatte sich die ganze Zeit dagegen gewehrt.
»Es tut mir unendlich leid, Skye. Ich hatte keine Wahl«, flüsterte er. »Und ich konnte auch nicht anders, als mich in dich zu verlieben.«
Mit diesen Worten zog er die Klinge wieder heraus und ich war überrascht, wie schnell der Schmerz einsetzte.

Ich flog vor Kälte zitternd durch die Luft, während Federn meine Wange und mein Haar streiften. Meine Augen waren geschlossen, aber ich konnte den Wind an mir vorbeirauschen spüren und den Winterhimmel riechen. Als ich sie wieder aufschlug, war es wie bei einem Neugeborenen, das zum ersten Mal das Licht der Welt erblickt. Tief unter mir sah ich die Lichtung. Dort, wo ich zu Boden gestürzt war, erhob sich eine Feuerwand. Devin und Astaroth waren verschwunden. Nur eine schwarze Rauchsäule schlängelte sich in die Luft und ich konn-

te den beißenden Gestank von brennendem Kiefernholz und Harz riechen.
Dann hörte ich meinen Namen. Es war Ashers Stimme, so viel wusste ich. »Bleib bei mir, Skye«, flehte er mich an, während seine Stimme brach.
Wir flogen immer höher und er hielt mich mit einem Arm fest umschlungen, während er die andere Hand auf meine Wunde presste.
»Stirb nicht. Du *darfst nicht* sterben! Nicht jetzt, hörst du?«
Ich klammerte mich an ihn, unfähig, zu antworten.
»Ich kann dich nicht heilen.« Seine Stimme war belegt und zitterte. »Du weißt, dass ich das nicht kann. Ich wünschte, ich hätte die Kraft. Aber ich werde jemanden finden, der dir hilft. Das verspreche ich dir.«
Der Wind rauschte heftiger an mir vorbei.
»Ganz gleich, was passiert.«
Die Welt unter mir wurde immer kleiner, die Luft immer dünner, bis schließlich alles verschwand und es ganz still wurde. Ich konnte nur noch Ashers Atem hören, während ich mich an ihn klammerte. Und den Klang meines eigenen schwach schlagenden Herzens.
Wir befanden uns in der grenzenlosen, wunderschönen Dunkelheit jenseits der Wolken.